Le chemin de France
法兰西之路

[法] 儒勒·凡尔纳 /著

许崇山 钟燕萍 /译

人民文学出版社

Jules Verne
Le Chemin de France
Simplified Chinese translation copyright
©People's Literature Publishing House 2025
All rights reserved

图书在版编目（CIP）数据

法兰西之路 ／（法）儒勒·凡尔纳著 ；许崇山，钟燕萍译． －－ 北京：人民文学出版社，2025． －－ ISBN 978－7－02－019104－8

Ⅰ．I565.44

中国国家版本馆 CIP 数据核字第 2025K4G183 号

责任编辑　黄凌霞
装帧设计　黄云香
责任印制　张　娜

出版发行　人民文学出版社
社　　址　北京市朝内大街166号
邮政编码　100705

印　　刷　大厂回族自治县彩虹印刷有限公司
经　　销　全国新华书店等

字　　数　241千字
开　　本　880毫米×1230毫米　1/32
印　　张　12.25　插页3
印　　数　1—5000
版　　次　2025年7月北京第1版
印　　次　2025年7月第1次印刷

书　　号　978-7-02-019104-8
定　　价　52.00元

如有印装质量问题，请与本社图书销售中心调换。电话：010-65233595

目　录
CONTENTS

法兰西之路

第 一 章	004
第 二 章	019
第 三 章	028
第 四 章	036
第 五 章	046
第 六 章	055
第 七 章	065
第 八 章	076
第 九 章	085
第 十 章	094
第十一章	102
第十二章	111
第十三章	122
第十四章	130

第十五章	141
第十六章	153
第十七章	160
第十八章	167
第十九章	183
第二十章	195
第二十一章	208
第二十二章	218
第二十三章	227
第二十四章	236
第二十五章	243

尚特莱尼伯爵

第一章	英勇战斗10个月	252
第二章	奔往盖兰德的路上	257
第三章	渡海	270
第四章	尚特莱尼城堡	276
第五章	1793年的坎佩尔	286
第六章	三角地小客栈	296
第七章	墓地	307
第八章	逃亡	317
第九章	杜阿尔内村	325
第十章	伤心岛	335

第十一章	短暂的幸福日子	346
第十二章	动身	355
第十三章	神秘的神父	363
第十四章	莫尔加洞穴	369
第十五章	忏悔	379
第十六章	热月九日	386

法兰西之路

第 一 章

　　我叫纳塔利·得勒彼埃尔，1761年出生于格拉特庞什，那是庇卡底①的一个村庄。我的父亲是个农民，在德·埃斯特雷尔侯爵的土地上耕作。我的母亲尽其所能帮助我父亲。我的姐姐们，还有我，也像母亲一样，竭尽全力帮助父亲。我父亲毕生一无所有，两手空空，除了操持农活儿，他还是唱经班的成员，擅唱《悔罪经》②。父亲的歌喉嘹亮，歌声能从小墓地一直传到教堂。本来，他可能成为本堂神父③——也就是我们常说的那种"沾了墨水的农民"。也许，我从他那儿继承来的，只有洪亮的嗓音。

　　我的父亲和母亲一生劳作十分辛苦。他俩在同一年辞世，那是1779年。愿上帝护佑他们的灵魂！

　　我有两个姐姐，长姐名叫菲尔米妮，在下面我将要讲述的这段经历发生时，她已年届四十五岁；我的二姐名叫伊尔玛，那年四十

---

① 庇卡底是法国的一个地区，位于法国北部，由现在的埃纳、瓦兹和索姆三省组成。
② 按照传统，天主教徒除了诵读《圣经》，还要诵念一些经文，包括《天主经》《圣母经》，以及《悔罪经》，等等。
③ 本堂神父是天主教的神职人员，通常是一个教堂的负责人，管理相关堂区的教徒。

岁，至于我，那年三十一岁。我们的双亲去世时，菲尔米妮早已嫁给了埃斯卡博坦①的一个男人，名叫贝诺尼·范托姆，是个普通的锁匠，尽管心灵手巧，业务精湛，但从未发家致富。至于孩子，到1781年时，他俩已经有了三个，并且在几年之后，又添了第四个孩子。我的二姐伊尔玛终身未嫁。因此，我要想过安稳日子，既指望不上二姐，也指望不上范托姆一家。我只能依靠自己单打独斗。只有这样，到了晚年，我才能给自己的家人提供帮助。

父亲去世六个月后，我的母亲也去世了。这场变故让我万分悲痛。是的！这就是命啊！无论是你爱的人，还是你不爱的人，早晚都得天人永隔。不过，当轮到自己辞世的时候，我们应当努力得到他人的挚爱。

扣除各项花销，父亲留下的遗产不足150里弗尔②——这是他辛劳六十年的全部积蓄！这笔钱由我和两个姐姐平分。也就是说，我得到三分之一。

这样一来，我在十八岁的时候，手中拥有了二十来个皮斯托尔③。而且那个时候，我身强力壮，吃苦耐劳，更何况，还有一副漂亮的嗓音！可惜，我既不会读书，更不会写字。正如你们将要看到的，直到后来，我才学会识文断字。俗话说，如果不能笨鸟先飞，那就很难功成名就。善于自我表达的能力往往事关成败——在这个故事里，这种能力显得尤为重要。

---

① 埃斯卡博坦是法国北部的小城市，属于庇卡底地区的索姆省。
② 里弗尔是法国的古代货币单位名称，1里弗尔相当于1古斤白银。法国的古斤各省不同，1古斤等于380克至550克。1795年，法郎成为法国的标准货币，里弗尔正式停用。
③ 皮斯托尔是法国古钱币单位名称，1个皮斯托尔等于10个里弗尔。

我如何安身立命？子承父业？在别人的土地上挥汗如雨，到头来收获的却是穷困潦倒？这前景令人不寒而栗，实在不值得尝试。一件事决定了我的命运。

某一天，德·埃斯特雷尔侯爵的堂兄利努瓦伯爵来到格拉特庞什村，他是一名军官，在费雷团任职上尉。利努瓦伯爵获得了两个月的假期，于是来到亲戚家度假。他们举行大规模狩猎活动，驱赶猎犬，捕杀野猪和狐狸。他们与上流人士聚会欢宴，来宾风度翩翩，更别提那位美丽的侯爵夫人。

在此期间，我的眼睛一直盯着利努瓦上尉，这是一位性格直率的军官，与人和善。于是，我萌发了当兵的念头。既然我必须自食其力，如果能傍上一个可靠的人物，肯定获益匪浅，难道不是吗？另一方面，在人生的起步阶段，只要方向正确，依靠奋发努力，勇敢进取，再加上一点儿运气，我一定不至于半途而废。

在1789年①之前，大家都认为，身为平民，或者农民的儿子，一名普通士兵永远不可能晋升军官。这个看法不对。首先，只要你信心坚定，态度端正，不用费太大力气，就能当上士官。此后，如果在和平时期，你在士官职位得干上十年；而在战争期间，只需干上五年，你就有资格佩戴肩章，从中士晋升到中尉，再从中尉晋升到上尉。然后……到此为止！不准继续往上爬了。其实，这已经很不错了。

在狩猎过程中，利努瓦伯爵时常注意到精力充沛、干劲十足的我。毋庸置疑，我的嗅觉和灵敏性比不上猎犬，但是，在狩猎活动最激烈的那几天，没人比我驱赶的猎物更多。我活蹦乱跳，活像裤裆里烧着一团火。

---
① 法国资产阶级大革命爆发于1789年，此处特指大革命之前的封建时代。

他们与上流人士聚会欢宴，……

"我觉得，你是一个热情壮实的小伙子。"这天，利努瓦伯爵对我说道。

"是的，伯爵先生。"

"你胳膊有劲儿吗？"

"我能举起320斤。"

"真棒！"

就这么几句话。然而，事情并未就此打住，后面你们能看到。

那个年代，军队里有一个独特的习俗。大家都知道，当兵需要履行手续。每年，征兵的人到处招徕人手。他们用酒把你灌得酩酊大醉。如果你会写字，他们就让你在纸上签名。如果你只会画两笔打叉，他们就让你在纸上画押，权当签名。然后，你就能拿到两张面值上百的里弗尔，在你把钱装进衣兜里之前，这钱已经买酒喝进肚子里。然后，你就收拾行囊，动身去为国家卖命。

不过，我根本不喜欢这种招兵套路。虽然我想当兵，可我不想把自己卖了。我觉得，人总得有点儿尊严，懂得自爱。

另外，在那个时候，如果一位军官获得假期，按照规定，当他返回部队时，应该带回来一名，或者两名新兵。即使士官也是如此，必须完成此项任务。至于新兵的价格，从20到25里弗尔不等。

当时，我对这些一无所知，但是，我有自己的想法。因此，当利努瓦伯爵的假期即将结束时，我壮着胆子去找他，请求入伍当兵。

"你？"他说道。

"是我，伯爵先生。"

"你多大年龄？"

"十八岁。"

"那么,你想当兵?"

"如果您愿意。"

"这件事,不是我愿意,而是你自己是否愿意!"

"我愿意。"

"哦!就为了那20个里弗尔?……"

"不,我想要为国家效力。而且,我不屑于自卖自身,因此,不要您的那20个里弗尔。"

"你叫什么名字?"

"纳塔利·得勒彼埃尔。"

"那好,纳塔利,跟着我吧。"

"很荣幸为您效力,我的上尉。"

"只要你对我忠心耿耿,一定前程远大。"

"我一定紧随战鼓,点燃火绳①。"

"必须提醒你,我即将离开费雷团,乘海船远行。你惧怕大海吗?"

"一点儿也不。"

"那好!你将要漂洋过海。——你可知道,大洋彼岸正在打仗,要把英国佬赶出美洲?②"

"美洲,那是个什么东西?"

说实话,我还从来没听说过美洲!

"那是一个遥远的国度,"利努瓦上尉回答道,"这个国家正在战

---

① 中世纪的火铳由点燃的火绳击发。法国大革命时期已改用燧发枪,此处为惯用俗语。
② 此处指美国独立战争(1775—1783)。

"那好,纳塔利,跟着我吧。"

斗,它想争取独立!就在那儿,两年来,人们到处传颂拉法耶特侯爵①的事迹。不过,去年,国王路易十六②承诺,将要派遣自己的士兵前去帮助美国人。罗尚博伯爵③将率领6000人跟随格拉斯海军上将④动身启程。我打算好了,准备乘船与他同去新大陆,假如你愿意随我同往,我们就一起去解救美洲。"

"我们一起去解救美洲!"

就这样,我一知半解地加入了罗尚博伯爵的远征军,并于1780年在纽波特⑤登陆。

在美国的三年时间里,我与法国远隔重洋。我亲眼见过华盛顿将军⑥,——他个头高大,身长五尺十一寸⑦,双足硕大,两手颀长,身穿蓝色羊皮翻领外衣,头戴一顶黑帽。我还见过航海家保罗·琼斯⑧,

---

① 拉法耶特侯爵(1757—1834)是法国大革命时期君主立宪派代表人物,1777年志愿参加美国独立战争,任总司令乔治·华盛顿的副官。1780年代表法国参战。
② 路易十六(1754—1793)是法兰西波旁王朝复辟前最后一任国王,在其任内,1778年2月,法国与美国签订军事同盟条约,法国派军赴美参加独立战争。
③ 罗尚博伯爵(1725—1807),法国军事家,1780年率领法军参加美国独立战争。
④ 格拉斯海军上将(1722—1788),法国军事家,美国独立战争期间曾率领法国舰队参战。
⑤ 纽波特是美国东北部罗得岛州的滨海城市和重要海军基地。1780年7月11日,罗尚博伯爵率领法国远征军在此登陆,并于次年与华盛顿率领的大陆军会师。
⑥ 华盛顿(1732—1799),美国首任总统,在美国独立战争中担任大陆军的总司令。
⑦ 此处为古法尺,五法尺十一寸约合1.92米。
⑧ 保罗·琼斯(1747—1792)是美国海军军官。美国独立战争期间,他指挥的"突击者"号单桅船成为第一艘悬挂美国星条旗的美国军舰。

当时他就站在那艘"好汉理查德"军舰①的甲板上。我也见过那位人送绰号"疯汉"的安东尼·韦恩将军②。我参加过多次战斗，在打出第一枪的时候，也曾在胸前画过十字③。我参加过发生在弗吉尼亚的约克镇战役④，经过那次战斗，康沃利斯大人⑤一败涂地，不得不向华盛顿投降。我侥幸没有受伤，全须全尾地于1783年返回法国，仍旧只是一名普通士兵。有啥办法呢，谁让我是文盲！

利努瓦伯爵与我们一起回国。他想让我进弗雷团服役，因为他在那个团有职位。然而，按照自己的想法，我想去当骑兵，因为我天生喜欢马匹。要想成为拥有坐骑的军官，就必须沿着军阶往上爬，往上爬！

我很清楚弗雷团的诱惑力有多大，穿上步兵制服，享受各种优厚待遇，排队操练，摸爬滚打，还能佩戴白色的皮质武装带。可是，咋办呢？战马太吸引我了，考虑再三，我还是选择去当骑兵。

于是，多亏利努瓦伯爵，在他朋友洛斯坦上校的帮助下，我进入了庇卡底皇家团。

这个团很棒，我很喜欢，请原谅我如此动情地形容它，也许，这么说有点滑稽！我在这儿度过了几乎整个军旅生涯，团里的长官

---

① "好汉理查德"号是保罗·琼斯指挥的一支小舰队的旗舰，该舰在美国海军史上享有盛誉。
② 安东尼·韦恩（1745—1796）是美国独立战争期间大陆军的杰出将领，以作战英勇著称，被称为"疯狂的安东尼"。
③ 按照宗教传统，基督教信徒在胸前画十字，意在使自己免遭厄运。
④ 约克镇战役爆发于1781年，是美国独立战争的最后一场陆上大战。此役，法美联军围攻困守约克镇的英军，并最终获得决定性胜利。
⑤ 康沃利斯（1738—1805）是英国殖民地官员，为约克镇战役时的英军统帅。战败后率军投降，标志英军在美国独立战争中的最终失败。

们都很欣赏我，始终罩着我，按照俺村里人的说法，长官助我飞黄腾达。

另外，几年后，就在1792年，弗雷团与奥地利的博利厄将军发生过一次奇特的遭遇，不过很遗憾，那时我已离开了弗雷团。关于这件事，回头我还会再提及。

就这样，我进入了庇卡底皇家团。这支团队无与伦比，它从此成为我的家。我对它忠心耿耿，一直服役到它被遣散的那一刻。我在那儿度过了幸福时光，我能模仿所有的军乐和军号声，因为，我有个坏习惯，总喜欢从牙缝里吹口哨。不过，大家都能容忍我的恶习。估计，你们也能容忍。

整整八年时间里，我从一处营地转移到另一处营地，却从未有机会向敌人开过一枪。哎！这种经历并非毫无乐趣，只要你善于因势利导。更何况，我有机会游历全国，对于一个地地道道的庇卡底乡巴佬，也算是大开眼界。经历过美洲之行，游历过法兰西，我准备迈开大步踏遍欧洲。我们曾经于1785年驻扎在萨尔路易[①]，1788年在昂热[②]，1791年，我们跟随塞尔·德·格拉斯上校先后在布列塔尼[③]、若斯兰[④]、蓬蒂维[⑤]、普洛尔梅尔[⑥]，以及南特[⑦]驻扎，于1792

---

① 萨尔路易市位于德国、法国和卢森堡三国交界的萨尔地区，该地区历来是德、法两国的兵家必争之地，现为德国的萨尔州。
② 昂热是法国西部城市，位于卢瓦尔河大区。
③ 布列塔尼地区位于法国西部，毗邻英吉利海峡。
④ 若斯兰是法国著名古镇，位于布列塔尼大区。
⑤ 蓬蒂维是法国莫尔比昂省的一个市镇，位于布列塔尼大区布拉韦河和南特布雷斯特运河交汇处。
⑥ 普洛尔梅尔是法国西部的一个小市镇，位于布列塔尼大区莫尔比昂省。
⑦ 南特是法国西部最大的城市，位于卢瓦尔河下游北岸，距入海口约50公里。

— 013 —

年跟随沃德纳上校、洛斯坦德上校,以及洛克上校驻扎在查尔斯维尔①,在1793年,还跟随勒孔德上校驻扎过该地。

不过,我忘说了,根据1791年1月1日颁布的一项法律,军队的编制有所改变。庞卡底皇家团被并入第20骑兵团,而且,这个编制一直延续到1803年。甭管怎么说,即使几年后,法国已经没有国王了,我们团仍然沿用"庞卡底皇家团"的番号。

在塞尔·德·格拉斯上校的麾下服役时,我被提升为下士,这事儿让我志得意满。在沃德纳上校麾下时,我被晋升为骑兵中士,这事儿让我更加得意。那时,我已经当兵十三年,经历过一场战争,从未负过伤。大家都说,我官运亨通。但我无法更上一层楼,因为,再说一遍,我既不识字,也不会书写。尽管如此,我依然每天吹着口哨,不过,一个士官总想与乌鸫②比试歌喉,这事儿不大得体。

得勒彼埃尔骑兵中士!这头衔确实值得夸耀,自吹自擂!为此,我对沃德纳上校满怀感恩之情,尽管他待人态度生硬,犹如大麦烤制的干面包,而且,对他的吩咐,我必须百依百顺!那一天,我让人把军衔标识缝到袖子上,弄来弄去总也弄不妥帖,我们连那帮丘八则把我的背包当成了发泄怨气的靶子。

我们团驻扎在查尔斯维尔期间,我申请并得到两个月的假期。恰恰就是获准的这两个月假期,让我有了一番经历,而且,我必须如实陈述这番经历,理由如下。

自从退休后,在格拉特庞什村与人闲聊时,我经常讲述亲历过的战斗。朋友们对我的描述满腹狐疑,或者说,压根儿就不相信。

---

① 查尔斯维尔是法国巴黎东边的一座小城,位于香槟-阿登大区的马恩省境内。
② 乌鸫是鸫科鸫属的鸟类,分布广泛,全身黑色,善鸣叫,是瑞典国鸟。

庇卡底皇家团被并入第20骑兵团……

每当我描述自己的亲身经历，总有人挑刺找毛病，我说东，别人非要说西。当然啦，这些争论往往不是靠两杯苹果酒，或者两杯咖啡就能解决——大家彼此争论不休。特别是关于我去德国度假的经历，更让人觉得匪夷所思。不过，好在我已经学会写字，正好利用这个机会，拿起笔来，把这次度假的经过写清楚。于是，尽管我已届七十高龄，依然提笔写作。甭管怎么说，我的记忆力还不错，每当回忆往事，犹历历在目。这篇东西不仅奉献给我在格拉特庞什村的朋友们，也奉献给我在特尔尼西亚、贝滕博斯①、艾恩达特、普恩特费、昆内亨，以及在别处的朋友们，希望他们不再为这个故事争论不休。

就这样，我在1792年6月7日得到了自己的假期。确实，那时已经传言即将与德国开战，不过，传言内容模棱两可。大家都说，尽管在法国发生的事情与欧洲毫不相干，但是，整个欧洲为此颇觉不爽②。此时大家相信，国王仍然待在杜伊勒里宫③。然而，8月10日的事件④已经显露端倪，共和思潮犹如狂风席卷全国。

因此，小心起见，我觉得最好不要告诉别人自己请假的缘由。

---

① 贝滕博斯是法国西北部的一座小镇，位于上法兰西大区索姆省的亚眠地区。
② 1789年，法国爆发资产阶级大革命，1792年初，普鲁士和奥地利率先结成同盟，出兵干涉法国。1793年2月，由英国策动，荷兰、普鲁士、奥地利、西班牙、撒丁、那不勒斯、俄国等组成第一次反法同盟，从各个方向进攻法国。这是欧洲的君主制王朝第一次尝试打败法国。
③ 杜伊勒里宫曾是法国的王宫，位于卢浮宫西面约250米。法国大革命爆发后，巴黎的民众于1789年10月6日集群前往凡尔赛宫请愿，随后将路易十六及其家人挟至巴黎城内，安置于杜伊勒里宫。1791年6月20日，路易十六和王后玛丽·安托瓦内特从宫中出逃，但在边境被人截获。
④ 1792年8月10日，巴黎发生反君主制的暴动，暴民冲击宫廷，国王和王后不得不逃至立法会议寻求庇护。

事实上，我需要去德国，甚至去普鲁士①办点儿事。而且，恰恰由于战争，我才无法坚守自己的岗位。有啥办法呢？一个人总不能两头兼顾，面面俱到。

此外，尽管我有两个月的假期，但如有必要，我准备提前结束度假。甭管怎么说，但愿事情别走到最糟糕的那一步。

现在，为了结束关于我和我心爱的皇家团的话题，请允许我再多说两句。

首先，大家将看到，我是在什么情况下开始学习识字，以及学会书写——有了这点儿本事，我才可能晋升军官、将军，甚至法兰西的元帅，成为伯爵、公爵，甚至亲王，就像在帝国战争②期间功成名就的内伊③、达武④，或者缪拉⑤。实际上，我的晋升之路始终没有超过上尉军阶——不过，对于一个农民的儿子，这已经相当不错了，更何况，我本人也就是个农民。

至于庇卡底皇家团，还需要我多写几行字，才能讲完它的故事。

前面我已说过，1793年，我们团来了一位勒孔德上校。也就是在这一年，根据当年2月21日颁布的政令，我们团改编成了战团⑥，

---

① 普鲁士是欧洲历史地名，位于德国北部，通常指16世纪以及18世纪至1918年的普鲁士王国。
② 帝国战争，亦称拿破仑战争，是指1803年至1815年爆发的各场战争，是自1789年法国大革命所引发的战争的延续。这场战争以拿破仑建立的帝国战败为结局。
③ 内伊（1769—1815），法国元帅，拿破仑的优秀将领之一。
④ 达武（1770—1823），法兰西第一帝国二十六位元帅之一。
⑤ 缪拉（1767—1815），法国军事家，拿破仑一世的元帅，曾被封那不勒斯国王。
⑥ 战团为法国大革命时期的特殊军队编制，实为两至三个营组成的联队，由一名上校担任主官。

并参加了北方军团,以及桑布雷-默兹军团的历次战斗,直至1797年。在林塞尔战役,以及考特雷战役中,这个团战功卓著,我就是在此期间被提升为中尉。此后,我们团于1797年至1800年期间驻扎在巴黎地区,之后编入意大利军团,在马伦哥会战①中名声大振,先是击溃了一个匈牙利团,随后包围了六个营的奥地利精锐部队,迫使他们缴械投降。在这次战斗中,我负伤了,胯骨上挨了一枪——对此我毫无怨言,因为,这一枪让我晋升上尉。

1803年,庇卡底皇家团解散,我被编入龙骑兵部队②,亲历了帝国战争的历次战役,然后于1815年退役。

现在,我开始说自己的事儿,而且仅仅涉及我在德国度假期间的所见所为。不过,请别忘记,我受教育的程度不高,好多事情弄不明白,既然弄不明白,我就只能凭印象,就事论事。尤其是,在这篇浅薄的描述里,我难免使用诸多庇卡底方言,或者土语,对此,请你们予以谅解:因为,我只会使用这种表达方式。我尽量直言快语,不过,还不至于把两只脚塞进一只鞋子,语无伦次。此外,我还将知无不言,因为,我想征得你们同意,来个竹筒倒豆子,畅所欲言。我希望,你们同意,并且回答我:"先生,您想怎么说都行!"

---

① 马伦哥会战(1800年6月14日)为法国与奥地利帝国的一场战役,法军获胜。此役后,法国同奥地利正式签订了《吕内维尔和约》,结束了第二次反法联盟中的法奥战争。
② 龙骑兵为骑马的机动步兵,拿破仑战争时期,法军龙骑兵常以散兵线徒步作战。

第 二 章

后来，我通过阅读历史书籍才知道，那个时代，德国被分成十个诸侯国，之后，经过重组，在1806年形成了莱茵联邦，并且得到拿破仑的庇护①。再后来，到1815年，成立了德意志邦联②。在上述诸侯国中，就包括萨克森和勃兰登堡选帝侯③，那个时候，这个地区被称为上萨克森侯国④。

勃兰登堡选帝侯后来变成了普鲁士的一个省，并且被拆分成两个县，即勃兰登堡县与波茨坦县。

我说这些是为了让你们弄清楚贝尔青根所处的位置，因为这座小城就位于波茨坦县的西南部，距离边界仅有数里⑤。

此处离法国足有150里之遥，经过长途跋涉，我于6月16日抵

---

① 1805年12月的奥斯特里茨"三皇会战"后，拿破仑成立了以自己为护国公的莱茵联邦，从此，法国掌握了欧洲大陆的控制权。

② 拿破仑战败后，欧洲各国于1814年至1815年举行维也纳会议，建立了由39个主权邦组成的松散联盟——德意志邦联。

③ 选帝侯是德国历史上的一种特殊现象，特指德意志诸侯中有权选举神圣罗马皇帝的七个诸侯。

④ 上萨克森地区位于德意志北部，历史上曾为萨克森选侯国，1806年，拿破仑将其升为萨克森王国。

⑤ 此处的边界是指勃兰登堡侯国的边界，距离单位为古法里，1里约合4公里。

达这处边界。我花了九天时间才走完这段路程,因为这儿的道路实在太难走。一路上,我磨掉的鞋底铁钉,比磨损的马蹄铁,或者车辖辘还要多——准确地说,就是两轮货运马车。不仅如此,用庇卡底土话说,我随身并未携带多少"鸡蛋"。要知道,我身上只有积攒的微薄军饷,必须省吃俭用。从军营动身前往边境的途中,我学会了几句德语,幸亏如此,让我省了不少麻烦。尽管如此,依旧很难隐瞒我的法国佬身份。为此,一路上,我经常遭到旁人的另眼相待。出于同样原因,我绝口不提自己是骑兵中士纳塔利·得勒彼埃尔,在这种时候,人得放聪明点儿,因为大家都担心,法国将要与普鲁士和奥地利打仗——那可是跟整个德国开战,好家伙!

在波茨坦县的边界,我遇上了一件十分意外的事儿。

当时,我走在路上,直奔一家客栈,打算在那儿吃早饭,这家客栈名叫"埃克特文德"——法语的意思是"拐角客栈"。昨晚十分凉爽,今早晨光明媚。天气真好。7点钟的阳光映着青草上的露珠。成群的鸟儿在山毛榉、橡树、榆树,以及白桦树丛中穿梭。原野里农作物稀疏,大片田地荒芜。看来,这地方的气候挺严酷。

在"埃克特文德"的门前,停着一辆两轮小篷车,驾辕的是一匹瘦骨嶙峋的小马,勉强能拉着小车每小时走上两里路[①],而且车上还不能驮太多东西。

那儿站着一个女人,个头儿高大,壮硕,身材挺拔,头戴草帽,帽上系着黄色饰带;身披一件吊带短上衣,吊带镶着丝质花边;穿一条红色与紫罗兰色相间的褶皱半身裙——衣饰合体,干净整洁,俨然周日,或者节日的装束。

---

① 此处为古法里。

看上去，尽管今天不是星期日，但是，对这位女士来说，却是一个喜庆日子！

她看着我，我也盯着她投向我的目光。

突然，她张开双臂，三步并作两步朝我跑过来，嘴里叫道：

"纳塔利！"

"伊尔玛！"

就是她，我的姐姐。她一眼认出了我。确实，要论凭借内心直觉认人的能力，女人比我们强得多——或者，至少可以说，她们的目光更敏锐。我们天各一方已经将近十三年了，你们应该知道，我有多么想念她！

姐姐的气色极好，而且精力充沛！一头乌黑的秀发，蓝色的大眼睛炯炯有神，让我想起了母亲，不过，随着时光的流逝，她的黑发已经略显花白。

我拥抱姐姐，亲吻她，当然了，仅仅亲吻她被田野冷风吹红的双颊，而且，我也请你们相信，姐姐同样把我的双颊亲吻得啪啪作响！

就是为了她，为了看望姐姐，我才申请了探亲假。她远离法兰西，而此时，法兰西的疆界正面临动荡，为此，我很不放心。一个法国女人，周围都是德国人，倘若战争即将爆发，势必给她带来大麻烦。面对此种情势，最好还是待在自己的国家。因此，如果姐姐愿意，我打算带她回去。为此，她必须辞别自己的女主人，也就是科雷夫人，不过，我对这事儿毫无把握。总之，还需从长计议。

"纳塔利，我们终于重逢，真让人高兴。"姐姐对我说道，"在离庇卡底那么遥远的地方，能够再次相聚！我觉得，你一定从那边儿

突然，她张开双臂……

给我带来了一点儿好消息！咱们分开的时间可不短！"

"十三年，伊尔玛！"

"是的，十三年！天各一方十三年！这时间真够久，纳塔利！"

"亲爱的伊尔玛！"我回答道。

于是，我和姐姐两个人，相互簇拥着，沿着小路，走过来，走过去。

"那么，你过得好吗？"我向她问道。

"一直以来，还算不错，纳塔利。你呢？……"

"也差不多！"

"哎，骑兵中士！对咱家来说，这也算是光耀门楣！"

"是的，伊尔玛，算得上光宗耀祖！谁能想到，格拉特庞什村的一个小小放鹅娃，居然变成骑兵中士！不过，这头衔可不能大声说出来。"

"为啥？……你告诉我，让我心里明白！……"

"因为，在这个国家，如果公开了我的士兵身份，恐怕会惹来麻烦。在这个时候，关于战争的流言四起，即便作为一名法国人，待在德国就已经够麻烦了。不！我只是你兄弟，是个普通人，来这儿就是为了探望自己的姐姐。"

"那好吧，纳塔利，我们对这件事守口如瓶，我向你保证。"

"这样比较稳妥，要知道，德国密探的耳朵可灵了！"

"放心吧！"

"另外，如果你愿意听我一句劝，伊尔玛，我想把你带回法国！"

姐姐的眼睛里流露出极为恐怖的眼神，她的回答与我预想的如出一辙。

"离开科雷夫人，纳塔利！只要你看到她，你就明白了，我根本不能撇下她独自一人！"

我算是弄明白了，这件事儿只能放下，等一等再说。

说完这句话，伊尔玛恢复了和善的眼神和语气，开始不停地向我问东问西，打听老家的事儿，还有老家的人。

"还有，我们的姐姐菲尔米妮？……"

"她的身体好极了。我们的邻居莱托卡尔对我说了她的近况，两个月前，他来过查尔斯维尔。你还记得这个莱托卡尔吗？"

"那个修车匠的儿子！"

"是的！你知道，也许，你不知道，伊尔玛，他娶了马蒂法家的一个女儿！"

"福恩坎普斯老爹的闺女？"

"就是他。莱托卡尔告诉我，咱们的姐姐没灾没病。噢，他们在埃斯卡博坦打拼，而且很辛苦！另外，他们已经有了四个孩子，而且，最小的那个最难缠……混世魔王！幸亏，她的老公诚实正直，是个好手艺人，喝酒不过分，除了星期一。总之，在她这个年龄，正是吃苦的时候！"

"她的年龄也不小了！"

"当然喽！伊尔玛，比你年长五岁呢，比我年长十四岁！正经年长不少呀！……有啥办法呢？她是个勇敢的女人，和你一样！"

"噢！我嘛，纳塔利！如果说，我也感到过恐惧，那么，这种恐惧与别人的恐惧完全不同！自从离开格拉特庞什村，我的生活温饱无忧！但是，当你看见身边有人受苦，而你却无能为力的时候……"

姐姐的神色再次充满阴郁。随即，她转移了话题。

"你的这趟旅行，顺利吗？"她向我问道。

"旅途十分顺利！在这个季节，天气相当不错！正如你看到的，我的两条腿很有劲儿！更何况，倘若你确信，到达目的地将会受到热情欢迎，那点儿疲劳又算得了什么！"

"你说得对，纳塔利，你一定会受到热情接待，在这个家庭里，大家将会像爱我一样钟爱你！"

"科雷夫人真是太客气了！你知道，姐姐，我与她素未谋面。对我来说，她仍然只是阿科洛克先生与夫人的千金，那对伉俪在圣索夫略①一向受人尊敬。距今将近二十五年之前，这位小姐嫁人了，那时候，我还是个毛孩子。不过，我仍然记得，咱们的父母曾经夸赞过这桩婚姻。"

"可怜的女士，"于是，伊尔玛说道，"她的变化太大，现在，也算是中年人了！纳塔利，无论为人妇，还是为人母，她的境遇都很不幸。"

"怎么，她的儿子？……"

"那是个百里挑一的好孩子，他勇敢地接过了自己父亲的担子，他的父亲在十五个月之前去世了。"

"约翰是个勇敢的小伙子。"

"他非常爱自己的母亲，他活着完全是为了母亲，正如他的母亲，完全是为了他而活着。"

"我还从未见过他，伊尔玛，而且，我真的很想认识他。我感觉，自己已经喜欢上了这个年轻人！"

---

① 圣索夫略是位于法国西北部的小城，属于上法兰西大区。

"对此,我一点儿都不感到意外,纳塔利。你对他的好感,应该是来自我的感染。"

"那好吧,我们上路,姐姐。"

"上路。"

"等一下! 我们距离贝尔青根还有多远?"

"足有五里路。"

"哦!"我回答道,"如果是我一个人,两个小时就能走到! 不过,我们不得不……"

"行啊! 纳塔利,我比你走得还要快!"

"就凭你的两条腿!"

"不,我依靠这匹马的腿!"

于是,伊尔玛让我看那辆停在客栈门口的小马车,它早已整装待发。

"原来,"我问道,"你是乘坐这辆小马车来接我?"

"是的,纳塔利,来接你去贝尔青根。今晨,我一大早就动身,刚刚7点钟,就赶到了这儿。甚至,如果早些收到你寄来的那封信,我还会去更远的地方迎接你。"

"噢! 其实不需要这样,姐姐。走吧,上路! 你是否需要付给客栈一点儿钱? 我这儿还有几枚十字币①……"

"谢谢,纳塔利,我已经付过账单。现在,我们只要动身就行了。"

就在我们动身上路的时候,"埃克特文德"客栈的老板倚在大门

---

① 十字币是当时德国和奥地利通用的一种硬币,因币面印有十字图案而得名。

旁，不动声色地似乎在倾听我们的谈话。

这一举动让我感到有些异样。也许，刚才我们聊天的时候，应该躲得远一点儿？

这位小客栈的老板身材肥胖，大腹便便，贼眉鼠眼，眼睑起皱，鹰钩鼻子，一张大嘴，似乎从小被人灌满了沙子，整张脸令人望而生厌。总之，这是一张卑鄙奸商的丑恶嘴脸。

甭管怎么说，我们的对话并无任何不妥之处。也许，他压根儿就没听见我们说什么！另外，也许他听不懂法语，并不知道我来自法国。

我俩坐上小马车，小客栈老板一动不动，望着我们离开。

我驾驭着马车，催促小马快走。马车一阵风般地疾驰而去。与此同时，我俩继续聊着天，伊尔玛把一切都告诉了我。

这样一来，根据我已经知道的情况，以及伊尔玛的叙述，你们对科雷一家的状况也能一目了然。

第 三 章

科雷夫人生于1747年，这一年刚好四十五岁。前面我已说过，她出身于一个小业主家庭，老家在圣索夫略。科雷夫人的双亲是阿科洛克先生和夫人，家里的境况不太好，迫于生计，菲薄的家业日渐凋零。1765年，在很短的时间内，阿科洛克夫妇相继去世。年轻姑娘只好依傍一位年老的婶子生活，但是，婶子很快也去世了，撇下姑娘孤苦伶仃。

就是在这样的处境，姑娘遇到了前来庇卡底地区经商的科雷先生。科雷先生曾经在亚眠市①，以及该市周边逗留过十八个月，从事贸易和商品运输。这是一位正人君子，仪表堂堂，聪明活泼。那个时候，我们对德国人还没有那么反感，只是后来发生的三十年战争，才勾起了我们对德国佬的民族仇恨②。科雷先生积攒了一笔财富，并且，由于他的热情，以及经商才干，这笔财富不断增值。于是，科雷先生询问阿科洛克小姐是否愿意嫁给他。

---

① 亚眠市位于索姆河畔，是法国北部重要的工商业中心之一，也是上法兰西大区索姆省的省会。
② 法国与德国的历史恩怨起于法国资产阶级大革命，德国曾与其他欧洲国家干预法国革命，此后，德国为实现国家统一和领土扩张，曾与法国发生过多次战争。

阿科洛克小姐犹豫不决，因为那样，她就必须离开自己心中难以割舍的圣索夫略，以及庇卡底地区。另外，这桩婚姻是否会让她失去法兰西女士的身份？如果勉为其难，她将面临何种人生？然而，那个时候，她几乎已经一无所有，唯一剩下的那栋小宅邸也不得不卖掉。而且，年长的婶子杜夫雷奈夫人预感来日无多，对侄女的前景颇感忧虑，因此，极力赞成这桩婚事。

阿科洛克小姐答应了这桩婚姻。婚礼在圣索夫略举行。几个月之后，科雷夫人离开庇卡底，跟随丈夫移居到了国境的另一侧。

科雷夫人对自己的选择从未后悔。她热爱自己的丈夫，如同丈夫倾心爱慕她。丈夫深知，自己的妻子留恋失去的法兰西国籍，始终对她细心呵护。这桩婚事合情合理，幸福美满，岁月静好——这样的婚姻在今天已很难见到，即使在那个时代，亦属凤毛麟角。

一年以后，居住在贝尔青根的科雷夫人诞下一个男孩儿。她希望倾尽心血教育这个孩子，然而，这样做的后果，却成为我们这个故事里的一段情缘。

就在这个男孩出生后不久，临近1771年，我的姐姐伊尔玛成为科雷家的一员，那年她刚满十九岁。姐姐很小的时候，科雷夫人就认识她，那时候，伊尔玛还是个小姑娘。当时，我们的父亲曾经好几次受雇于阿科洛克先生，他的夫人和女儿对伊尔玛颇有好感。圣索夫略与格拉特庞什村相距并不远。阿科洛克小姐经常看见我姐姐，见面总要拥抱她，送她一些小礼物，两个人成了好朋友——这份友情极为真挚，而且历久弥新。

因此，当科雷夫人获悉我们的父母相继去世，几乎没有留给我们任何遗产时，科雷夫人想到一个办法。那时，伊尔玛正受雇于圣索夫略的一个人家，科雷夫人把她请了过去。我的姐姐当然十分乐意，并且从不后悔。

我前面说过，科雷先生的祖先拥有法兰西血统。下面是这事儿的来龙去脉：

一个世纪之前略早一点儿，科雷家族居住在洛林地区[①]的法属地界。科雷家善于经商，很早就积累了丰饶的财富。后来，发生了一桩严重的事件，这事儿毁了法国好几千个最具工业才干的家庭，倘若不是这个缘故，科雷家原本可能家资巨万。

科雷家族是新教徒[②]。他们虔信自己的宗教，任何威逼利诱也无法让他们叛教。1685年，当"南特敕令"[③]被废除时，科雷家的这一特质表现得淋漓尽致。与其他人一样，科雷一家面临离开祖国，或者背弃信仰的抉择。与许多人相同，他们选择了背井离乡。

各行各业的小工厂主、手艺人、工人，以及农民，纷纷动身离开法国，迁移去了英国、荷兰、瑞士，还有德国，特别是勃兰登堡地区[④]。在那儿，他们受到了普鲁士选帝侯，以及波茨坦[⑤]、柏林、马格德堡[⑥]、

---

① 洛林地区位于法国东北部，历史上为洛林公国所在地，毗邻德国，长期为法德两国相互争夺的领土。

② 新教与天主教、东正教并称基督教三大流派。新教的主要教派之一为路德宗，以马丁·路德的宗教学说为依据，16世纪欧洲宗教改革运动时期产生于德国。

③ "南特敕令"由法国国王亨利四世在1598年颁布，该敕令为世界近代史上第一份有关宗教宽容的敕令。但是，法王路易十四于1685年废除"南特敕令"，宣布基督新教为非法。

④ 勃兰登堡现为德国的一个州，位于德国东部。

⑤ 波茨坦位于柏林市西南郊，是勃兰登堡州的首府。

⑥ 马格德堡地处易北河畔，现为萨克森-安哈尔特州的首府。

巴登①,以及奥德河畔法兰克福②等地的热情欢迎。听说,其中来自梅斯③的移民多达2.5万人,他们移居到了什切青④和波茨坦,把那儿变成繁荣昌盛的移民聚集地。

于是,科雷一家把商业资产廉价出售后,离开了洛林地区,也许,他们心想有朝一日能够返回故里。

是的!他们心心念念,一旦情势允许,还要重返祖国。不过,在期盼中,他们只能在异国安家。他们在那儿建立了新的社会关系,创造了新的财富。然而,多少年过去,他们始终客居异乡!其实,受这种状况伤害最深的,应该是法国!

迟至1701年,普鲁士才成为王国⑤,那时,在莱茵河流域,它仅仅拥有克莱夫公国,马克伯爵领地,以及盖尔德的部分领土。

恰恰就是在这个盖尔德省,差不多紧靠荷兰边界,科雷一家找到了栖身之地。在那儿,他们创建了自己的工厂。虽然亨利四世⑥的敕令被废除极其没有道理,而且造成了悲惨的后果,但科雷一家还是把因此中断的贸易业务恢复起来。经过一代又一代,科雷家依

---

① 巴登是一个历史地名,位于德国西南部的施瓦本,为今天巴登-符腾堡州的一部分。
② 奥德河畔法兰克福是德国东部边境小城。
③ 梅斯位于法国东北部,是洛林大区的中心城市。
④ 什切青是波兰城市,历史上曾被普鲁士和德国统治。第二次世界大战后,该市划归波兰。
⑤ 普鲁士是欧洲历史地名,位于德意志北部。1701年,勃兰登堡选帝侯腓特烈三世在柯尼斯堡加冕成为普鲁士国王腓特烈一世,建立了普鲁士王国。
⑥ 亨利四世(1553—1610)是法国国王(1589—1610),也是波旁王朝的创建者。1593年,亨利四世宣布改宗天主教,5年后颁布"南特敕令",宣布天主教为国教,同时给予新教徒充分的信仰自由,体现了难得的宗教宽容精神。

靠各种关系，甚至通过联姻，让家族与新同胞融为一体，终于，这些法兰西后裔逐渐变成了德国子民。

大约在1760年，科雷家的一名成员离开盖尔德，迁移定居到了小城贝尔青根，这里地处上萨克森地区腹地，部分领土属于普鲁士。科雷家的这名成员经营商业获得成功，足以给阿科洛克小姐提供她在圣索夫略享受不到的安逸生活，而且，也就在贝尔青根，他的儿子诞生了。这孩子的父亲是普鲁士人，不过，由于生母，孩子血管里流淌的却是法兰西血液。

我在叙述这件事儿的时候，禁不住心情激荡，这位正直的年轻人拥有法兰西的灵魂，因为，母亲的灵魂植根于他的心中！科雷夫人用自己的乳汁哺育了他。孩子牙牙学语，最先说的就是法语。他没有称呼"妈妈"，而是"马芒！①"。他从小耳熟能详的，首先是我们的语言，学说的也是这种语言，因为，在贝尔青根的家里，大家习惯说的就是这种语言，虽然科雷夫人，还有我的姐姐伊尔玛早就学会了使用德语。

小宝贝约翰的童年，是在晃动的摇篮里，听着我们国家的歌曲度过的。对此，他的父亲从未表示过异议。恰恰相反，难道这不正是他的祖先使用过的语言吗？洛林地区的方言与法语并无二致，即使这儿紧靠德国边境，但法语依然纯正无瑕。

科雷夫人不仅用自己的乳汁哺育了这个孩子，还把自己的所思所想，所有与法兰西相关的情愫也传递给了这孩子。她深深眷恋着自己的故乡，而且，从未放弃有朝一日回归故里的期望。倘若此生能重新踏上古老的庞卡底土地，她将倍感幸福，对此，科雷夫人丝

---

① "妈妈"一词的发音，德语为"妈妈"，法语为"马芒"。

毫不想掩饰。对夫人的乡愁，科雷先生完全理解。也许，一旦积攒了足够的财富，他也愿意离开德国，去自己夫人的故乡定居。然而，他还需要再打拼几年，以便为自己的夫人和孩子提供稳定舒适的生活条件。非常不幸，就在此前十五个月，死神突然降临到他头上。

我俩乘坐那辆小车直奔贝尔青根，一路上，姐姐把这些事儿全都告诉了我。一开始，大家以为，科雷先生的意外去世，不过是延迟了科雷一家返回法国的行程，然而，更大的不幸接踵而至！

实际上，科雷先生去世时，已经陷入一场涉及普鲁士政府的重要诉讼案。两三年以来，科雷先生参与了政府供货商的竞标，这桩生意风险很大，为此，科雷先生押上全部财产，以及投资人托付的所有资金。他把首期获得的盈利全部偿还给了合伙人。除此之外，他还应该获得一笔余款，这笔钱几乎等于他的全部身家。然而，这笔余款迟迟未获支付，科雷先生被人算计了，用我们俗话说，他被人"拔毛了"。人家给他设置各种障碍，万般无奈的他不得不求助于柏林的法官。

这场官司旷日持久。而且，谁都知道，无论在任何国家，与政府打官司准没好果子吃。普鲁士的法官居心不良，明眼人都看得出来。然而，科雷先生是一位正人君子，他尽善尽美地履行了应尽的义务。对他来说，这场官司涉及两万弗罗林币[①]——在那个时代，这可是一笔巨款——输掉这场官司，就意味着他的破产。

我再说一遍，这些都是往事。也许，贝尔青根的这场官司已经结案。甭管怎么说，自从丈夫去世后，科雷夫人坚持不懈，力争

[①] 弗罗林币是1252年前后开始在欧洲一些国家流通的货币，该币为金币，每枚质量大约3.5克左右。

让案子了结，她心中最大的愿望，就是返回法兰西，这个愿望合情合理。

以上就是姐姐向我讲述的所有事情。至于姐姐的状况，猜也猜得出来。伊尔玛带大了这个孩子，从他出生开始，姐姐就像亲生母亲一样，细心照料这个孩子。她给予这个孩子的爱，绝不亚于真正的母爱。所以，在这个家里，伊尔玛从未被视为用人，而是被当作伙伴，当作一位朴实谦虚的朋友。她俨然是家庭的一名成员，享受家庭成员的待遇，同时，她也全心全意，毫无保留地为这家好人做出奉献。如果科雷一家离开德国，伊尔玛将兴高采烈地跟随大家一起离开。然而，如果科雷一家留在贝尔青根，那么，伊尔玛也将与他们一同留下来。

"想要让我离开科雷夫人！……我觉得，简直就像要了我的命！"她对我这样说道。

我明白了，自己根本无法说服姐姐和我一起返回法国，因为，她的女主人不得不留在贝尔青根，直到这场财产诉讼案了结。然而，看到姐姐置身于这个国家的腹地，而这个国家正准备与我的祖国为敌，这事儿实在让我非常担忧。战争就要爆发了，因此，一旦出事儿，一定非同小可！

伊尔玛已经把有关科雷家的事儿说完了，随后，"在整个假期里，你都将和我们在一起吗？"她补充问道。

"是的，整个假期，假如顺利的话。"

"那么，纳塔利，很可能，你将出席一场婚礼。"

"谁要结婚？……约翰先生吗？"

"是的。"

"他将迎娶谁？……一位德国女人？"

"不是，纳塔利，对此，我们也感到很高兴。如果说，约翰的妈妈嫁给了一个德国人，但是，即将嫁给约翰的却是位法国姑娘。"

"很漂亮？……"

"美如天仙。"

"听你说这些事情，伊尔玛，真让我高兴。"

"那好吧，说说我们自己！——不过，难道你，纳塔利，你就不想给自己娶个女人？"

"我吗？"

"你就没有在那边留住一位！……"

"留了一位，伊尔玛。"

"那么，是谁？……"

"我的祖国，姐姐！作为一名士兵，难道他还需要别人吗？"

第 四 章

贝尔青根是一座小城,距离柏林不足20里[1],毗邻哈格尔伯格村,就在这座村子里,1813年[2],法国军队曾经与普鲁士的一级后备军[3]进行过一番较量。弗拉门山的圆形山峰俯瞰着这座小城,城市在山脚下层层铺展,景色秀丽。这儿的商业交易包括马匹、牲畜、亚麻、苜蓿,以及谷物。

将近上午10点钟,我和姐姐,我们俩终于到了这儿。片刻之后,小车停在了一栋非常整洁的房子前边,房子并不豪华,但十分迷人。这儿就是科雷夫人的家。

在贝尔青根,我感觉好像身处荷兰。农民们身披青蓝色的颀长大氅,贴身穿猩红色的衬衣,系一条厚实的围巾,足可抵御一把军刀的劈砍。这儿的女人都穿着双层甚至三层衬裙,头戴配有白色帽

---

[1] 此处为法国古里。

[2] 1813年4月,英、俄、普、瑞等国形成第六次反法同盟,并于次年兵临巴黎,迫使拿破仑退位。

[3] 普鲁士于1808年被迫签订《巴黎条约》后,随即实施兵役制度改革,大规模建立三级后备军,其中一级后备军由适龄青年和退役军人组成。后备军制度在普鲁士的解放战争中发挥过重要作用。

翅的圆锥形女帽，个个都像修女①，区别在于她们身披五颜六色的紧身丝巾，另外，黑色天鹅绒女式短上衣也与修女截然不同。一路上的景色，在我看来，大致不过如此。

至于我受到的热烈欢迎，你们不难想象出来。难道，我不是伊尔玛的亲弟弟吗？我终于明白，她在这个家庭里的地位，绝不亚于她向我描述的那样。科雷夫人对我给予了真诚的微笑，约翰先生则是亲切地在我身上擂了两拳。正如他想象的那样，我这个法国佬应该能抗住更有力的击打。

"得勒彼埃尔先生，"他对我说道，"妈妈和我都希望您能在这儿度过整个儿假期。对于您的姐姐来说，几个星期的时间不算太长，毕竟，你们已经十三年没有见面了！"

"这几个星期不仅要与姐姐，还要与您的母亲，还有您，约翰先生，共同度过，"我回答道，"您全家给予我家的恩惠，我永远铭记。伊尔玛能够得到你们的收留，实在是三生有幸！"

我承认，自己预先准备好这段祝颂词，就是为了不让自己一进门显得傻了吧唧。其实，这么做根本就是多余，在如此真诚的一家人面前，只需把内心的真实感受说出来，就够了。

看着眼前的科雷夫人，令人不禁想起当年姑娘的靓丽身影，她曾经深深印在我的脑海里。这么多年过去了，科雷夫人的美丽容颜丝毫不曾改变。她年轻的时候风姿绰约，惊为天人，如今，在我看来，她依然美丽，风韵犹存。尽管她乌黑的秀发略显斑驳，但是，

---

① 欧洲中世纪的基督教文化认为，已婚女性露出自己的头发，是一件不得体的事情。因此，出现了从脖子到下巴覆盖头部的帽子。后来演变为修女的帽子，主要特征为白色高帽翅。

科雷夫人生性文静……

她的双眸依然顾盼生辉;虽然丈夫去世后,科雷夫人以泪洗面,但是,她的眼神依旧波光灵动。科雷夫人生性文静,善于倾听,不像那些妇女整日唠叨不停,犹如愚蠢的喜鹊,或者说东道西,好似忙忙叨叨的蜜蜂。说实话,对那些碎嘴女人,我一点儿都不喜欢。大家都能体会到,科雷夫人宅心仁厚,她在表达意见,或者付诸行动之前,总能深思熟虑,处理自家事务,一向得心应手。

另外,我很快观察到,科雷夫人很少走出家门,从不与邻居交往。她逃避熟人。她就喜欢在自己家里待着。我喜欢这样的女人。我瞧不上那些妇女,她们好似小提琴演奏家,只有走出自家大门,才能表现得才华横溢。

还有一件事儿,同样让我十分高兴,那就是,科雷夫人在尊重德国习俗的同时,也保留了我们庇卡底的若干习俗。她家的陈设能让人想起圣索夫略住宅的风格。无论家具的摆放,家务琐事的料理,烹饪的方式,无不让人感到如在故乡。在我的记忆里,这个感觉尤为深刻。

那时,约翰先生刚满二十四岁。这个年轻人的个头高于平均身高,头发和髭须均为棕色,眼眸颜色颇深,看上去近乎黑色。如果说他是德国人,那么至少,他不像条顿人[①]那样刻板,相反,他的举止极为优雅,性格开朗,阳光外向,讨人喜欢。他很像自己的母亲,当然了,也像母亲一样严肃矜持,不过,尽管一脸肃穆,他也会开玩笑,与此同时,他殷勤周到,乐于助人。我第一眼看到约翰先生,就感到与他很对脾气。倘若有一天,他需要找一个帮手,纳

---

① 条顿人为古代日耳曼人的一个分支,后世常以条顿人泛指日耳曼人及其后裔,或是直接以此称呼德国人。

塔利·得勒彼埃尔随时乐于奉献！

我还要补充说一句，约翰掌握我们语言的熟练程度，简直就像是在法国长大。他会说德语吗？是的，显而易见，而且十分流利。不过，事实上，他学习德语也是人家要求的，就好像是某位普鲁士公主，我记不得是哪一位了，久居法国后习惯了，变得只说法语。而且不仅如此，约翰对法国的一切特别感兴趣，他喜欢法兰西同胞，愿意接近他们，向他们提供帮助。凡是来自法国那边的消息，他总刻意去搜集，并且喜欢把这些消息作为谈话的主题。

另一方面，他的职业属于工厂主，或者商人，像所有这类年轻人一样，他们喜欢做买卖，从事商业活动，但是，他们与政府没有直接关系，为此，不得不忍受来自政府公务员，以及军官们的傲慢欺负。

约翰·科雷先生只能算半个，而不是全须全尾的法国人，这真是太遗憾了！有啥办法？我说的这些只是自己的想法，未经过深思熟虑，不过就是个人的感觉而已。如果说我不喜欢德国人，那是因为，在边境驻扎期间，我曾就近观察过他们。但凡进入上流社会的德国人，他们不得不和别人一样，表现得彬彬有礼，尽管如此，却难免流露出倨傲的神态。我并不否认他们的优秀品质，但他们与优秀的法国人格格不入。我对德国人的评价并非始于这趟德国之行，我对他们的看法历来如此。

父亲去世时，约翰先生还在哥廷根① 大学读书。此后，他不得不回家，接手家里的业务。儿子的智慧、进取心，以及辛勤打拼，

---

① 哥廷根位于德国下萨克森州，为哥廷根县的首府，也是历史悠久的大学城。

对科雷夫人提供了极大帮助。按照姐姐的说法，约翰天资聪慧，他的天赋不仅局限于商业，在其他方面同样学识渊博。对于这种说法，我无法做出评判。约翰喜欢读书，热爱音乐。他有一副漂亮的歌喉，虽然不如我的嗓音强劲，但是更讨人喜欢。甭管怎么说，每个人都有自己擅长的职业。就拿我来说，当我冲着自己的手下高喊："前进！……快步走！……稍息！……"——特别是高喊稍息的时候——没有人胆敢违抗，个个俯首帖耳！让我们回过头来接着说约翰先生。如果让我选择，我还会继续赞扬约翰先生，因为，总看见他忙于工作。必须强调，自从父亲去世后，家里全部业务重担都落到了约翰先生的肩上。他不得不拼命工作，因为这些业务相当复杂。约翰先生极力奋斗，就为了一个目标：把事情的来龙去脉弄清楚，然后，终止贸易活动。十分不幸，他接手的这场诉讼的对手是政府，看上去，恐怕需要拖延时日。必须时刻关注案情进展，这一点十分重要，为了不放过每个细节，他必须经常前往柏林。这件事情关系到科雷家的前途命运，无论如何，约翰先生责任重大，尽管法官们居心不良，但是，他决不能输掉这场官司。

那一天，正午时分，我们就像是一家人，聚在餐桌旁吃饭。我得到的待遇是：在科雷夫人身边就座；姐姐伊尔玛坐在自己习惯的老位置上，紧挨着约翰先生。而约翰先生就坐在我的对面。

大家谈论我的这趟旅行，谈论一路上我曾经遇到的困难，以及这个国家的现状。我猜想得出来，看到眼前正在发生的事情，看到一队队士兵朝着法国边界行进，其中既有普鲁士军队，也有奥地利军队，看到这一切，科雷夫人和她的儿子一定心急如焚。如果爆发战争，他家的利益将在很长时间内受到伤害。

不过，这是见面后的第一顿饭，席间，最好不要谈论如此悲惨的事情。因此，约翰先生想要改变谈话的主题，于是，我就成了被考问的对象。

"说说您经历过的战争，纳塔利？"他向我问道，"您曾经在美洲打过仗，在那儿，您曾经遇见过拉法耶特侯爵，他可是法兰西的英雄，为了美洲的独立事业，不惜倾尽家财，甘冒生命危险！"

"是的，约翰先生。"

"那么，您是否见过华盛顿先生？"

"就像我现在看着您一样，"我回答道，"这可是一位大人物，大脚板，大手掌，就像一个巨人！"

毫无疑问，这位美国将军给我留下的印象，最深刻的莫过于此。

于是，我讲述了自己在约克镇战役中的亲身经历，以及罗尚博伯爵如何干脆利落地狠揍康沃利斯阁下。

"那么，自从您回到法国以后，"约翰先生向我问道，"您就没有再打过仗了吗？"

"一次都没有。"我回答道，"庇卡底皇家团不停地从一处驻地转移到另一处驻地。我们忙得一塌糊涂……"

"对此，我确信不疑，纳塔利，您确实太忙了，简直找不出时间给您的姐姐寄来只言片语，告诉她有关您的消息！"

听到这句话，我禁不住面红耳赤。伊尔玛同样颇为尴尬。终于，我决定实话实说，其实，这事儿也没什么见不得人。

"约翰先生，"我回答道，"我之所以没有写信给姐姐，那是因为，一说到写字，我的两只胳膊就不自在。"

"您不会写字吗，纳塔利？"约翰先生惊奇地叫道。

"不会，我深感遗憾。"

"也不识字？"

"一点儿也不会！我小的时候，即使父母亲手里攒了几个钱，愿意让我接受教育，在我们的格拉特庞什村，甚至附近地区，也找不到教书先生。后来，我不停地身背行囊，肩扛步枪，很难找到时间学习。这就是为什么，身为骑兵中士，已经三十一岁了，我却仍然不识字，也不会写字！"

"既然这样，那就让我们来教你吧，纳塔利。"科雷夫人说道。

"您，夫人？……"

"是的，"约翰接着说道，"母亲和我，我们一起来教您……您有两个月的假期？……"

"两个月。"

"您打算在这儿度过这两个月？"

"希望不会太打搅你们。"

"怎么会打搅我们，"科雷夫人回答道，"您可是伊尔玛的兄弟！"

"亲爱的夫人，"姐姐说道，"等到纳塔利与你们更熟悉之后，他就不会有这样的想法了！"

"您在这儿，就好像到了自己的家。"约翰先生接着说道。

"好像到了自己的家！……等一下，科雷先生！……我可是从来没有过自己的家……"

"那好吧，就好像到了您姐姐的家，也许，这样能让您感到更放松。我再跟您重复一遍，只要您在这儿觉得合适，那就一直待下去。然后,在您的这两个月假期里,我负责教您学会阅读。然后,您还要学习书写。"

我简直不知该如何表达谢意。

"可是,约翰先生,"我说道,"您那么忙,能抽出时间来吗?……"

"每天早上两个小时,晚上两个小时,足够了。我会给您留作业,您需要完成它们。"

"我能帮助你,纳塔利,"伊尔玛对我说道,"因为,我也懂一点儿阅读和书写。"

"对此,我深信不疑,"约翰先生接着说道,"她曾经是我妈妈最优秀的学生!"

面对如此热情洋溢的提议,我还能如何回答?

"好吧,我同意,约翰先生,我同意,科雷夫人,而且,假如我没能很好完成作业,请严厉处罚我!"

约翰先生接着说道:

"您知道,我亲爱的纳塔利,一个男人应该识文断字。您想想,那些可怜人两眼一抹黑,处境该有多悲惨!他们的头脑里一团模糊,心智得不到开化!不识字,那种痛苦,简直就像断了一条胳膊!"

"另外,您难道不想步步高升吗?现在,您已经是骑兵中士,这很好,但是,您如何才能更进一步?您如何才能晋升中尉、上尉、上校?如果无知阻碍了您的前进之路,您就只能原地踏步。"

"阻碍我前进的不是无知,约翰先生,"我回答道,"而是规章条例。我们是平头百姓,对我们来说,要想爬到比上尉军衔更高的位置,那是不可能的。"

"目前来看，纳塔利，这是可能的。1789年的大革命①在法国宣告了平等，这场革命让旧有的偏见荡然无存。现在，在您的国家，每个人都是平等的。您需要与那些受过教育的人平起平坐，达到与您的知识水平相匹配的位置。平等！这个词在德国还没有实现！——难道不是吗？"

"您说得对，约翰先生。"

"那好吧，我们就从今天开始，而且，八天之后，您将掌握A、B、C字母表的全部字母。现在吃好饭了，让我们一起去散步。回来后，我们开始干活儿！"

就这样，在科雷家里，我开始认字。

他们都是真正的大好人！

---

① 即爆发于1789年的法国资产阶级大革命。

第 五 章

我和约翰先生一起散步,悠然自得,脚下是通往哈格尔伯格村,以及勃兰登堡的大路。我们环顾四周,随口聊天。实际上,眼前的景色并无特别之处。

不过,我还是注意到,路上的行人盯着我,眼神有点儿古怪。有啥办法呢?这座小城里出现了一张新面孔,这事儿的确非同寻常。

我还注意到一个现象:科雷先生似乎受到当地居民的普遍尊重。在过往的行人中,似乎很少有人不认识科雷一家。面对行人的脱帽致敬,我总要客客气气地给予回礼,尽管人家致敬的对象并非我本人。法国是礼仪之邦,决不能失了礼数!

这次散步途中,约翰先生对我说了点儿什么?啊!主要是他家目前最关心的事情,也就是那桩尚未了结的诉讼案。

他把这件事儿从头到尾说了一遍。那批中标物资在规定的时间内交货完毕。作为普鲁士人,科雷先生满足了标书要求的所有条件,其中的盈利合理合法,正大光明,本应毫无争议地支付给他。这一点确切无疑,要是科雷先生赢了这场官司,这桩事儿早就解决了。但是,面对这场诉讼,那帮政府官员表现得极其无赖。

"不过，等一下！"我接着说道，"这些官员又不是法官！那些对你做出判决的人，我觉得，他们不可能看着你败诉……"

"谁都可能在一场诉讼中败诉，即使最优秀的人也难免。倘若有人居心不良，浑水摸鱼，我如何指望获得公正判决？我拜访过那些法官，而且，还将继续去拜访。我已经感到，这些法官受人指使，要跟我家作对，因为，这个家庭与法国藕断丝连，尤其眼下这个时候，德法两国剑拔弩张。十五个月前，在我父亲去世的时候，从没有人质疑过我家的良好信誉。然而现在，我都不敢想象。如果我家在这场官司中败诉，那就意味着所有财产全军覆没！……仅存的家当只够勉强度日！"

"不会落到那一步。"我惊叫道。

"必须以防万一，纳塔利！噢！不是为了我，"约翰先生接着说道，"我还年轻，还能继续打拼。然而，我的母亲！……在没有把她重新安顿妥当之前，今后很多年里，母亲将在拮据中生活，每当想到这儿，我不禁心如刀绞！"

"科雷夫人是好人！我姐姐总是不断称赞她！……您很爱她吗？……"

"当然，我爱她！"

约翰先生沉默片刻，然后接着说道：

"如果不是因为这场诉讼，纳塔利，我本来已经可以攒够这笔钱了。因为，我的母亲只有一个愿望，就是回到法兰西，虽然她离开这个国度已经25年，但始终难以忘怀。为了满足这个愿望，让她高兴，我必须把家里的业务处理好，从现在算起，需要一年的时间。也许，只需要几个月！"

"不过,"我问道,"无论这场官司是输还是赢,它与科雷夫人是否离开德国有什么关系?"

"哎!纳塔利,母亲热爱庇卡底,总想回到那儿,但不是为了重新过她曾经的那种拮据生活,那样的生活未免太惨了!毫无疑问,我会努力打拼,为了她,我将鼓足勇气去奋斗!我能成功吗?谁也不知道,特别是,我已经预感世道将大乱,经营贸易将困难重重!"

听到约翰先生这样说,我不禁心情十分激动,而且难以掩饰。交谈时,他不止一次地握紧我的手。作为回应,我也紧紧握住他的手,这其中的含义,他自然一清二楚。啊!为了分担约翰先生和他母亲的痛苦,我真想做点儿什么!

约翰先生陷入沉默,目光凝重,就像一个男人正在思考着未来。

"纳塔利,"他对我说道,语气有些古怪,"您有没有注意到,这个世界真的十分糟糕!因为婚姻,我的母亲变成了德国人,而我呢,即使娶了一位法国姑娘,我仍然还是个德国人!"

关于这个话题,今天早上,伊尔玛曾经对我暗示过。不过,既然约翰先生没打算多谈,我觉得还是不要刨根问底。有些人,即使向你表达了友好情谊,还是应该保持距离,谨言慎行。如果科雷先生愿意向我倾诉衷肠,说清原委,我愿意洗耳恭听,而且时刻准备随声附和。

我们继续散步,随口东拉西扯,特别聊到与我有关的话题。我不得不再次谈起在美国战场上的一些经历。约翰先生兴趣盎然,他觉得,法国出手援助美国人,帮他们争取自由,这事儿干得十分漂亮。他对我的同胞们的命运羡慕不已。因为,无论是大人物,还是

我们继续散步，随口东拉西扯……

平头百姓，他们都把身家性命奉献给了这桩正义的事业。毫无疑问，如果约翰先生身临其境，倘若可能，他也会毫不犹豫投身罗尚博伯爵的队伍，与士兵们并肩作战。他也会参加约克镇战役，为帮助美国摆脱英国统治而战斗。

看到约翰先生说话的神态，听着他坚定的语气，犀利的言辞让我心情激荡，我确信，约翰先生一定能完成自己的使命。可惜，很少有人能够主宰自己的命运。世上有多少大事儿等着人去做，然而，成事者寥寥！总而言之，命运就是如此，人只能向命运低头。

之后，我们转身返回贝尔青根，沿着大道一路下坡。映入眼帘的房屋在阳光下闪烁着白光，红色的屋顶掩映在绿叶中，异常醒目，宛若万绿丛中盛开的花朵。当我们距离小城仅有两段步枪射击距离时，约翰先生开口对我说道：

"今天晚上，吃过晚饭，母亲和我要去拜访一家人。"

"我和伊尔玛留在家里，"我回答道，"但愿没有让你们感到不方便！"

"不，恰恰相反，纳塔利，我希望你和我们一起去拜访这家人。"

"如果您觉得合适，没问题！"

"这家人是您的同胞，德·劳拉奈先生与德·劳拉奈小姐。他们在贝尔青根居住了好多年。他们一定很高兴见到您，因为，您来自他们的故国，我很期望您和他们相识。"

"诚如您所愿。"我回答道。

我心里十分清楚，约翰先生希望我更多地了解他家的秘密。然而，我心里却琢磨着，这桩婚事会不会妨碍他们返回法国的行程？倘若德·劳拉奈先生和女儿希望定居此地，不愿意回去，那么，这桩婚事会不会让科雷夫人和儿子难以割舍，从此留居此地？如果是这样，很快我就知道自己该怎么办了。耐心一点儿！心急吃不上热饽饽①！

我们抵近贝尔青根城边的房屋，很快，约翰先生走上城内大街，恰在此时，我听见远方传来战鼓声。

当时，贝尔青根驻扎了一个步兵团，即利布团，该团的指挥官是冯·格拉维特上校。我后来得知，这个团已经在贝尔青根驻扎了五六个月。后来，这个团队向德国西部开进，因此，可能很快它就将与普鲁士的主力大军会合。

作为一名士兵，我喜欢旁观其他当兵的，即使这些是外国兵。出于职业习惯，我总想看看，这些当兵的都有哪些优点，以及不足之处。从他们绑腿上的每一个纽扣，直到帽子上的羽毛，我仔细审视他们的军服，以及他们队列行进的方式，尽管这些玩意儿并不赏心悦目。

于是，我停住脚步，约翰先生也停了下来。

鼓声按照普鲁士的传统方式，循着行进节奏，持续不断。

在鼓手们身后，隶属利布团的4个连队齐步行进。这支军队并没有开拨，仅仅是做例行操练。

约翰先生和我紧贴路边站立，给队列让出道路。当鼓手们走到我们身旁时，我感到约翰先生一把抓紧了我的胳膊，似乎，他正在强迫自己站在原地不动。

我看着他。

"发生了什么事儿？"我问道。

---

① 此处为法国俚语，直译为"如果把磨盘旋转过快，磨出来的不是好面粉"。

约翰先生和我紧贴路边站立……

"没事儿！"

一开始，约翰先生脸色苍白，随即，热血涌上他的双颊，看上去，他似乎有点儿头晕目眩，我们通常把这种症状视为恐惧症。紧接着，他的目光陷入凝滞，而且，很难让他回过神来。

在第一支连队的最前头，队伍左侧，走过来一位中尉。而且恰巧，我俩站在路旁，与他处于同一侧。

这是一名德国军官，那时，这样的军官随处可见，而且，从那以后，这类军官越来越多。这是个相当俊俏的男人，头发根棕红色，发梢金黄，蓝色的眼眸犹如彩陶，冰冷严峻，此人神态矫揉造作，身躯左右摇摆，一副自命不凡的样子。尽管他外表优雅，但骨子里透着僵硬沉重。在我看来，这个自视甚高的家伙令人反感，甚至惹人讨厌。

毫无疑问，正是此人引起了约翰先生的憎恶，甚至不只是憎恶。不仅如此，我还发现，这名军官对约翰先生站立的地方，似乎也没有好感。他瞥向那儿的目光，绝无丝毫善意。

两个人擦肩而过，彼此相距不过数步之遥。在错身的那一瞬间，年轻军官有意识地扭动肩膀，摆出傲慢的姿态。约翰先生怒火中烧，攥我的手猛地抽搐一下。那一刻，我还以为他要扑上去：但是，约翰先生控制住了自己。

显然，这两个男人之间有刻骨仇恨，至于原因，我无从知晓，不过，很快就会弄明白的。

片刻之后，连队走过去了，紧接着，整列队伍消失在街道拐角。

约翰先生一句话也没说。他的眼睛盯着渐渐远去的士兵，整个身躯似乎钉在了原地。他就那么呆呆地站着，直到鼓声消失，再也听不见。

随后,他转身面向我,说道:

"走吧,纳塔利,我们回去!"

于是,我俩回到科雷夫人家。

第 六 章

我有一位好老师。这算不算是夸奖他？我不知道。对于年满三十一岁的人来说，学习识文断字，应该不是一件很难的事儿。不过，你得有一颗儿童的脑袋——乖巧听话，过目不忘，用不着死记硬背。然而，我的这颗脑袋简直就像榆木疙瘩①。

我下定决心，认真干活儿，而且，哎，说实话，我必须加快学习进度。在第一堂课上，我就把所有元音字母学了一遍。约翰先生很有耐心，我打心眼里感激他。甚至，为了让我牢牢记住这些字母，他要求我用铅笔描写它们，十遍、二十遍，甚至不惜写上一百遍。按照这个办法，我能同时学会阅读和书写。因此，对于跟我年龄相仿的老学生们，我推荐使用这种方法。

我的学习热情高涨，注意力集中，甚至准备把这堂字母课继续到晚上，不过，大约7点钟的时候，女厨师过来宣布，晚饭已经准备妥当。我的小房间与伊尔玛的房间挨着，我上楼回到房间，洗了手，然后走下楼梯。

晚饭花费了半个小时，过一会儿，大家就要动身前往德·劳拉

---

① 此处为法国俚语，直译为"脑袋里面的东西与外面的脑壳同样梆硬"。

奈先生家登门拜访，因此，我请求允许自己到房子外面等候。这个要求得到允准。于是，就在那儿，在大门旁，我开始悠闲自得地抽着烟，对于我们庇卡底老乡来说，这个时刻被称为"饭后一袋烟，赛过活神仙"。

抽完烟，我转身进屋。科雷夫人和她的儿子已经准备就绪。伊尔玛还要忙家务活儿，就不陪我们去了。我们三个走出房门。科雷夫人要求挽着我的胳膊，我服从了，只是动作略显笨拙。甭管怎么说，一位如此美丽的夫人依傍我，让我感到无比骄傲，自豪感与幸福感油然而生。

我们并没有走很长时间。德·劳拉奈先生就住在这条街尽头。他家是一座漂亮的住宅，清新秀丽，看上去十分迷人，房屋前面有一座花坛，两侧各有一棵高大的山毛榉，住宅的后面也有一座相当宽阔的花园，树影婆娑，绿草茵茵。整栋住宅彰显出它的主人家境富裕。确实，德·劳拉奈先生家资丰厚，生活宽裕。

进门的时候，科雷夫人提醒我，德·劳拉奈小姐并不是德·劳拉奈先生的女儿，而是他的孙女。这样一说，看到他俩的年龄差距那么大，我才没有感到意外。

那时候，德·劳拉奈先生已经七十岁了，身材颀长，完全没有因衰老而显佝偻。他的头发与其说是花白，倒不如说是灰色，衬托着一张俊俏而高贵的面庞，双眸充盈着慈祥的目光，神态中流露出上流社会的气质，待人接物的态度让人舒服惬意。

德·劳拉奈先生姓氏中的那个"德"字，并未附加任何头衔，仅仅显示他隶属于那个阶层，即位于贵族与资产阶级之间的那个阶层①，这个阶层对工业，或者商业毫不轻视——这个优点值得充分肯定。如果说，德·劳拉奈先生本人并未经商，那是因为，他的祖父，或者父亲在他之前已经从事过商业活动。于是，他从出生之日起就继承了大笔财富，而且受之无愧，合情合理。

德·劳拉奈一家的祖籍在洛林，与科雷家相同，也是当地的新教徒。不过，如果说，在"南特敕令"被废除后，德·劳拉奈家的祖先不得不离开法兰西土地，那么，他们从未想过要在异乡定居。因此，一旦宗教自由的环境允许，他们就返回了故乡，并且从那时起再也没有离开过法国。

至于德·劳拉奈先生，他之所以居住在贝尔青根，那是因为，在普鲁士的这个角落，他继承了本家叔叔一处相当漂亮的产业，而且很有升值潜力。当然了，他一直想把这份产业出售，然后返回洛林。不幸的是，他很不走运。科雷先生，也就是约翰先生的父亲，负责处理这桩业务，由于德国人普遍不太富有，所以他找到的买主，个个只想廉价捡便宜。德·劳拉奈先生不希望廉价脱手这份产业，只好继续持有它。

科雷先生与德·劳拉奈先生需要经常商量业务，很快，两家人建立了友好情谊，而且这情谊已经持续了二十年之久。两家人生活习惯相近，趣味相投，彼此交往亲密，从未生过一丝嫌隙。

德·劳拉奈先生年轻时丧妻，从此成为鳏夫，通过那次婚姻，

---

① 法国封建时代的贵族姓氏中，多带有：德、特、凡或冯等字样，并附加贵族等级爵位，诸如公爵、侯爵、伯爵等等头衔。随着资产阶级的兴起，法国在十八世纪出现了贵族资产阶级化，或者资产阶级贵族化的现象，其中拥护改革者被称为"自由派贵族"，他们拥有巨额资本，但不享受贵族特权，属于第三等级。

他有了一个儿子，科雷一家多少也算认识那孩子。德·劳拉奈先生的儿子在法国成了家，但是，他仅到贝尔青根来过一两次。倒是做父亲的每年去法国探望儿子——因为那样，德·劳拉奈先生很高兴能在故乡生活几个月。

德·劳拉奈先生的儿子养育了一个女孩，这孩子的诞生是以她母亲的性命为代价。而且，女孩的父亲为此懊恼不已，很快也辞世而去。女孩的父亲去世时，她只有五岁，却不幸成为孤儿，家里也只剩下爷爷一个亲人。

德·劳拉奈先生承担了自己的责任。他动身找到了这个孩子，把她带到德国，尽心尽力地抚育她。我们很快还要说到，这期间，德·劳拉奈先生得到科雷夫人的热心帮助。科雷夫人全身心地挚爱这个女孩，给予她慈母般的照顾。对于科雷夫人的友情，以及她作为女人给予的奉献，德·劳拉奈先生感到万分幸运，根本无法拒绝。

毫无疑问，对于自己的女东家，我的姐姐伊尔玛心甘情愿地提供协助。我敢肯定，她一定无数次地把这个女孩抱在膝上，或者搂在怀里让她安睡——而且，她做这些，不仅得到女孩爷爷的赞许，还收获了千恩万谢。总而言之，女孩长成了一个可爱的妙龄姑娘，现在，她就站在我眼前，而我呢，小心翼翼，生怕惹她不高兴。

德·劳拉奈小姐生于1772年。也就是说，这一年刚满二十岁。她身材挺拔，对一个姑娘来说，算是高个儿了。她一头金发，深蓝色的双眸，姿容秀美，浑身散发着优雅与雍容。在我看见的贝尔青根所有女性居民中，德·劳拉奈小姐犹如鹤立鸡群：那高贵温柔的气质；秀丽的容貌；分寸把握恰到好处的举止；令人赞赏不已。她才华横溢，不仅自娱自乐，也让旁人赏心悦目。她优雅地抚弄羽管

她优雅地抚弄羽管键琴……

键琴①，自谦技艺低微，不过，在我这个骑兵中士眼里，简直就是一流大师。除此之外，德·劳拉奈小姐还擅长在纸屏风上制作美丽的花束。

约翰·科雷先生爱上了这个姑娘，这事儿顺理成章。两家人高兴地发现，两个孩子青梅竹马，一起长大，彼此的亲密关系逐渐充满柔情蜜意。小伙子品质优秀，和蔼可亲，德·劳拉奈小姐心有所属。两个人相互欣赏，情投意合。他们之所以尚未成婚，仅仅是因为约翰先生的感情过于精致——只有情操高尚的人才能理解这种精致。

实际上，我们别忘了，科雷家正陷入严重的困境。在结婚之前，约翰先生希望解决这桩诉讼案，因为这案子决定了他的未来。倘若他胜诉，那就太好了。那样，他就能给德·劳拉奈小姐一笔财产，然而，如果败诉，约翰先生将变得一文不名。毫无疑问，德·劳拉奈小姐很有钱，而且，一旦爷爷去世，她将变得更有钱。然而，约翰先生不想染指她的钱，对此十分反感。在我看来，这想法纯粹出于自尊。

然而，情况变得愈发紧急，迫使约翰先生不得不做出决断。对两家来说，这门亲事确实门当户对。他们信仰同一种宗教，而且，至少从历史上说，两家同根同源。如果这对新人前往法国定居，那么，为什么他俩的孩子不能成为法国人？总而言之，正如俗话说的，这门亲事已经水到渠成。

因此，必须当机立断，绝不能拖延，这一点十分重要。尤其重

---

① 羽管键琴为弦乐乐器，轻便高雅，起源于15世纪末的意大利，后来流行至欧洲各国。

要的是，这事儿很可能引起一位竞争对手的某种觊觎。

并不是约翰先生遭到了什么人的嫉妒！他凭什么遭受别人的嫉妒？因为，他若想让德·劳拉奈小姐嫁给自己，只需说一句话即可。

不过，如果说约翰先生感受到的不是嫉妒，而是满腔怒火，毫无疑问，这股怒火就来自那位年轻军官，也就是我们在贝尔青根大街上散步时遇见的，与利布团连队走在一起的那位军官。

实际上，好几个月以来，弗朗茨·冯·格拉维特中尉盯上了玛瑟·德·劳拉奈小姐。这位中尉出身于颇具影响力的富裕家庭，他以为，凡是自己看上的人，一定会倍感荣幸。

于是，这个弗朗茨对玛瑟小姐猛献殷勤，让后者不胜其烦。他固执地在大街上尾随姑娘，甚至让她除非不得已，根本不敢出门。

约翰先生知道了这件事。不止一次想找上门去，让这个恬不知耻的家伙恢复理智，别继续在贝尔青根的上流社会散布流言。不过，约翰先生不想让玛瑟小姐的名字牵扯到这件事儿里，勉强忍了下来。等到姑娘成了约翰先生的妻子，倘若这个军官仍旧紧盯不放，他才能名正言顺地阻止，让对方老实收敛。迄今为止，对于这人的殷勤追求，只能不予理睬。最好的办法，就是避免把事儿闹大，别让年轻姑娘的生活受到干扰。

然而——不到三个星期之前——弗朗茨中尉居然向玛瑟·德·劳拉奈小姐求婚了。前来德·劳拉奈先生家求婚的是中尉的父亲，就是那个上校。在德·劳拉奈先生家，上校炫耀了自己的财产、头衔，以及他儿子光明的前途。此公举止粗糙，只擅长在军营带兵——谁都知道这意味着什么——既不允许对方犹豫不决，更不能忍受对方的拒绝，总之，从靴跟上的马刺，直到脑袋顶上的羽毛，他就是个彻头彻尾的普鲁士军人。

德·劳拉奈先生对冯·格拉维特上校表示感谢，对求婚深感荣幸；不过，他还表示，孙女已有婚约，因此，无法接受这门亲事。

上校遭到婉言拒绝，不禁大失所望，转身走了出去。为此，弗朗茨中尉怒火中烧。他并不是不知道，约翰·科雷跟他一样，也是德国人，却得到德·劳拉奈先生的认可，以女婿的身份登堂入室，而他却被拒之门外。因此，他心中充满仇恨，甚至也许，他在等待复仇的时机。

不仅如此，这个年轻军官抑制不住嫉妒，或者愤怒的情绪，继续不停地骚扰玛瑟小姐。为此，从那天起，按照德国人的习俗，年轻姑娘不再单独出门，除非有她爷爷，或者科雷夫人，乃至我姐姐的陪伴。

以上这些事情，都是我在很久之后才知道的。不过，我愿意现在就告诉你们。

至于我在德·劳拉奈先生家里受到的欢迎，简直好到不能再好。

"我的保姆伊尔玛的兄弟，那就是我们的朋友，"玛瑟小姐对我说道，"而且，能够与您相识，让我颇感荣幸！"

你们是不是觉得我特傻？事实上，那天是我这辈子表现最愚蠢的一次。我瞠目结舌，呆若木鸡，一句话也说不出来。她优雅地向我伸出手，仪态万方！……终于，我握住了她的手，小心翼翼，生怕伤着她。有啥办法呢！谁让我是个可怜的骑兵中士！

随后，大家一起来到花园，休闲散步。交谈终于让我放松下来。大家说到了法兰西。德·劳拉奈先生向我询问那边正在发生的事情。

他似乎非常担忧，因为这一切可能对寄居德国的法国同胞造成伤害。他正在考虑，最好还是离开贝尔青根，返回故乡，到洛林定居。

"您打算离开此地？"科雷先生突兀地问道。

"我担心，恐怕不得不离开，我亲爱的约翰。"德·劳拉奈先生回答道。

"而且，我们不想独自离开，"玛瑟小姐接着说道，"得勒彼埃尔先生，请问您的假期有多长时间？"

"两个月。"我回答道。

"如果是这样，我亲爱的约翰，"她接着说道，"得勒彼埃尔先生回去之前，是不是无法出席我们的婚礼？……"

"是的……玛瑟……是的！"

约翰先生简直不知该如何回答，尽管他心里希望，但理智告诉他不可能。

"小姐，"我说道，"我真的很希望能够……"

"我亲爱的约翰，"她走近约翰先生，接着说道，"我们不能让纳塔利·得勒彼埃尔先生分享我们的幸福吗？"

"是的……亲爱的玛瑟！……"约翰先生回答道，简直不知该说什么，不过，这一切已经让我心满意足。

后来，天色很晚了，我们三人准备告辞，就在这个时候，科雷夫人说道：

"我的女儿，"她边说边深情地拥抱玛瑟小姐，"你一定能得到幸福！……你也应该得到幸福！"

"我知道，因为他是您的儿子！"玛瑟小姐回答道。

我们回到科雷夫人家。伊尔玛一直在等我们。科雷夫人告诉她，万事俱备,唯独婚礼的日子还没确定。

之后,各人回屋安寝。我美美地睡了一觉,梦中,各个元音字母蹦来跳去。就这样,在科雷夫人家里,元音字母陪伴了我整整一宿。

第 七 章

第二天,我醒得很晚,已经将近7点钟了。我赶紧穿衣服,准备去做"作业",必须把所有元音字母复习一遍,接下来就要学习辅音字母。

当我走下最后一级台阶时,正好遇见准备上楼的姐姐伊尔玛。

"我正打算去叫醒你。"她对我说道。

"是的,我睡了个懒觉,起床迟了!"

"没有,纳塔利,现在刚刚7点钟。不过,有一个人来找你。"

"一个人?"

"是的……一个警察。"

一个警察?活见鬼!对这样的来访者,我一点儿都不喜欢!他来找我做什么呢?对此,姐姐似乎也不清楚。

几乎与此同时,约翰先生出现了。

"这个警察是警察局派来的,"他对我说道,"千万要小心,纳塔利,凡是对你不利的事情,一点儿都别说。"

"如果让他知道我是个当兵的,那可就麻烦了!"我回答道。

"他应该不会知道!……您来贝尔青根,没有别的目的,就是探望姐姐!"

要说起来，这也是事实。于是，我向他保证，一定谨言慎行。

我走到大门口，在那儿看见了一个警察，一眼就认定，这是个面目丑陋的家伙，秉性乖戾，心理扭曲，两条麻秆长腿，一张酒鬼特有的脸庞，用我们土话说，还有一副公鸭嗓子①。

约翰先生用德语问他想干什么。

"您这儿有一位昨天抵达贝尔青根的旅行者？"

"是的，然后呢？"

"警察局长责令他去一趟办公室。"

"没问题，这就去。"

约翰先生给我翻译了上面这段对话。我接到的可不是邀请，简直就是一道命令，而且必须服从。

麻秆腿走了。我松了口气。跟这块丑陋的行尸走肉一起穿过贝尔青根的街道，一定令人很不愉快。约翰先生指点了警察局长的所在地，我应该能找到那栋房子。

"这个人怎么样？"我向约翰先生问道。

"这个男人的心思有点儿缜密。您一定要仔细提防他，纳塔利。此人名叫卡尔克鲁斯。这个卡尔克鲁斯一天到晚总想找我们的麻烦，因为，他觉得我们过于亲近法国。因此，我们尽量躲他远远的，对此，他心知肚明。倘若他要编织某种恶意圈套，坑我们一把，我一点儿都不会觉得意外。因此，您说话千万要小心。"

"您不陪我去他的办公室吗，约翰先生？"我回答道。

"卡尔克鲁斯并没有召唤我，很可能，他压根儿就不希望见到我！"

---

① 此处为俚语，直译为"沙哑歪斜的嗓音"。

约翰先生用德语问他想干什么。

"甭管是否蹩脚，至少，他能说点儿法语吗？"

"他能说一口流利的法语。不过，请别忘了，纳塔利，在回答问题之前，一定要深思熟虑，跟卡尔克鲁斯说话，千万不能说错一个字。"

"放心吧，约翰先生。"

他给我指点了那个卡尔克鲁斯的房子位置，仅需数百步，就能走到。片刻之后，我到了那儿。

那个警察站在门口，随即把我领进警察局长的办公室。

看上去，这个人似乎想要给我一个微笑，因为，他的嘴角从一个耳朵根咧到了另一个耳朵根。随后，他做了一个手势，请我坐下，在他自己看来，这个手势应该极为优雅。

与此同时，他继续翻阅桌上的那堆文件。

借此机会，我仔细观察这个卡尔克鲁斯。他貌似佛兰德斯人①，大高个儿，穿一条勃兰登堡式样的宽大短裤②，身高足有五尺八寸③，上半身特别长，属于那种我们俗称"十五对肋骨"的人④。此人身材消瘦，骨骼粗大，有一双大脚丫！……他的面庞犹如羊皮纸，干瘪多皱，而且似乎脏兮兮，总也洗不干净，嘴巴很大，牙齿遍布黄渍，鼻尖塌陷，太阳穴长满皱纹，小眼睛眯缝着，浓眉下目光炯炯，猛一看，脸上好似糊了一层药膏。事先，我已被提醒要小心提防——其实，不用提醒，见到这个人，我的戒备之心油然而生。

卡尔克鲁斯终于停止折腾那些纸张，他抬起鼻子，张嘴说话，

---

① 佛兰德斯是西欧的一个历史地名，泛指古代尼德兰南部地区。
② 此处特指17世纪法国流行的一种很宽的短裤，但强调其为德国式样。
③ 此处为古法尺，1法尺合325毫米，5尺8寸约合1.88米。
④ 此处为俚语直译，正常人应该只有十二对肋骨。

用清晰的法语冲我发问。不过，他给我留出了思考回答的时间，我则假装听不太懂，甚至故意让他把每句话重复一遍。

以下就是这次讯问过程中，双方问答的原话：

"您的名字？"

"纳塔利·得勒彼埃尔。"

"法国人？"

"法国人。"

"那么，您的职业？"

"流动商贩①。"

"流动……流动？……您解释一下……我不明白这个词的含义！"

"好的……我在集市，或者庙会上……买东西……卖东西！……总之，就是行商，仅此而已！"

"贝尔青根是您的目的地？"

"看起来是的。"

"来这儿干什么？"

"探望我的姐姐，伊尔玛·得勒彼埃尔，我已经十三年没有见过她了。"

"您的姐姐，一个法国女士，在科雷夫人家里当女佣！……"

"正如您所说！"

说到这儿，警察局长的提问稍微停顿了一会儿。

"如果是这样，"卡尔克鲁斯接着说道，"您到德国来的这趟旅行没有其他目的？"

---

① 此处特指无店铺的游动商贩，专门在定期集市上经商，类似行商。

"没有。"

"您打算什么时候离开?"

"理所当然,我打算原路返回。"

"这么做很对。您大概准备什么时候动身?"

"等我认为合适的时候。我并不觉得,一个外国人可以随心所欲,在普鲁士任意往返,对吗?"

"也许是的!"

说这句话的时候,这个卡尔克鲁斯意味深长地盯着我看了一眼。毫无疑问,我的回答并未让他满意。不过,这一眼仅仅意味着,一场暴风雨正在酝酿之中。

"小心点儿!"我在心里自忖道,"看上去,这家伙是个危险的攻击手,用我们庇卡底土话说,他存心想让我一击毙命①。从现在起,必须提高警惕!"

片刻之后,卡尔克鲁斯重新开始讯问,语气变得轻缓柔和。

接下来,他向我问道:

"您从法国到普鲁士,路上走了多少天?"

"九天。"

"您走的是哪条路?"

"最短的那条,同时也是最好走的那条路。"

"我能否知道,准确地说,您都经过了哪些地方?"

"先生,"于是,我说道,"请问,您为什么要提出这些问题?"

"得勒彼埃尔先生,"卡尔克鲁斯语气生硬地回答道,"在普鲁士,按照惯例,我们需要盘问来此地拜访的外国人。这是警察的例

---

① 此处为俚语,借用斗牛士闪击的术语。

行公事，而且，毫无疑问，您并不打算回避讯问，对吗？"

"那好吧！我穿过荷兰边境，经过布拉班特①、威斯特伐利亚②、卢森堡，以及萨克森……"

"也就是说，您曾经绕了一大圈？……"

"为何这么说？"

"因为您是沿着图林根③的大路抵达贝尔青根。"

"图林根的大路，确实如此。"

我终于明白了，这个好奇讯问的人，其实心里早就有数。跟他说话千万别自相矛盾。

"能否告诉我，您是在什么地方越过法国边界？"他问道。

"在图尔奈④。"

"真奇怪。"

"这有什么奇怪的？"

"因为有人发现，您曾经顺着通往采尔布斯特⑤的大路行走。因此，您是在兜圈子。"

显然，我曾经被人跟踪偷窥，而且毫无疑问，一定是那个名叫"埃克特文德"客栈的老板。我想起来，那天姐姐在路边等我，那个

---

① 布拉班特公国位于尼德兰南部和比利时中北部，法国大革命结束了该公国的存在，其北部成为今日荷兰的北布拉班特省，南部成为比利时的一部分。
② 威斯特伐利亚是德意志西北部的历史地名，相当于现在德国的北莱茵-威斯特伐利亚州全部及下萨克森与黑森两州部分地区。
③ 图林根是德国的一个历史地理名称，位于德国中部，现为德国的一个联邦州。
④ 图尔奈是比利时西南部城市，距法国的北部城市里尔仅26公里。
⑤ 采尔布斯特是德国城市，位于萨克森-安哈尔特州。

男人曾经见我走过去。看起来，显而易见，卡尔克鲁斯打算仔细盘问我，想要了解法国那边的情况。于是，我更加小心谨慎。

他接着说道：

"这样说来，您在蒂永维尔①那边没有遇见德国人？"

"没有。"

"也就是说，您对迪穆里埃将军②的情况一无所知？"

"没听说过这人。"

"您对集结在边境的法国军队的活动情况也一无所知？"

"一无所知。"

说到这儿，卡尔克鲁斯的脸色变了，语气变得蛮横起来。

"小心点儿，得勒彼埃尔先生！"他说道。

"小心啥？"我反诘道。

"现在，对于在德国旅行的外国人来说，不是好时候，如果他们是法国人，那就更糟糕。我们不喜欢人家跑这儿来东张西望……"

"可是，你们对于别人家发生的事情，似乎倒挺关心！我可不是一个间谍，先生！"

"但愿如此，这样对您有好处，"卡尔克鲁斯用威胁的口气回答道，"我会时刻监督您。因为您是法国人。您已经拜访了一个法国人的家庭，就是德·劳拉奈先生的家。您现在下榻于科雷夫人家，她与法国始终藕断丝连。在当前这种形势下，无须更多理由，您已遭到怀疑。"

---

① 蒂永维尔是法国洛林大区摩泽尔省的一个市镇，临近卢森堡。
② 夏尔·弗朗索瓦·迪穆里埃（1739—1823），1792年担任法国北部集团军司令，同年9月在瓦尔密战役指挥法军战胜武装入侵的普鲁士军队。

"我可不是一个间谍，先生！"

"难道我没有来贝尔青根的自由吗？"我回答道。

"当然有。"

"德国与法国，它俩已经开战了吗？"

"还没有——请告诉我，得勒彼埃尔先生，您的视力是不是挺棒？"

"没错，很好！"

"如果是这样，给您一个忠告：不要四处乱看！"

"为啥？"

"因为，如果四处张望，就能看见点儿什么，一旦看见了什么，您就可能把看见的东西告诉别人！"

"我再跟您说一遍，先生，这是第二遍：我不是一个间谍！"

"那么，我也再跟您重复一遍，您听着：但愿如此，否则……"

"否则怎么样？……"

"我将不得不把您押送回边境，除非……"

"除非怎么样？……"

"为了让您免除旅途辛劳，我们很可能为您提供住宿便利，而且，时间可长可短！"

说完这句话，卡尔克鲁斯做了一个手势，示意我可以出去了。这一次，他并未张开手掌，而是攥紧了拳头。

警察局的气氛让人感到压抑，我立即转身离开，也许，动作过于军人化，向后转的姿势活像一个当兵的。我不敢确定那家伙是否注意到了这一点。

随后，我回到科雷夫人家。现在，我已经得到警告，知道自己受到严密监视。

约翰先生等着我。我向他详细叙述了与那位卡尔克鲁斯的对话，对我来说，这番谈话就是露骨的威胁。

"对此，我一点儿都不感到意外，"他回答道，"而且，您与普鲁士警察之间的事儿还没完呢！无论对于您，还是对于我们，纳塔利，我担心更大的麻烦还在后面！"

第 八 章

　　尽管如此，日子依然过得十分愉快——每天散步，做功课。年轻的老师发现我进步很快，元音字母已经被妥妥地塞进我的脑瓜。我们开始攻克辅音字母。其中有几个字母让我颇感头疼——特别是最后几个字母。甭管怎么说，我们稳扎稳打。很快，我就能把这些字母拼起来，凑成单词。看上去，我的学习能力还不错……毕竟已经三十一岁啦！

　　我们再也没有卡尔克鲁斯的消息。他也没再命令我去办公室。不过，毫无疑问，虽然我的行为毫无破绽，但我们仍被严密监视，尤其是我的一举一动。不过，我猜想，上次被警告之后，我已经摆脱了嫌疑，警察局长应该不会把我关起来，或者押送出境。

　　在随后的一个星期里，约翰先生有事儿出门了几天。为了那个倒霉的诉讼案，他不得不去一趟柏林。无论如何，他希望找到一个解决办法，因为，形势变得越来越紧急了。他会受到什么样的接待？他会不会无功而返，甚至连开庭宣判的日期都不能确定？对方是不是故意拖延时间？这一点最令人担忧。

　　约翰先生不在家的时候，根据伊尔玛的建议，我特别注意观察弗朗茨·冯·格拉维特的行踪。另外，在此期间，玛瑟小姐仅仅出门去过一次教堂,而且并未遇见那个中尉。每天,这个人都要在德·劳拉奈先生的房前徘徊多次,有时候是徒步,蹒跚摇摆,把长筒靴踩得吱嘎作响;有时候是骑马溜达,让它不断打半旋——那匹畜生倒是真不错——甭管怎么说,与它的主人相得益彰。然而,那栋房子的栅栏始终紧闭,房门紧锁。我猜想,房子里的人一定很生气。看起来,必须赶紧举办婚礼。

由于这个缘故,约翰先生打算最后再去一趟柏林。甭管事情到了哪一步,他决定,一旦返回贝尔青根,就把婚礼的日子定下来。

约翰先生于6月18日动身,要到21日才能返回。在此期间,我勤奋学习。科雷夫人代替自己的儿子,殷勤周到,不知疲倦地监督我的学业。你们可以想象到,我们大家多么焦急地盼着约翰先生回来!事实上,情况已万分紧急。随后发生的事情,让大家心绪不宁,后来我才了解到的一些情况,可以马上告诉你们,而且如实讲来,因为——我坦率承认——但凡涉及政治秘密,以及更深层次的奥秘,我总能产生预感。

自从1790年以后[1],许多法国移民[2]纷纷逃到科布伦茨[3]。去年,也就是1791年,路易十六接受了宪法,并且把这一决定通告外国列强[4]。英国、奥地利,以及普鲁士重申对法国王室的友好情谊。然而,这些列强的友谊靠得住吗?至于那些法国移民,他们不停地积极

---

[1] 即法国资产阶级大革命爆发后的第二年。
[2] 此处特指大革命期间大批逃离法国的贵族,当时被称为"自我移民"。
[3] 科布伦茨是德国西部城市,公元6世纪曾为法兰克王室驻地。法国大革命时期,流亡贵族麇集此地,组成军队,配合反法盟军进攻法国。
[4] 1791年9月3日,法国制宪会议通过了1791年宪法,路易十六于9月14日宣布接受宪法。但遭到欧洲列强的反对。

备战，购买武器，培训骨干。尽管国王命令他们返回法国，但是他们的战争准备一刻也不曾停止。虽然立法议会①勒令特里尔②、美因茨③的选民④，以及王国的其他贵族遣散各自集结在边境的军队，但是，他们始终麇集不散，随时准备给外国入侵者带路。

那时，在法国的东边，组成了三支法军，并且随时准备联手抗敌。

罗尚博伯爵曾经是我的上司，他准备前往佛朗德勒⑤，指挥北方军团；拉法耶特⑥指挥位于梅斯⑦的中部军团；卢克纳⑧指挥位于阿尔萨斯⑨的军队——这些军队的总人数大约为二十万，全副武装。至于那些流亡移民，既然奥地利的利奥波德⑩已经准备提供帮助，他们为什么要服从国王的诏令，前功尽弃？

---

① 法国制宪会议成立于1789年7月9日，于1791年9月30日解散。并于次日成立立法议会。
② 特里尔位于德国西部，摩泽尔河岸，靠近卢森堡边境。
③ 美因茨位于德国西部，莱茵河左岸，法国大革命期间经历多次战火洗礼。
④ 此处特指出席三级会议，并且流亡到国外的贵族代表。
⑤ 佛朗德勒是西欧的一个历史地名，泛指位于西欧西南部、北海沿岸的古代尼德兰南部地区。
⑥ 此处所说的拉法耶特，与上文所说参加美国独立战争的拉法耶特为同一个人。他于法国大革命前从美洲回到法国，出席了三级会议，并在法国大革命期间扮演过重要角色。
⑦ 梅斯位于法国东北部，靠近卢森堡边界，是洛林大区中心城市，也是摩泽尔省的省会。
⑧ 尼古劳斯·卢克纳（1722—1794），服役于法国军队的德国人，曾任法国元帅。
⑨ 阿尔萨斯地区位于法国的东北角，与德国相邻。
⑩ 神圣罗马皇帝利奥波德二世（1747—1792），他的妹妹就是法王路易十六的妻子。1792年，他与普鲁士结盟，准备武力干涉爆发资产阶级革命的法国。

以上是1791年的形势。以下是1792年的形势。

在法国，以罗伯斯庇尔①为首的雅各宾党人②拼命反对战争。科尔得利俱乐部③的成员支持雅各宾党人，因为，他们害怕出现军事独裁。与之相反，以卢伟④和布里索⑤为代言人的吉伦特派⑥竭力鼓吹战争，目的是迫使国王暴露真面目。

就在此时，迪穆里埃出现了，此前，他曾经指挥旺代和诺曼底⑦的法国军队。他被召唤来为国家贡献自己的军事和政治才华。他接受任命，很快制定了作战方案：这将是一场攻防兼备的战争。在他的指挥下，我们可以确信，战事不会久拖不决。

然而，直到此时，德国并未采取任何行动。德国军队也没有威胁到法国边境，甚至，德国一再表示，如果爆发战争，必将极大损害欧洲的利益。

---

① 罗伯斯庇尔（1758—1794），法国大革命时期重要的领袖人物，雅各宾派政权的实际首脑之一。
② 雅各宾派是法国大革命时期参加雅各宾俱乐部的激进派政治团体，1793年6月2日，雅各宾派推翻吉伦特派统治，通过救国委员会实行专政。1794年7月27日的热月政变结束了雅各宾派政权。
③ 科尔得利俱乐部是法国大革命时期由马拉等人建立的激进政治团体，正式名称为"人权和公民权之友社"。
④ 卢伟是吉伦特党重要成员，以擅长演讲、言辞犀利著称。
⑤ 布里索（1754—1793），法国政治家，记者，吉伦特派领袖。1793年吉伦特派政权被推翻后，经革命法庭判决，布里索被送上断头台。
⑥ 吉伦特派是法国大革命时期的一个政治派别，主要代表信奉自由主义的法国工商业人士。该派主张建立共和体制，并不惜与周边支持国内贵族反叛的国家开战，以推翻君主制。
⑦ 迪穆里埃于1790年加入雅各宾俱乐部，被任命驻南特的法军司令，指挥旺代和诺曼底地区的法国军队，那时，旺代叛乱尚未爆发。他于1792年改任北部集团军司令。

恰在此时，奥地利的利奥波德死了①。他的继任者会怎么做？是否将缓和局势②？ 没有，维也纳公布了一份照会，它要求法国以1789年的皇家宣言为基础，重新恢复君主政体③。

显而易见，对如此蛮横无理的指责，法国根本无法接受。这份照会在整个法兰西引起强烈反响。路易十六不得不向国民议会建议④，向匈牙利和波希米亚国王弗朗茨一世⑤宣战。开战之后，法军决定首先进攻对方在比利时的领地⑥。

于是，比隆将军很快就攻陷了魁夫兰，大家都以为，法国军队攻势凌厉，锐不可当，然而，在蒙斯城⑦下，法军陷入混乱，形势急转直下。士兵们高呼叛乱口号，杀死了两名军官：狄戎与伯尔托瓦。

得知这一噩耗，拉法耶特决定停止向吉维城进军。

---

① 神圣罗马皇帝利奥波德二世是法国大革命最顽固的反对者，1791年，他与普鲁士国王腓特烈·威廉二世发表《皮尔尼茨宣言》，声称要以武力保卫法国的君主制。1792年利奥波德二世正式与普鲁士缔结同盟，准备以武力干涉法国。但他在开战前突然去世。
② 神圣罗马帝国皇帝利奥波德二世的继任者为弗朗茨二世（1768—1835），他于1792年继任，曾先后发起五次反法神圣同盟。
③ 1789年5月法王路易十六被迫召集三级会议，继而改为国民议会和制宪议会。同年8月，制宪会议通过《人权与公民权宣言》，并得到国王路易十六的批准。此处所指应为君主立宪派的主张。
④ 1792年4月国民议会决定向奥地利宣战。彼时，路易十六仍为法国国王。
⑤ 公元1804年，弗朗茨二世将奥地利大公国提升为奥地利帝国，自任皇帝，改称"弗朗茨一世"，其疆界包括奥地利大公国、波希米亚王国，以及匈牙利王国。此处的历史时序与史实略有出入。
⑥ 开战之初，法国军队首先攻打奥属领地尼德兰地区，该地区现在属于比利时。
⑦ 蒙斯城位于比利时西南部，邻近法国边界。公元前642年建立城堡，为军事要地。

这些事情发生在4月末的那几天，当时，我还没有动身离开查尔斯维尔。大家知道，那个时候，德国还没有与法国开战。

6月13日，迪穆里埃被任命为战争部长。当时，约翰先生尚未从柏林回来，但我们在贝尔青根已获悉这个消息。这个消息太重要了。前景逐渐清晰，可以预见，时局面临剧变。事实上，迄今为止，普鲁士仍严格保持中立，但是，令人担忧的是，它随时可能改变立场。人们纷纷传言，8万大军正在开往科布伦茨。

与此同时，在贝尔青根，大家都说，统率那些腓特烈大帝①麾下老兵的指挥官，是一位声名卓著的德国将军，即布伦瑞克公爵②。

这个消息尚未得到证实，但是已经轰动一时，与此同时，许多军队不停从门前经过。

我认真观察利布团的队伍，包括那个冯·格拉维特上校，还有他的儿子弗朗茨，看他们是否也动身去了前线。如果走了，我们就能摆脱掉这些人。不幸的是，这个团队并未接到开拔的命令。于是，那个中尉继续在贝尔青根的大街上，尤其是在德·劳拉奈先生紧闭的住宅前，在石板路上来回踏步。

至于我本人，必须考虑何去何从。

没错，我仍在正常的假期中，而且所在的这个国家尚未与法国决裂。但是，我属于庇卡底皇家团，我的战友们驻扎在查尔斯维尔，

---

① 腓特烈大帝，即普鲁士国王腓特烈二世（1712—1786），被公认为是欧洲历史上最杰出的军事统帅之一。在位期间，大规模发展军力、扩张领土，使普鲁士国力迅速提升，成为欧洲大国之一。
② 布伦瑞克公爵，本名卡尔·威廉·斐迪南（1735—1806），普鲁士陆军元帅，1792年被任命为普奥联军总司令，曾发表《布伦瑞克宣言》，声称要血洗巴黎。

那儿紧挨着边境,这些我能忘了吗?

可以肯定,倘若法国军队与奥地利的利奥波德,或者普鲁士的腓特烈·威廉麾下的士兵发生激战,庇卡底皇家团必然一马当先,如果我不能身临其境,参加战斗,一定追悔莫及。

为此,我真的十分忧虑。不过,为了不让科雷夫人和姐姐伤心,我把心事儿藏在心里,思来想去,不知如何决断。

总而言之,面对这样的处境,一个法国人真的很难自处。我姐姐心里明白,她的处境也很难。毫无疑问,她打心眼里不愿意离开科雷夫人。然而,谁敢保证,这儿不会针对外国人采取措施?比方说,卡尔克鲁斯会不会跑来,命令我们在二十四小时之内离开贝尔青根?

我们的担心不无道理,而且,当我们想到德·劳拉奈先生的处境,这份担心更是有增无减。如果当局命令他离开德国,而且要穿过战火燃烧的国土,那么,无论对于他,还是他的孙女,这趟旅行一定异常凶险!另外,婚礼尚未举行,它何时才能举行,在哪儿举行?我们还来得及在贝尔青根举行这场婚礼吗?说实话,我们简直束手无策。

与此同时,每天都有军队穿城而过,踏上通往马德堡①的大路,其中既有步兵,也有骑兵——特别是枪骑兵②——紧随其后的是满载火药和炮弹的车队,以及无数装备。战鼓声络绎不绝,军号声连绵不断。在大广场上,时常有队伍停歇几个小时,士兵们走来走去,

---

① 马德堡位于德国北部,是萨克森-安哈尔特州的首府。1654年,马德堡市市长公开做了著名的马德堡半球实验,证明大气压的存在。

② 枪骑兵的主要武器为长矛,辅以马刀,是当时奥地利军队的主要兵种之一。

每天都有军队穿城而过……

开怀畅饮德国烧酒和樱桃水，天气已经十分炎热！

理所当然，我总忍不住跑去观看，即使这会让卡尔克鲁斯和他手下很不高兴。每当传来一阵军号声，或者队伍行进的声音，只要有空儿，我总想出去看看，不过，如果科雷夫人正在给我上阅读课，哪怕天塌下来，我也不愿离开她。然而，如果在课间休息时，我会从门缝里溜出去，三步并作两步，跑到军队经过的路边，跟着他们一直走到大广场，然后驻足观看……尽管卡尔克鲁斯警告我什么都别看，但我依然东张西望。

简而言之，如果因为我是个当兵的，对这些玩意儿感兴趣，那么，作为法国人，我只能提醒自己：小心！大事不妙！显而易见，战争一触即发。

21日，约翰先生终于结束柏林之旅，顺利归来。正如大家担心的，这趟旅行一无所获！诉讼案依然毫无进展。而且，根本看不到希望，甚至，都不知道它何时才能了结。简直令人绝望。

至于其他方面，根据传言，约翰先生告诉我们：普鲁士早晚一定会与法国开战。

第 九 章

　　第二天，以及随后的几天，我和约翰先生出门打听消息。我们必须在八天之内，甚至提前做出决定。在21日、22日，以及23日，不断有队伍经过贝尔青根。其中，甚至还有一位将军带着他的参谋本部，据说，他就是考尼茨伯爵①。这支队伍行进的方向是科布伦茨，许多法国移民正等候在那儿。普鲁士不再掩饰对法国的敌意，终于和奥地利联手。

　　毋庸置疑，我在贝尔青根的处境一天比一天艰难。当然，倘若战争爆发，德·劳拉奈一家，还有姐姐的处境将与我同样糟糕。局势日趋恶化，此时留在德国，难免惹上麻烦，甚至面临危险，因此，必须考虑一个万全之策。

　　我经常和姐姐商量这件事儿。心爱的姐姐很难掩饰内心的焦虑。她舍不得离开科雷夫人，为此寝食不安。她从未想过与这家人分开！她爱这家人，本来以为，自己将与他们终生相伴，如果就此分手，那将意味着，也许此生不再相见。倘若形势继续恶化，这事儿难以避免，必然令她痛不欲生。

　　"我活不下去了，"她不断对我说道，"是的，纳塔利，我将因此

---

① 考尼茨伯爵（1711—1794）是奥地利政治家，曾担任奥地利国务大臣。

丢掉性命。"

"我完全理解你，伊尔玛，"我回答道，"形势十分严峻，但是，我们必须竭尽全力，摆脱困境。好啦！没有人能强迫科雷夫人离开贝尔青根，除非她自己不愿留在这个国家。不过，我觉得，在局势尚未糟透，无法挽回之前，她应该尽早下这个决心。"

"这么做十分明智，纳塔利，不过，科雷夫人绝不会撇下儿子，独自离开。"

"约翰先生为啥拒绝与科雷夫人一起走！有谁强迫他留在普鲁士吗？那些尚未了结的业务？……他可以等以后再了结！那桩没有结果的诉讼案？……难道，在当前局势下，为了等候判决，真要等待几个月，甚至好几个月？"

"也许，纳塔利。"

"再说了，更让我担心的一件事儿，就是约翰先生与玛瑟小姐迄今尚未成婚！谁知道会发生什么意外，婚礼是否会推迟？倘若法国人被驱逐出德国——这事儿很可能发生——德·劳拉奈先生和他孙女很可能被迫在24小时内离开！这对年轻人被逼劳燕分飞，这事儿该有多残忍！然而，如果他们举行过婚礼，情况将截然不同，约翰先生可以带妻子去法国，或者，他不得不留在贝尔青根，但至少，妻子可以留下来陪伴他！"

"你说得对，纳塔利。"

"如果我是你，伊尔玛，我就去对科雷夫人说，请她告诉自己的儿子，必须赶紧举办这场婚礼，一旦成婚，我们就能让一切顺其自然。"

"是的，"伊尔玛回答道，"必须赶紧举行婚礼。更何况，玛瑟那边儿没有任何问题!"

"没有问题!这位小姐太棒了!再说了,有约翰先生这样的人做丈夫,她也算有个依靠!你想想,伊尔玛,如果她身边只有年迈的爷爷,倘若他们被迫离开贝尔青根,如何穿过兵荒马乱的德国!他俩将沦落到什么田地?……这事儿必须赶紧了结,千万别拖到无法挽回的地步!"

"至于那个军官,"姐姐问我道,"你曾经遇见过他吗?"

"几乎每天见到,伊尔玛!十分不幸,他的团队一直待在贝尔青根!我本来希望,德·劳拉奈小姐的婚礼能在他离开之后再举行!"

"确实,如果那样就太好了!"

"我担心,倘若这个弗朗茨听说婚礼的消息,很可能跑来捣乱!作为一个男人,约翰先生可以让他知难而退,然而……总之,我实在有些担心!"

"我也担心,纳塔利!因此,必须尽快举办婚礼。还有许多事情需要安排,何况,坏消息随时可能降临,简直担心死了!"

"那就去跟科雷夫人谈一下。"

"今天就去谈。"

很好,必须抓紧时间,甚至,可能已经太迟了!

实际上,发生了一件事儿,也许,这事儿将使普鲁士和奥地利加快入侵法国的步伐。这是一桩凶案,刚刚于6月20日发生在巴黎[①],

---

[①] 1792年6月20日,巴黎人民举行抗议示威,一群被称为"无套裤汉"的平民冲入杜伊勒里宫,要求允许吉伦特派控制议会。他们威胁,并且当众凌辱了路易十六。

两个结盟大国①的警察机构乘机鼓噪,掀起一场轩然大波。

6月20日,杜伊勒里宫遭到入侵。在桑泰尔②的带领下,一帮平民在立法议会前游行,随后蜂拥冲向路易十六的宫殿。宫殿大门被斧子劈开,栅栏被推翻,大炮被安置到了队伍前排,这场骚乱一发不可收拾。国王表现得英勇无畏,沉着冷静,他的镇定救了自己,也挽救了他的妻子、姊妹,以及他的两个孩子。然而,他付出了什么代价?国王被迫戴上了那顶红帽子③。

毋庸置疑,对于那些保皇派④,以及立宪党人⑤来说,这场冲击皇宫的骚乱应该被视为犯罪。然而,骚乱过后,国王依旧还是国王,仍然受到某种程度的尊崇……但那不过是死刑犯的断头饭!何况,这尊崇还能享受多长时间?根据最乐观的估计,经过这番羞辱和威胁,国王的统治最多还能维持两个月!对此,大家心知肚明,确信不疑。事实上,仅仅6个星期后,8月10日,路易十六被赶出了杜伊勒里宫,遭到废黜⑥,被关进圣殿塔⑦,而且,当他重新走出那座塔

---

① 即普鲁士和奥地利,当时两国已结成联盟,共同干预法国大革命。
② 桑泰尔时任巴黎国民自卫军总司令,积极参与了6月20日平民冲击杜伊勒里宫的骚乱。
③ 1792年6月20日平民冲进王宫后,凌辱路易十六,强迫他戴上"红帽子"。红帽子又称"弗里尼亚软帽",流行于法国大革命期间,象征革命、反抗和自由。
④ 法国大革命时期的保皇派反对共和制度,主张保存或恢复旧的君主制度,保皇派亦称保皇党。
⑤ 立宪党人,亦称君主立宪派,主张实行君主立宪制,反对民主共和制。君主立宪派在议会中的代表是斐扬派。
⑥ 巴黎平民再次掀起反对君主制的运动,于8月10日攻占杜伊勒里宫,拘禁了国王和王后,推翻波旁王朝,以及立宪派的统治。
⑦ 路易十六被送上断头台行刑前,被关押在圣殿塔,那儿是靠近巴黎市中心的一座中世纪堡垒,位于今天的巴黎第三区。

时,仅仅是为了把自己的脑袋送到革命广场①!

如果说这场骚乱在巴黎产生了巨大影响,甚至波及整个法国,那么,在国外,它的冲击同样无处不在。在科布伦茨,四处传来痛苦的哀鸣,仇恨的喊叫,以及复仇的呼唤,与此同时,冲击波理所当然地传到了普鲁士的这个小角落,也就是我们被困住的那个地方。法国移民们蠢蠢欲动,普奥联军(那个时候被称为神圣罗马帝国军队②)随时准备给予支持,可怕的战争一触即发。

在巴黎,大家都知道战争即将爆发。一系列有力措施得到落实,准备应付不时之需。一夜之间,联盟派应运而生。爱国者们把敌视法国的外国入侵归咎于国王和王后,立法会议决定进行全国动员,而且绕过内阁,独断专行③。

如何才能激发民众的热情?立法议会发出了一个声明,一句庄严的口号:"祖国在危急中!"④

以上就是约翰先生回来几天后我们得到的消息,这些消息让大家热血沸腾。

23日清晨,上述消息四面传开。每时每刻都能传来新消息,据说作为回应,普鲁士已经向法国宣战,整个国家开始大规模动员,

---

① 1793年1月21日,在巴黎革命广场(现在的协和广场),路易十六和王后以叛国罪被送上断头台。
② 神圣罗马帝国是962年至1806年存在于西欧和中欧的国家,奥地利大公国的哈布斯堡王朝长期垄断神圣罗马帝国皇位,奥地利首都维也纳成为帝国实际上的首都。
③ 1792年9月21日,立法议会接管国家权力,通过决议:停止国王职权,撤换各部大臣,召开国民公会。
④ 1792年7月,立法会议正式宣布"祖国在危急中!"。数天内,全国各地的群众纷纷组成义勇军,高唱《马赛曲》陆续到达巴黎。

信使们和传令兵骑着马儿,飞快地穿过城市。从德国东部开来大批军队,络绎不绝向西行进,队伍之间各种命令此起彼伏。人们传言,撒丁岛人①也打算与神圣罗马帝国军队联手,而且,他们已经进军威胁法国边境。非常不幸!这个消息真实可信!

这些消息让科雷与德·劳拉奈两家人陷入极度恐慌。至于我本人的处境也变得更艰难。关于这一点,人人心里都明白,不过,我从不谈论这事儿,因为,我不想让举步维艰的两家人再添烦恼。

总而言之,必须抓紧时间。既然大家对这桩婚事没有异议,那就赶紧办,别拖延。

于是当天,大家紧急商量,把这事儿定了下来。

众人一致同意,结婚的日期定在29日。在此之前,有足够时间办理相关手续,那个时代,这类手续比较简单。婚礼将在教堂里,在证婚人面前举行,所有证婚人都经过挑选,均为科雷与德·劳拉奈两家的亲朋好友。我也被选中做证婚人。作为骑兵中士,我深感荣幸!

与此同时,大家还做了一个决定:婚礼应尽量保密。除了通知必须出席婚礼的证婚人,此事儿不对外声张。在兵荒马乱的日子里,最好刻意低调,莫要惹人注意。卡尔克鲁斯很快就能察觉这件事儿,另外,还有那个弗朗茨中尉,他一定气急败坏,存心报复,寻衅滋事。考虑到这一切,也许,必须不惜一切代价,避免节外生枝。

至于婚礼的筹备,无须花费太多时间。何况,我们将要举办一个简朴的婚礼,不搞隆重仪式。我们宁愿等局势稳定,不那么令人

---

① 撒丁岛是意大利在地中海仅次于西西里岛的第二大岛屿,撒丁王国国王维托里·阿梅代奥三世曾与普奥联军合作,并加入第一次反法同盟。

担忧的时候,再补办仪式。

简而言之,他俩将喜结连理,但不举行隆重仪式。

必须赶紧办,一分钟也别耽误!我们庇卡底有一句老话儿,"啥事儿不能太着急,船到桥头自然直。"① 然而这个时候,千万不能相信这句老话儿!

因为,这件事儿危机四伏,通往桥那头儿的通道,随时可能被堵死!

不过,尽管我们小心翼翼,但这个秘密未能如愿守住。可以肯定,那些邻居 —— 噢!乡巴佬的邻居们 —— 他们对两家人正在筹办的事情疑神疑鬼。因为,两家人难免打破常规,频繁往来。于是,邻居们十分好奇,继而恍然大悟。

不仅如此,卡尔克鲁斯时刻紧盯着,毫无疑问,他手下的密探接到命令,务必严密监视我们。也许,这件事儿根本就不可能保密。

另外,婚礼的事儿也传到了冯·格拉维特中尉的耳朵里,为此,我们深感不安。

科雷夫人另有一位女佣,正是她把这个消息告诉了伊尔玛。因为,在大广场上,利布团的一帮军官正在谈论这件事儿。

女佣偶然听见了他们的谈话,于是回来转述如下。

那个中尉听说这件事儿后,不禁勃然大怒,对自己的同伴们说道,这门婚事休想办成,他将不惜任何代价,阻止这场婚礼。

我真希望约翰先生对这番谈话一无所知。然而,很不幸,上述传言被他听到了。他抑制不住内心的愤怒,把这事儿告诉了我。我

---

① 这句话为俚语,直译应为"啥事儿不能太着急,反正庙会不能在桥上举行"。

女佣偶然听见了他们的谈话……

费了好大劲儿才让他平静下来。约翰先生打算去找弗朗茨中尉,想要让对方就此做出解释,因为,他不相信,一位军官居然要跟他这样的平头百姓闹别扭。

我设法让约翰先生明白,这样做可能把整件事儿搞砸,最终,我成功劝阻了他。

约翰先生忍下了这口气。他答应我,甭管中尉如何胡说八道,他将不再搭理,只管一心一意安排好结婚的事情。

25日那天,平安无事。我们仅需再等四天。我耐心算计着每一个小时,每一分钟。一旦新人结合,我们就将做出那个重大决定:最终离开贝尔青根。

然而,暴风骤雨即将来临,这天夜里,我们头上电闪雷鸣。将近晚上9点钟,传来了一个可怕的消息。

第 十 章

　　普鲁士刚刚向法国宣战。

　　这是第一波打击，凶狠凌厉。紧接着，更多打击将接踵而至，而且更为凶狠。然而，对于上帝的旨意，我们无法预料，只能认命服从，正如我们老家的神父站在石臼① 高处常说的那样。

　　就这样，针对法国的战争爆发了，至于我，作为法国人，现在却身处敌国。即使普鲁士人不知道我是个当兵的，在内心里，我仍深感苦闷。我有责任在身，必须离开贝尔青根，无论是悄悄离开，还是光明正大地离开，无论采取什么方式，我都应尽早归队，回到岗位上去。这事儿跟我的假期毫不相干，尽管假期还有六个星期才结束。庇卡底皇家团驻扎在查尔斯维尔，那儿距离法国边界仅有数里之遥。我的团队将率先投入战斗，我必须参与其中。

　　然而，我的姐姐、德·劳拉奈先生，还有玛瑟小姐怎么办？国籍问题会不会给他们造成极大麻烦？德国人是倔强的种族，一旦发起脾气来，根本不懂什么叫委婉谨慎。我简直不敢想象，伊尔玛、

---

① 这是我们庇卡底方言，用来形容教堂讲经台，这称呼有点儿大不敬。（原注）——讲经台设置在教堂内柱旁，其状如石臼，仅可站立一人，位置较高，有小梯供讲经神父上下。（译者注）

玛瑟小姐，还有她爷爷如何徒步前往上、下萨克森①，何况眼下，那儿遍地都是普鲁士军队。

现在能做的只有一件事儿：让大家与我一同出发，利用我返程的机会，依赖我的献身精神，结伴同去法国，而且必须立即动身，走最短的捷径。如果约翰先生愿意陪伴母亲，与我们一起走，我觉得，我们一定可以顺利抵达目的地。

现在，科雷夫人和她儿子是否准备动身？在我看来，这个问题很简单。难道科雷夫人原本不就是法国人吗？约翰先生从他母亲那儿继承了半个法国血统，不是吗？约翰先生根本不用担心，在莱茵河对岸②，他一定会得到认可，并且受到欢迎。因此，我认为，没有什么好犹豫的。今天是26日。婚礼将在29日举行。如此算来，我们根本没必要继续待在普鲁士，等到婚礼第二天，我们就可以离开此地。当然了，还需等待三天，这将是漫长的三天，简直好像三个世纪，在这三天里，我必须紧紧勒住马缰③。啊！真希望约翰先生和玛瑟小姐早点儿结为伉俪！

是的，但愿如此！然而，这个令我们如此期盼的婚礼，这个让我衷心祝福的婚礼……一位德国男士与法国女士相结合的婚礼，它真能实现吗？尤其是现在，这两个国家之间已经爆发了战争。

实际上，我根本不敢正视当前的处境，而且，不止我一个人看出眼下局势的严峻程度。只不过，在这个时候，两家人刻意回避谈

---

① 上、下萨克森皆为德国历史地名，其中，上萨克森即现在位于德国东部的萨克森州，下萨克森即现在位于德国西北部的下萨克森州。
② 莱茵河是欧洲西部第一长河，流经西欧六个国家，其中一段为德国与法国的界河，也是两国历史争端的核心区域。
③ 此处为法国俚语，含意为"不能操之过急"。

论这事儿。大家都觉得，它犹如一块巨石，压迫着我们！……还会发生什么意外？……对此，我简直不敢想象，而且，即使发生什么事儿，我们也只能逆来顺受！

在26日和27日的两天里，没有出啥新鲜事儿。大批军队继续穿城而过。只不过，我注意到，警察对科雷夫人家的监视更严密了。我多次遇见卡尔克鲁斯手下的警探，就是那位麻秆腿。他用倨傲而愚蠢的目光盯着我，仅此而已，不用过分担心。我是被监视的重点对象，对此，我泰然处之，倒是科雷一家为我焦虑不安。

看得出来，玛瑟小姐经常以泪洗面。至于约翰先生，虽然他尽量隐忍不发，但内心却难免痛苦煎熬。这些我都看在眼里。约翰先生的神情日渐阴郁，在我们面前一言不发，经常向隅独处。每次去拜访德·劳拉奈先生，约翰先生总是忧心忡忡，想说话却不开口，每次张嘴却欲言又止。

28日晚上，我们在德·劳拉奈先生家的客厅聚会。约翰先生特意邀请每个人出席。他说，他想通知大家一件事，而且，此事已经确定，无可挽回。

大家一起谈论眼前这些事儿，随口聊天；然后，谈话戛然而止，每个人心情压抑——大家都有同感，正如我之前观察到的，自从战争爆发以来，这种情绪油然而生。

实际上，战争加深了法国与德国两个民族之间的鸿沟。我们都清楚，在内心深处，这条令人遗憾的鸿沟对约翰先生的伤害尤甚。

尽管婚礼在即，但是没人谈论这件事儿。不过，只要不发生意外，第二天，约翰·科雷和玛瑟小姐就将走进教堂，他俩以未婚伉俪的身份走进去，再以结发夫妻的身份走出来，从此白头偕老!……而且，整个过程一气呵成!

恰在此时，玛瑟小姐站起身来，靠近站在角落里的约翰先生，用难以掩饰的激动语气说道：

"究竟发生了什么？"

"发生了什么……玛瑟!"约翰先生叫道，他那充满痛楚的语气直击我的内心。

"说出来，约翰，"玛瑟接着说道，"甭管您说出来的事情让我们如何难以接受，把它说出来!"

约翰先生抬起头，他感受到了对方的善解人意。

不! 这辈子，我永远忘不掉眼前这一幕的每个细节。

约翰先生伫立在德·劳拉奈小姐的面前，握住她的手，一时间，心潮澎湃。

"玛瑟，"他说道，"只要德国与法国之间尚未爆发战争，我就可以迎娶您成为我的妻子。今天，我的国家与您的国家即将相互厮杀，那么此刻，如果我迎娶您，必然剥夺您作为法国人的资格，让您从此脱离祖国，想到这儿，我不禁心生怯意!……我没有这个权力!……我将为此悔恨终生!……您能理解我……我做不到……"

大家理解他的心情! 可怜的约翰先生! 他不知该如何表达! 然而，他需要把话说清楚，让大家都听到!

"玛瑟，"他接着说道，"在我们之间，将要血流成河，其中不乏你们法国人的血!……"

科雷夫人在沙发上坐直身子，双目低垂，不敢看自己的儿子。她的嘴唇微微抖动，手指痉挛，看上去，她的心都要碎了。

约翰先生伫立在德·劳拉奈小姐的面前……

德·劳拉奈先生把头埋在双手里。我的姐姐泪如雨下。

"我的德国同胞们将要冲击法国,"约翰先生接着说道,"冲向那个我所热爱的国家!……谁知道,也许很快,我也将应征入伍……"

他还没有说完,但胸部急剧起伏,哽咽难言,他竭尽全力抑制住自己,因为,这个时候,一个男人不应该流泪。

"说吧,约翰,"德·劳拉奈小姐说道,"在我还有勇气倾听的时候,说下去!……"

"玛瑟,"他回答道,"您知道,我是多么爱您!……但是,您是法国人,我没有权力让您变成德国人,成为祖国的敌人……"

"约翰,"玛瑟小姐回答道,"我也一样,非常爱您!……不论将来发生什么,我对您的感情永不改变!……我爱您……我永远爱您!"

"玛瑟,"约翰先生跪倒在小姐面前,高声叫道,"亲爱的玛瑟,听您这么说,简直让我无言以对:是的!明天,我们将一起去教堂!……明天,您将成为我的妻子,无论发生什么事儿,我们永不分离!……不!……这是不可能的!……"

"约翰,"德·劳拉奈先生说道,"现在看起来不可能的事情……"

"……以后有可能实现!"约翰先生叫道,"是的,德·劳拉奈先生!……这场讨厌的战争总会结束!……到那时,玛瑟,我就去找您!……我将毫无愧疚地成为您的丈夫!……啊!太痛苦了!……"

说到这儿,不幸的人站起身,跟跟跄跄,几乎跌倒。

玛瑟小姐恢复了镇定,随即,语气柔和地说道:

"约翰,我只想对您说一件事儿!……无论何时,我都一如既往,永不变心!……您这么做是受到责任的驱使,我理解您的感情!……是的!眼下这个时候,我们彼此隔着一道鸿沟,我看得一清二楚!……但是,在上帝面前,我向您发誓,如果不能嫁给您,我将终身不嫁……终生!"

科雷夫人毫不犹豫,果断地一把抱住玛瑟小姐。

"玛瑟!……"她说道,"我儿子这么做,更加表明他对你忠诚不贰!……我早就想离开这儿,是的……再过些时候……不是在这个国家,而是在法国……我们定会重逢!……你将成为我的女儿……真正的女儿!……到那时,如果我的儿子仍是德国人……我一定代替他向你表达歉意!"

说这些话的时候,科雷夫人的语气充满了绝望,以至于约翰先生冲上前去,打断了她的话。

"母亲!……我的母亲!……"他高叫道,"我,我让您失望了!……我简直太不近人情……"

"约翰,"玛瑟小姐回答道,"您的母亲,就是我的母亲!"

科雷夫人张开双臂,两个年轻人扑进她的怀中。

如果说,这场婚礼没有在众人面前举行,那是因为眼下的时局根本不允许,但至少,在上帝面前,这场婚礼已经举行了。现在,我们只剩下最后的事务尚需料理,然后就动身。

事实上,就在这天夜里,我们最终下定决心离开贝尔青根。因为,普鲁士和整个德国已经向法国开战,局势变得愈发不可收拾。现在,那桩诉讼案已不再是阻碍科雷家离开的羁绊。另一方面,毫无疑问，这桩案子的结局遥遥无期。我们不可能再等下去。

我们还做出了如下决定：德·劳拉奈先生和小姐，我的姐姐和我，我们一起返回法国。在这个问题上，没有丝毫犹豫，因为我们都是法国人。至于科雷夫人和她儿子，在这场可恶的战争持续期间，他们最好待在第三国。因为，他们即使到了法国，倘若普奥联军侵入我国境内，他们仍然可能遇见普鲁士人。因此，他们决定流亡去荷兰，在那儿等待战乱结束。至于我们是否全体一同出发，这个理所当然。等到了法国边界，我们才会分手。

这事儿确定后，我们还需要几天时间做准备，动身的日期就定在7月2日。

第十一章

　　从这一刻开始,两家人的心情略显轻松。正如俗话说:药丸一旦吞下肚,就不再感觉苦涩。尽管约翰先生与玛瑟小姐即将被迫短暂分离,但是他俩已经结为伉俪。这趟旅行最危险的路程,就是穿越德国领土,因为到处都是开进的军队,他俩将携手穿过德国,然后分手,等待战争结束。那时候,我们还没预见到,这局面仅仅是一场漫长争斗的开端,而且是法国与整个欧洲作对,这场争斗将由帝国①接手延续,历经战绩辉煌的多年征讨,结果是敌对法国的列强联盟取得胜利②!

　　至于我本人,我最终将回到自己的队伍。纳塔利·得勒彼埃尔骑兵中士及时赶回自己的岗位,彼时,法军刚好准备向普奥联军的士兵开火。

　　出发前的准备工作尽可能严格保密。千万不能引起旁人注意,特别是警察局密探们的注意。最好是悄悄离开贝尔青根,神不知鬼不觉,不让任何人发现。

---

① 即法兰西第一帝国(1804—1815),它是拿破仑建立的一个君主制国家,又被称为拿破仑帝国,其势力范围曾囊括大半个欧洲。
② 1792年到1815年间,欧洲各国为了对抗革命后新兴的法国,先后七次结成同盟,并在1815年的滑铁卢会战后,第七次反法同盟取得最终胜利。

按照我的设想，必须排除任何障碍。然而，我却忽略了一个宿敌，我说这人是宿敌，那是因为，我根本不愿意让他留宿①，哪怕他出两个弗罗林一晚的重金，我也不愿意，他就是弗朗茨中尉。

前面我已说过，虽然我们尽量低调行事，但是，约翰·科雷与玛瑟小姐的婚事早已尽人皆知。然而，旁人并不知道，从昨天起，这个婚礼已被推迟，而且是被不定期地推迟。

结果，中尉依旧误认为婚礼将于近期举行，并且很可能采取威胁手段，这事儿令人十分担心。

事实上，弗朗茨·冯·格拉维特若想阻挠，或者推迟婚礼的举行，唯一可供他选择的办法，就是向约翰先生挑起决斗，引诱他到决斗现场，把他打伤，或者打死。

然而，弗朗茨真的那么仇恨约翰先生，以至于忘记自己的社会地位和家庭出身，纡尊降贵，宁愿与约翰·科雷拼个你死我活？

看起来，对这事儿不必过于担心，真要走到那一步，总能找到解决办法。只不过，在眼下这种时候，我们已经准备离开普鲁士，倘若发生决斗，后果不堪设想。这事儿令我十分担心。听说，中尉的怒火已经平息了。这消息让我更加担心，生怕他准备使用暴力。

真倒霉！迄今为止，利布团始终没有接到离开贝尔青根的命令。如果命令下来，那位上校，还有他儿子，应该早就远离贝尔青根，朝着科布伦茨，或者马德堡方向开拔了。真要这样，我也不用那么担心，姐姐也能放下心来，因为，她总想与我分担忧愁。每天，我恨不得跑到兵营那边探望10次，希望看到出发迹象。可惜，我看了又看，没发现任何动静。迄今为止，利布团根本没有开拔的意思。

---

① 此处为双关语，法语"宿敌"与"留宿客人"为同一单词。

从29日到30日,一切平静如常。我们在边界这边停留的时间还剩24个小时,我计算着时间,心中颇感欣慰。

我已经说过,我们大伙儿将一路同行。不过,为了不引起旁人怀疑,我们商量好,科雷夫人和她儿子不与我们同时出发。母子俩将在距离贝尔青根几里远的地方与我们会合,一旦离开普鲁士下属各省地界,就不用再担心卡尔克鲁斯和他手下密探耍花招了。

就在这一天,中尉在科雷夫人房前来回走过好几次。有一次,他甚至停住脚步,似乎想要进屋,打算了结这桩私人恩怨。隔着百叶窗,他无法看见我,我却盯着他,只见他双唇紧闭,双手一会儿握成拳头,一会儿摊开手掌,总之,种种迹象表明,中尉已经怒不可遏。事实上,倘若此刻他推开房门,要求面见约翰·科雷先生,我一点儿都不会感到意外。十分幸运,约翰先生的房间窗户在房子侧面,他没看见这一幕。

不过,这一天中尉没做的事情,另一个人替他做到了。

将近下午4点钟,利布团的一名士兵到来,要求面见约翰·科雷先生。

在房间里,在我的陪同下,科雷先生接待了此人,接过中尉让士兵转交的一封信。

当他读完这封信,不禁勃然大怒!

这封信不仅对约翰先生蛮横无理,而且肆意侮辱德·劳拉奈先生。是的!军官冯·格拉维特耍无赖到这种程度,居然凌辱一位上了年纪的老人!与此同时,他表示瞧不起约翰·科雷的勇气——在他看来,约翰是半个法国人,因此,必然性情怯懦!他还补充说,如果自己的对手不是胆小鬼,就应该有勇气接待中尉的两个同伴,这两个人将于当晚登门拜访。

我觉得，这封信表明，弗朗茨中尉已经知道德·劳拉奈先生打算离开贝尔青根，也知道约翰·科雷准备一起走，于是，不惜撇开爱情，用傲慢无礼的态度，一心阻止他们离开。这封信不仅侮辱了约翰先生，也侮辱了德·劳拉奈一家，我感到，这次恐怕无法劝阻约翰先生了。

"纳塔利，"约翰先生对我说道，由于愤怒，他的语气有些异样，"在惩罚这个傲慢的家伙之前，我不会离开！这件事儿不办妥，我绝不离开！他竟然跑来辱骂我最亲爱的人，简直太卑鄙了！我要让这个军官看一看，既然他说我是半个法国人，那么，这半个法国人绝不会在一个德国人面前退缩！"

我想劝慰约翰先生，提醒他，以这种方式去见中尉，后果难以预料。倘若他把中尉打伤，我们定会遭到报复，惹来一大堆麻烦。倘若受伤的人是约翰先生，那么，我们还怎么动身？

约翰先生什么也听不进去。我十分理解他的心情。中尉的那封信太过分了。确实！信里的话令人无法容忍！啊！假如我能亲自处理这件事该有多好！我将面对这个傲慢的家伙，与他决斗，用拳头，用军刀，用马鞍手枪①，只要双方同意，用什么都行，一直打到我俩当中有一个趴倒在地！倘若倒地的人是他，我可不需要一块破手帕为他伤心抹泪！

甭管怎么说，既然信中宣称中尉的两个同伴要来，那就等着吧。

晚上，将近8点钟的时候，两个人来了。

---

① 手枪于1775年原产于法国，首先供骑兵使用，挂在马鞍前鞒上，因此被称为"马鞍手枪"。

十分幸运，此刻，科雷夫人恰好在德·劳拉奈先生家做客。最好还是不要让她知道即将发生什么事儿。

至于我的姐姐伊尔玛，她去几位商人那儿结清最后几笔欠款。因此，这件事儿只有约翰先生和我两人知道。

两个军官做了自我介绍，两个都是中尉，对他俩狂妄傲慢的态度，我一点儿都不感到意外。在他俩看来，一位出身贵族名门的军官，居然愿与一个普通商人决斗，实属屈尊下顾……然而，约翰先生态度坚决地打断对方，仅仅表示，自己将听从弗朗茨·冯·格拉维特先生的安排。在那封挑战信里，已经写了很多侮辱言辞，无须再予补充。对方听懂了约翰先生的意思。

如此一来，两位军官只好把羞辱言辞咽了回去。

其中一位军官提醒道，由于时间紧迫，最好早点儿把决斗的方式确定下来。

约翰先生表示，无论什么方式，只要事先约定，他都接受。他唯一的要求就是，不要把任何外国人牵扯到这件事里，因此，决斗应该尽可能地秘密进行。

对此，两位军官没有任何异议。他俩也没啥异议可以提出，因为最终，约翰先生表示，由对方确定决斗方式。

这一天是6月30日。决斗的时间定在第二天上午9点钟。决斗的地点定在一片小树林，位于贝尔青根通往马德堡大路上坡的左侧。关于这一点，双方没有争议。

决斗将使用军刀，只要其中一人无法坚持，决斗即告结束。

对于上述所有提议，约翰先生只是点了一下头，表示全部接受。

于是，其中一位军官说道——语气中再次充满侮辱——希望

两个军官……狂妄傲慢……

约翰·科雷先生遵守约定，于9点钟准时抵达决斗现场。

针对这句话，约翰·科雷先生回答说，希望冯·格拉维特先生别让自己等待太久，一切将在9点15的时候结束。

听完这句回答，两位军官站起身，相当傲慢地告辞，走出科雷家。

"您知道如何使用军刀吗？"我立即向约翰先生询问道。

"是的，纳塔利。现在，让我们确定自己的决斗证人。您愿意担任两名证人中的一个吗？"

"悉听尊便，对您给予的荣誉，我深感自豪！至于另一个证人，您在贝尔青根应该不乏几位朋友，他们不会拒绝这份义务吧？"

"我宁愿去请德·劳拉奈先生，我肯定，他不会拒绝。"

"当然，毫无疑问！"

"千万别让我母亲知道，也别让玛瑟，还有您姐姐知道，纳塔利，这事儿我们就这样说定了。她们已经承受了太多的烦心事儿，没必要给她们再添烦恼。"

"您母亲和伊尔玛很快就要回来了，约翰先生，既然在明天之前，她俩都不会离开家，因此，不大可能知道这事儿。"

"但愿如此，纳塔利，另外，我们的时间紧迫，现在就去德·劳拉奈先生家吧。"

"走吧，约翰先生，您的荣誉必须交到最可靠的人手里。"

恰在此刻，就在我俩准备出门时，在德·劳拉奈小姐的陪同下，科雷夫人和伊尔玛回来了。约翰先生对母亲说，我俩出去买点儿东西，大约需要一个小时，主要是为这趟旅行准备必需的马匹。另外，如果我们回来得太迟，他请母亲送玛瑟小姐回家。

科雷夫人和我姐姐没有产生丝毫怀疑，然而，德·劳拉奈小姐向约翰·科雷投去充满忧虑的一瞥。

10分钟后，我俩走到德·劳拉奈先生的住宅。他独自一人在家。我们可以畅所欲言。

约翰先生告诉他这件事儿，请他读了冯·格拉维特中尉的来信。德·劳拉奈先生读过信，愤怒得浑身颤抖。不行！在遭受这般侮辱之后，约翰不能一走了之！德·劳拉奈先生愿意做证人。

随后，德·劳拉奈先生准备去一趟科雷夫人家，把自己的孙女接回来。

我们三人一同走出房门，沿着街道往回走，恰好与卡尔克鲁斯的警探擦肩而过。他瞧了我一眼，我觉得那眼神有点儿古怪。由于他正好从科雷家那边过来，我不禁产生一种预感，这个浑蛋刚刚干了一件坏事，正扬扬自得。

科雷夫人、玛瑟小姐，还有我姐姐一起待在楼下的小客厅，看上去神色慌乱。她们是不是知道了什么事儿？

"约翰，"科雷夫人说道，"卡尔克鲁斯手下警探刚刚给你送来一封信！"

这封信上面盖着军事当局的印章。

信的内容如下：

所有出身普鲁士的年轻人，年龄在二十五岁以下者，均需应征入伍。约翰·科雷已被编入利布团，该团驻扎于贝尔青根。此人应于明日，7月1日上午11点钟之前，至该团报到。

德·劳拉奈先生读过信，愤怒得浑身颤抖。

第十二章

沉重一击！普鲁士政府颁布了普遍征兵令！约翰·科雷不满二十五岁，被征召入伍！他将被迫出征，加入法兰西的敌对阵营！而且，他完全无法逃避这个义务！

另一方面，他应否逃避这份责任？他是普鲁士人吗？有没有可能开小差？……不行！这可不行！……这事儿不能干！

另外，更不幸的是，约翰先生即将加入的恰是利布团，这个团的指挥官是冯·格拉维特上校，也就是那个弗朗茨中尉的父亲，约翰先生的对头，如今成了他的顶头上司！

有啥办法，厄运降临到科雷家头上，也降临到所有与他家交往密切的人们头上！

确实，万幸的是，婚礼被推迟了！否则，我们就将看到，刚刚成婚的约翰先生不得不应征入伍，并且与新婚妻子的同胞相互厮杀！

我们大家惊慌失措，个个哑口无言。玛瑟小姐和姐姐伊尔玛忍不住泪如雨下。科雷夫人没有哭。她已经欲哭无泪，僵立一动不动，犹如死了一般。约翰先生紧抱双臂，环顾四周，面对命运，昂然伫立。我心慌意乱，心想，那些让我们遭受这么多痛苦的人，总有一天，他们会遭报应，不是吗？

这时，约翰先生说道：

"我的朋友们，你们的计划不能改变！明天，你们仍旧出发前往法国，走吧。不要在这个国家多停留片刻。我和母亲，我们曾经设想到德国以外的地方，找个角落逃生……现在看来，已经不可能了。纳塔利，请您带上您姐姐，你们一起走吧……"

"约翰，我要留在贝尔青根！……"伊尔玛回答道，"我不离开您的母亲！"

"您不能留下来……"

"我们也要留下来！"玛瑟小姐叫道。

"不！"科雷夫人站起身说道，"你们全都走。只留下我，我一人，是的！我才不怕普鲁士人！……我不也是德国人吗！"

说完，她朝门口走去，似乎觉得一个德国人不该留在这儿。

"我的母亲！……"约翰先生大声叫道，扑向科雷夫人。

"怎么，你想咋办，我的儿子？"

"我想……"约翰回答道，"我想让你也走！我想让你随他们一同去法国，回到你自己的国家！至于我，我是一名士兵！也许，我的团队随时可能开拔！……留下你一人，孤立无援，这样绝对不行……"

"我要留下来，我的儿子！……我留在这儿，因为你以后再也无法陪伴我……"

"但是，一旦我离开贝尔青根呢？……"约翰先生接着说道，边说边攥住母亲的胳膊。

"我就跟着你走，约翰！……"

科雷夫人回答的语气如此坚定,约翰先生听了默然无语。这个时候,与科雷夫人讨论这个话题,实在不合适。晚些时候,明天吧,他再与母亲好好谈一谈,让她对当前局势看得更清楚一些。军队向前开拔,一位女士如何能尾随其后?她将面临多大风险?不过,我再说一遍,这个时候,不要与科雷夫人争论。经过一番深思熟虑后,她才能回心转意。

最终,在无比激动的气氛中,大家纷纷散去。

科雷夫人甚至都没有拥抱玛瑟小姐——然而,仅仅一个小时之前,科雷夫人还把她称作自己的女儿!

我回到自己的小房间,但是并未躺下,我哪里睡得着?虽然动身的时间不能改变,必须如期出发,但我顾不上考虑这事儿。现在,我满脑子想的都是约翰·科雷,他被编入这个团队,也许,就落在弗朗茨中尉的手下!我设想着充满暴力的一幕幕场景,约翰先生如何能扛得住来自那个军官的凌辱?但是,他必须扛住!……他将成为一名士兵!……只能默默忍受,绝不能轻举妄动!……普鲁士的军纪极为严酷,约翰先生只能忍辱负重!……简直太可怕了!

"一名士兵?不,他暂时还不是,"我心里自忖道,"从明天起,入伍之后,他才算得上一名士兵。在入伍之前,他不受军纪约束!"

我在心里如此盘算——或者不如说,胡思乱想!按照这些盘算,我脑袋里涌出一大堆奇思妙想,我尝试着从中厘清思路。

"是的,"我盘算道,"明天,上午11点钟,从约翰先生去团队报到的那一刻起,他就成为一名士兵了!……在此之前,他依然有权与那个弗朗茨决斗!……而且可以杀了他!……约翰先生必须杀了他,否则,过些日子,中尉能找到许多报复的机会!……"

我整整一晚没能睡着！唉！真该让我的死敌也尝尝这个滋味！

将近凌晨3点钟，我躺倒在床上，连衣服都没脱。5点钟，我起身，悄无声息地摸到约翰先生卧室的门边。

约翰先生也已起床，我屏住呼吸，侧耳倾听。

我似乎听见约翰先生在写字。毫无疑问，他必须预先做些安排，以防自己在决斗时遭遇不幸！时不时地，他会起身来回踱几步，然后重新坐下，笔尖再次在纸面上摩擦。房间里没有其他声音。

我不想打搅约翰先生，反身回到自己的卧室，将近6点钟的时候，我下楼出门上街。

征兵令的消息已经传开，引起一片轰动。这项措施几乎波及全城的所有年轻人，而且，我得承认，据我观察，这个消息导致了普遍的不满情绪。一言以蔽之，这消息太残酷了，因为太出人意料，所有家庭毫无心理准备。几个小时之内，年轻人就得背上行囊，扛起步枪，动身出发。

我在房子前来回溜达。我与约翰先生昨天约定，将近8点钟时，我俩一同去找德·劳拉奈先生，然后去决斗地点。因为，倘若德·劳拉奈先生过来找我们，可能引起旁人怀疑。

我一直等到7点半钟，约翰先生还没有下楼。

另外，科雷夫人也没到一楼客厅来。

此时，伊尔玛过来找到我。

"约翰先生在做什么？"我向她问道。

"我没有看见他，"伊尔玛回答道，"应该没出门，也许，你最好上去看一眼……"

"用不着,伊尔玛,我刚才听见他在房间里走来走去!"

于是,我们聊了几句,没有聊决斗的事儿——姐姐应该对此事一无所知——我们聊的是征兵这件事,以及这事儿对约翰·科雷造成的严重后果。伊尔玛颇感绝望,尤其在这种时候,与自己的女东家分手,她的心都要碎了。

楼上传来轻微的声音,姐姐走进房子,又走出来告诉我,约翰先生在他母亲身边。

我猜想,他是想拥抱母亲,就像每天早晨一样。在约翰先生看来,也许这是最后一次告别拥抱,也是他最后一次吻别母亲!

将近8点钟,他们走下楼梯。约翰先生走到房门口。

伊尔玛刚刚出去。

约翰先生朝我走过来,向我伸出手。

"约翰先生,"我对他说道,"已经8点钟,我们得出门了……"

他只是微微点了一下头,似乎欲言又止。

是时候动身去找德·劳拉奈先生了。

我俩一同走上街,并肩走了大约300步,一名利布团的士兵站在了约翰先生的面前。

"您就是约翰·科雷?"士兵问道。

"是的。"

"这是给您的。"

说着,士兵拿出了一封信。

"谁派您来的?"我问道。

"冯·梅尔希斯中尉。"

此人是弗朗茨中尉的证人之一。我心中不禁一阵颤抖。约翰先

士兵拿出了一封信。

生拆开信件。他看到如下字句:

  由于出现新情况,现在,原定在弗朗茨·冯·格拉维特中尉与约翰·科雷士兵之间的决斗已不可能进行。

R.-G 冯·梅尔希斯

  我禁不住气血上涌! 一名军官不能与一名士兵决斗,原来如此! 但是,约翰·科雷还没有成为"士兵"! 在几个小时之内,他仍然是自由之身!
  我的上帝! 我觉得,如果是一名法国军官,他绝干不出这种事儿! 他应该向被自己侮辱的人做出解释,因为那些言辞杀人诛心! 而且,他应该赴约参加决斗……
  想到这儿,我不再吭声! 我不能说得太多! 不过,必须考虑一下,这场决斗还可能举行吗?……
  约翰先生一把撕掉来信,轻蔑地扔到一边,言简意赅地从嘴唇之间挤出一句:
  "无耻之徒!"
  随后,约翰先生示意让我跟着他,两人一同慢慢走回科雷家。
  我义愤填膺,单独在房子外面徘徊。我甚至离开房子,漫无目的地越走越远。前途混乱莫测,弄得我心绪不宁。我忽然想起来,应该去找德·劳拉奈先生,告诉他这场决斗已经取消。
  请你们相信,此刻我已经没有了时间概念,因为,我觉得刚刚离开约翰先生,再次回到科雷夫人家时,已经将近10点钟了。
  德·劳拉奈先生和小姐站在那儿,约翰先生正准备跟他俩告别。

对接下来发生的一幕,我无法描述,因为,我实在没本事细致描写当时的情节。我只能告诉你们,科雷夫人竭力硬挺,让自己表现得坚强勇敢,避免把自己软弱的一面暴露在儿子面前。至于约翰先生,同样镇定自若,不想在母亲,以及德·劳拉奈小姐面前表现得灰心气馁。

在彼此分手的那一刻,玛瑟小姐和约翰先生最后一次投入科雷夫人的怀抱……随后,房子的大门关闭了。

约翰先生走了!……成了普鲁士的士兵!……不知我们是否还能重逢!

当天晚上,利布团接到命令,向博尔纳开拔。那是一个小村子,距离贝尔青根只有数里之遥,几乎紧挨着波茨坦县的边界。

虽然德·劳拉奈先生摆出一大堆理由,尽管我们万般恳求,科雷夫人依然坚定不移地打算跟着儿子走。既然利布团准备开往波茨坦,那么,她也打算前往波茨坦。在这个问题上,我们无可奈何,约翰先生的劝解也根本无效。

至于我们几个人,我们准备第二天动身离开。可以预想到,当我的姐姐最后一次告别科雷夫人那一刻,必将出现撕心裂肺的一幕!伊尔玛本想留下来,跟随她的女东家浪迹天涯……而我呢……我又如何忍心强迫她随我们出发!……幸好科雷夫人拒绝了伊尔玛……我姐姐不得不听命服从。

下午,我们已经准备妥当,然而,形势却急转直下。

将近5点钟,卡尔克鲁斯亲自前来拜访德·劳拉奈先生。

警察局长通知他,其旅行计划已经暴露,因此,局长认为有必要命令他取消该计划,至少暂时取消。政府即将针对居住在普鲁士的法国人采取一系列措施，德·劳拉奈先生必须等候这些措施出台。在此之前，卡尔克鲁斯不能给对方签发护照，而没有了护照，任何旅行都将变得不可能。

至于名叫纳塔利·得勒彼埃尔的那个人，另当别论！说到我，正如俗话所讲，此人"犯事儿"了！看起来，作为伊尔玛的兄弟，我已被揭发，罪名就是间谍。卡尔克鲁斯对此求之不得，干脆把我当作间谍，并且给予相应的惩罚。也许，德国人已经知道本人隶属于庞卡底皇家团？无论如何，为了确保神圣罗马帝国军队的胜利，毫无疑问，必须把这名法国士兵抓起来！战争期间，必须千方百计削弱敌方的力量！

于是，就在这一天，尽管我的姐姐，还有科雷夫人百般恳求，我仍然被逮捕了，经过逐级递解，一直被押送到波茨坦，最终被投入城堡监狱里。

不用说，我简直气坏了！我被迫与亲人分离，无法脱身，更不能返回自己位于两国边境的岗位！而在这时，双方的战火一触即发！……

然而，生气有什么用。我发现，德国人甚至根本不来审问我，我被秘密关押，不能与任何人接触，在整整6个星期的时间里，我对外面发生的事情一无所知。虽然格拉特庞什村的朋友们期待我完整地叙述这段经历，但是，作为被关押的囚徒，我没有更多细节可供描述。在眼下这种时候，朋友们只需要知道，我在监狱里度日如年，每一个小时都显得那么漫长，犹如五月的浓雾，难以驱散！不过，看起来，我似乎很幸运地逃过了审判，因为，正如卡尔克鲁斯所说，我这桩案子"案情清晰"！照此推理，我甚至担心自己可能

我被迫与亲人分离,无法脱身……

在监狱里一直待到战争结束。

然而，情况恰好相反。一个半月之后，8月15日，监狱的典狱长把我释放了，我被重新押回贝尔青根，他们甚至懒得告诉我，为什么我的案情会出现转机。

科雷夫人、我姐姐，以及德·劳拉奈先生和小姐，他们都没有离开贝尔青根，见到他们，我心里别提多高兴了，而且，我也不再坚持离开此地。由于利布团始终没有离开博尔纳村，科雷夫人也就滞留在贝尔青根。约翰先生寄来过几封信，无疑，他能做的也就是这些。尽管他在信中语焉不详，我们依然能感到，他在军队里的处境十分糟糕。

另外，虽说我已获得自由，但是，在普鲁士境内，我仍不能自由行动——请你们相信，对此，我毫无怨言。

实际上，普鲁士政府已经颁布命令，要把境内所有法国人统统驱逐出境。至于我们几位，必须在24小时之内离开贝尔青根，并且在20天之内离开德国。

此时，距离《布伦瑞克宣言》[①]发表仅有半个月，该声明威胁称，普奥联军即将入侵法国！

[①] 1792年7月26日，普奥联军司令布伦瑞克发表宣言说："盟军作战的目的，在于……恢复王室的权力，如有违抗，盟军将毁灭巴黎全城。"

第十三章

　　必须抓紧时间，我们距离法国边境还有大约150里①的路程——这段路程需要穿过充满敌意的国家，一路上到处都是行进的军队，包括骑兵和步兵，还有那些追赶野战部队的掉队士兵。尽管我们准备了交通运输工具，但路途中很难保证万无一失。倘若运输工具出了问题，我们就不得不徒步旅行，无论如何，由于路途遥远，必须考虑疲劳问题。沿途每一站，我们是否能找到旅馆？能否吃上饭，得到休息？显而易见，不能。倘若独自一人，我早已适应缺衣少穿的生活，对长途旅行习以为常，即使徒步跋涉，照样精力充沛，轻而易举摆脱困境！然而，与我同行的有德·劳拉奈先生，他可是七十岁的耄耋老人，还有两位女士，德·劳拉奈小姐和我姐姐，他们不可能与我一样。

　　甭管怎么样，我总要设法将他们全须全尾地带回法国，而且我知道，他们每人也会竭尽全力。

　　因此，正如我之前说过，我们没有时间待在这儿了。另一方面，警察也在密切监视我们，我们在贝尔青根最多只能停留24个小时，还必须在20天之内离开德国领土。只要我们一路上不停顿，这个时

---

① 此处为法国古里，1里约合4公里，150里约合600公里。

间足够。况且，当天晚上，卡尔克鲁斯给我们签发的护照，其有效期只有这么短时间。一旦超过这个期限，我们将被抓起来，一直被囚禁到战争结束！至于这几本护照，它们规定了我们的旅行路线，沿途经过的每一座城市，每一个村庄，全被规定得一清二楚，必须循规蹈矩。

除此之外，沿途可能很快发生一系列意外事故。也许，就在此时，在双方的边境地区，机枪和大炮已经相互射击？

针对布伦瑞克公爵发表的宣言，法兰西民族通过议员们的言论，做出了合情合理的答复，立法议会议长刚刚向法兰西全国发出了响亮的呼唤：

"祖国在危急中！"①

8月15日，一大早，我们准备出发。所有杂务均已处理完毕。德·劳拉奈先生的住宅交给一位老仆照料，此人原籍瑞士，在德·劳拉奈先生家已当差多年，一向忠心耿耿，值得信赖。这位忠仆将尽全力照料好东家的产业。

至于科雷夫人的房子，在没有找到买主之前，只能让那位女佣住着，这位女佣是个地道的普鲁士人。

就在这天早上，我们获悉，利布团刚刚开拔，离开博尔纳村，向马德堡进发。

德·劳拉奈先生、玛瑟小姐、姐姐，还有我，我们最后一次努力劝说科雷夫人随我们一起走。

---

① 在普奥联军的威逼下，1792年6月，多名议员联名向立法议会提交了《关于祖国在危急情况下应该采取的措施》决议草案。7月11日，议会通过决议，宣布"祖国在危急中！"，号召全国人民共赴国难。

"不，我的朋友们，别再劝了！"科雷夫人回答道，"就在今天，我将踏上通往马德堡的大路。我有预感，即将发生不幸的事情，我必须赶到那儿！"

我们知道，再劝也是枉然，科雷夫人下定决心，不撞南墙不回头。于是，我们只好辞别科雷夫人，动身前，把警察局规定的路线，包括每座城市，每个村庄，全都告诉了她。

我们的旅行方式是这样的：

德·劳拉奈先生有一辆老式四轮篷盖马车，已经很久不曾使用，但在我看来，这辆马车很适合这趟长达150里的旅途。如果在平时，依靠联邦①公路沿途的驿站，更换驿马，做这么一趟旅行并不难。然而，在战争期间，为了给军队运送弹药和军需品，到处都在征用运输工具，要想正常更换驿马，恐怕不那么容易。

为了避免这类麻烦，我们决定另想办法。我请德·劳拉奈先生去弄两匹好马，甭管要花多少钱。幸亏我在这方面经验丰富，挑选好马不成问题。我看上了两匹马，也许，它俩的身躯略显笨重，但耐力十足。另外，考虑到此行不可能聘请车夫，我自告奋勇担当这份差事，当然啦，大家欣然同意。赶车这活儿，没有谁比一位骑兵中士更能驾轻就熟！

8月16日，早晨8点钟，一切准备就绪。就等我上车就位。我们携带了两把挺不错的马鞍手枪作为防身武器，足以让歹徒敬而远之；行李箱里装了不少食品，可以应付最初几日之需。大家商量好，德·劳拉奈先生和小姐坐在篷车的后排，我的姐姐则坐在前排，与

---

① 此处指神圣罗马帝国，它是962年至1806年存在于西欧和中欧的国家，后期成为由数百个诸侯国组成的松散的政治联盟。

这几本护照……规定了我们的旅行路线……

年轻姑娘面对面。至于我本人,穿了一件厚衣服,加了件外套,裹着毯子,足可抵御任何恶劣天气。

我们再次拥抱科雷夫人,最后说一句再见,每个人心情沉重,伤心地自忖:我们真的还能再次相见吗?

天气挺不错,不过,到正午时分,也许气温会十分炎热。为此,我特意挑选正午至2点钟的时段,让我的马匹休息一会儿——如果想要马儿精力充沛,必须让它们得到休息。

总之,我们终于出发了。我吆喝着驱动马匹,挥舞长鞭,鞭鞘迎风呼啸。

我们离开贝尔青根,在通往科布伦茨的路上,行进着军队,不过,路面不算太拥堵,马车顺利通过。

从贝尔青根到博尔纳村,只有大约两里路程,我们仅用一个小时就抵达这个小地方。

利布团曾经在这儿驻扎过几个星期,然后从这儿出发前往马德堡,科雷夫人正准备去那儿寻找儿子。

我们穿过博尔纳村的街道,玛瑟小姐的心情异常激动。她想起约翰先生,想到他听命于弗朗茨中尉,正沿着这条路行进,而我们却不得不按照规定路线,离开这条路,直奔西南方!……

我在博尔纳村一刻也没停留,一心想再赶4里路,到了边界再休息,如今,那儿属于勃兰登堡省的省界,不过,按照当时德国领土的划分,我们即将踏上的是通往上萨克森的道路。

正午时分,我们抵达边界,那儿有几股小队骑兵正在露营,路旁有个孤零零的小酒馆。在那儿,能让我的马儿吃上草料。

我们在那儿足足休息了三个小时。今天是旅行的第一天,我觉得应该小心一点儿,别让马匹在旅行刚开始的时候过于劳累。

在这个地方,我们的护照需要接受检查。我们的法国身份引来异样的目光。那又怎么样!我们又没有违法。另一方面,既然我们被驱赶出德国,被强令在规定期限内穿过德国领土,那么至少,我们不至于在半路被抓起来。

我们原定在采尔布斯特过夜。我们早已决定,除非发生意外,原则上,只在白天旅行。路上很不安全,赶夜路太冒险,更需格外谨慎。这个国家到处都有歹徒横行。最好尽量避免节外生枝。

我还需补充说一句,在靠近德国北方的地区,8月份的夜晚很短。早晨3点钟之前,太阳就已升起,直到晚上9点钟才落山。因此,我们只能停歇几个小时——这点儿时间刚够我们和马匹休息。啥事儿都得顺势而为,该咋办就咋办①。

我们于正午时分抵达边界,从那儿赶到采尔布斯特,全程不超过7至8里。我们在下午3点钟动身,到晚上8点钟即可走完这段路。

不过,在我看来,如果考虑道路拥堵,以及行动滞缓等因素,这点儿时间未必够用。

这天,半路上,我们与某个征用马匹的家伙发生了争执。此人又高又瘦,干瘪得活像受难日的耶稣,夸夸其谈,活像一个马贩子,他死说活说,非要征用我们的马车,还说这是为国家服务。奸诈的家伙,纯粹胡扯!我猜想,所谓国家,其实就是他自己,就像路易十四曾经说过的那样②,这家伙征用马车,就是想据为己有。

---

① 此处为俚语,直译应为"该给牲口套好轭圈时,就给它套上"。

② 法国国王路易十四曾说过一句名言:寡人即国家(亦译:朕即国家),强调王权与国家的高度融合。

然而，别着急！无论如何，他总得尊重我们的护照，以及护照上警察局长的签名吧。可是，我们与这个浑蛋掰扯，足足浪费了一个小时。最终，马儿不得不一路小跑，以便挽回损失的时间。

我们终于抵达了安哈尔特公国①的领土。这儿的道路不那么拥挤，因为普鲁士大军向北，冲着马德堡方向去了。

我们顺利抵达采尔布斯特——这儿是一座貌似小镇的偏远村庄，几乎一贫如洗，我们到这儿的时候，已经将近晚上9点钟，路上遇见不少偷采农作物的人，他们毫不客气地以此为生。在这么个地方，即使要求不高，也很难找到一处地方过夜。镇里房屋门户紧闭，居民谨慎小心，投宿过夜实属不易。我觉得，大家只能在马车里守候到天明。不过，对我们来说，可以将就一晚，但是，马匹怎么办？难道它们不需要饲料和垫草吗？我必须首先考虑马儿的需求，如果这一路上没了它们，那该如何是好！

于是，我建议继续往前走，寻找另一处休息地点——比方说，阿肯，那儿位于采尔布斯特的西南方，距离约3.5里。午夜之前，我们能赶到那儿，如果等到第二天10点钟动身，就可以让马儿得到充分休息。

不过，德·劳拉奈先生提醒我，前面就是易北河②，必须靠渡轮才能过去，而且只能在白天渡河。

德·劳拉奈先生说得完全正确。在抵达阿肯之前，我们首先需要渡过易北河，而渡河不是一件容易事儿。

---

① 安哈尔特是德国历史地名，位于德国东部，1863年至1918年为公国，现为萨克森-安哈尔特州的一部分。
② 易北河发源于捷克和波兰边境地区，全长约1165公里，其中三分之二流经德国东部，最终注入北海。

在此，我需要提醒诸位一句：德·劳拉奈先生非常熟悉德国领土，对贝尔青根到法国边境的路途了如指掌。因为，当他儿子在世时，他曾多次在这段路途中奔波，不论任何季节，总能看着地图，轻而易举辨明方向。至于我，仅仅是第二次走这条路。因此，德·劳拉奈先生成了最可靠的向导，跟着他走是明智之举。

最终，经过一番努力，凭借手里攥着的钱包，我终于在采尔布斯特为马匹找到了马厩和饲料，为大家找到了住宿和吃饭的地方，也节省了马车里携带的储备物资。

于是，在这个名叫采尔布斯特的小镇，我们住了一宿，而且条件远比预想的要好。

第十四章

即将抵达采尔布斯特时，我们的马车进入了安哈尔特公国，以及它属下的三块公爵领地。第二天，我们从北向南，横穿这个公国，然后抵达小城阿肯，从那儿开始，我们将进入萨克森①，以及现在属于马德堡县的领土。再往前走，当我们直奔伯恩斯堡公国的首府伯恩斯堡城时，还将再次经过安哈尔特公国。从那儿开始，我们将第三次进入萨克森领地，横穿梅泽堡②县境。以上反映了那个时代德意志邦联③的状况，它被分割成数百个小国，或者飞地，《小拇指》里面的那个妖精一步就能跨过去④！

正如各位猜到的，上述这些都是德·劳拉奈先生告诉我的。他让我看那张地图，用手指点出各个省，以及各个主要城市的位置，

---

① 即萨克森公国，其领土涵盖不来梅、汉堡、下萨克森、北莱茵–威斯特法伦州、萨克森–安哈尔特州和大部分石勒苏益格–赫尔斯泰因州。
② 梅泽堡是德国东部城市，萨勒县首府，位于萨勒河左岸，东距莱比锡30公里，是德国东部最古老的城市之一。
③ 即神圣罗马帝国（962—1806），它建立初期为封建君主制国家，后来逐渐变成由数百个小诸侯国组成的松散的政治联盟。
④ 《小拇指》是法国17世纪作家，被誉为"法国儿童文学之父"的夏尔·贝洛（1628—1703）代表作之一。《小拇指》的故事里面有一个妖精，穿上"七里靴"，一步能跨越7里远。

还有各条河流的走向。在军队里，我可没机会学习地理课程。更何况，我至今还不认字呢！

啊！我可怜的识字课程，恰好在我准备把元音字母与辅音字母拼凑起来的时候，它却被突然打断了！而且，随着征兵令的颁布，如今，我那位可敬的老师约翰先生也和所有正在读书，或者经商的年轻人一样，背起了士兵行囊！

总之，让我们撇开这些令人不快的往事，抓紧时间赶路吧。

从头天晚上开始，天气变得非常炎热，天空沉闷动荡，云层缝隙中不时出现蓝色闪电，不过，正如俗话所说的那样，一时半会还不至于变天①。这一天，我快马加鞭，因为，必须在天黑前赶到伯恩斯堡——这段路程大约足有12里远。赶这段路程问题不大，但前提却是老天爷不能变脸儿，而且路上不能出现障碍，这点十分重要。

可是恰巧，易北河就横亘在我们面前，我非常担心因此耽误行程。

早晨6点钟，我们就从采尔布斯特出发了。两个小时之后，我们抵达易北河右岸②。这条河流很美丽，此处河面相当宽阔，两岸高耸陡峭，遍地长满密密麻麻的芦苇。

幸好，我们十分走运。运送车辆和行人的渡轮停靠在右岸，由于德·劳拉奈先生不惜大把支付弗罗林和克鲁兹③，船工没让我们等太久。一刻钟之后，马车和马匹都装上渡轮。

---

① 此处为俚语土话，直译为"不用着急套上骑兵短裤"。
② 按照法语习惯，从河流上游向下游看，左手为左岸，右手为右岸。易北河在德国境内大致为南北走向，因此，右岸为易北河东岸。
③ 克鲁兹是旧时德国和奥地利使用的硬币，因币面铸有十字，亦称十字硬币。

渡河十分顺利。如果其他河流也能如此顺利渡过，那该多好。

当我们抵达小城阿肯，马车并未稍作停留，穿城而过，直奔伯恩斯堡。

我尽量让马车行驶平稳。诸位都知道，那时的道路可不像今天这样。崎岖的路面，勉强看得出车辙印。那路与其说是人工修建，还不如说是车轮碾轧出来的。倘若在雨季，路面根本无法通行，即使在夏季，路况依然很糟糕。不过，做人不能过于苛求①。

我们走了一上午，一路顺利。但是，将近正午时分——幸亏此时我们正在休息——潘都尔团②的一支队伍超越了我们。我还是第一次看见这种貌似野蛮人的奥地利骑兵队伍。这支队伍全速急进，路面尘土飞扬，遮天蔽日。滚滚烟尘中，这帮野蛮的家伙身穿红色军衣，头戴黑色山羊皮无边软帽，一闪而过。

当时，幸亏我们停在路边，马车紧挨着一小片桦树林，在树丛的遮掩下，他们没有看见我们。否则，遇见这么一群擅长劫道的魔鬼③，谁知道会发生什么。这群潘都尔士兵可能会抢走我们的马匹，他们的军官则会看上我们的马车。毫无疑问，当时，假如我们走在路上，他们根本不等我们让开，还会直接把我们撞飞。

将近下午4点钟，我指着远处高耸的凸起物，请德·劳拉奈先生眺望，只见那东西位于西方，突兀在平原上，距我们足有1里之遥。

"那儿应该就是伯恩斯堡的要塞。"他告诉我。

确实，这座城堡耸立在山岗上，隔老远就能看见。

---

① 此处为俚语，直译为"即使圣徒也不能太苛刻"。
② 潘都尔团特指当时在奥地利军中服役的克罗地亚部队，以彪悍善战著称。
③ 此处为俚语，直译为"魔鬼手中的口袋"。

渡河十分顺利。

我驱车加速前进，半个小时后，穿过伯恩斯堡城，在那儿，有人检查了我们的证件。随后，我们乘坐渡轮，渡过萨勒河①，这已经是我们第二次渡河了。奔波一天，大家疲惫不堪，直到晚上10点钟，终于抵达阿尔斯特本，住进一家挺不错的旅店，舒服地休息了一晚。旅店里没有普鲁士军官下榻——我们为此颇感欣慰——第二天，上午10点整，我们再次出发。

关于经过的城市，镇子，以及村子，我还会描述一些细节。一路上，我们并没遇到啥新鲜事儿，这可不是一趟消遣旅游，何况，我们几个人是被驱逐出境，对这个国家毫无眷恋之情。

对我们来说，经过这些地方时，最要紧的是别遇上麻烦，争取顺利逐一通过。

18日这天，正午时分，我们抵达赫特施塔迪。然后，马车渡过维佩尔河，在部队里，我们习惯戏称其为"蝰蛇"②。这地方紧挨着一座铜矿。将近3点钟，马车抵达莱姆巴赫，这地方位于维佩尔河与塔尔巴赫河的交汇处——对于庇卡底皇家团那帮爱开玩笑的家伙来说，这条河的名字也很搞笑。此后，我们经过曼斯菲尔德，这地方位于一座高大的山岗脚下，彼时，天上下着雨，一缕阳光恰好透过雨帘，投射到山顶。随后，我们又经过位于格纳河畔的桑格豪森，马车经过的这片地方，到处分布着矿山，远处地平线上，哈茨山脉③锯齿状的山峰遥遥在望。黄昏时分，我们抵达位于温斯特鲁

---

① 萨勒河流经德国东部，全长427公里，是易北河左岸的一条支流。

② 此处为戏谑语。德语"维佩尔"的发音，与法语"蝰蛇"的发音相似，一语双关，形容河流蜿蜒曲折。

③ 哈茨山脉位于德国中部，长90公里，呈西北－东南走向，在威悉河和易北河之间。

特河畔①的阿特恩。

这一天，大家疲惫不堪——将近15里的路程，中间仅休息一次。为此，抵达驻地后，我特意要求店家照顾好马儿，给它俩吃最好的饲料，夜里，马厩铺上最好的垫草。当然啦，花销不菲，但是，德·劳拉奈先生并不在乎多掏几枚克鲁兹。他做得很对，因为，只要马儿的脚力强健，我们的双腿就不会遭罪。

第二天，迟至8点钟才出发，因为，我们与旅店老板发生了一些儿争执。虽然我也知道，一分钱一分货②，但是，在我看来，阿特恩的旅店老板简直是德意志帝国最擅长敲竹杠的骗子。

这一天，天气十分恶劣。狂风暴雨扑面而来，闪电晃得我们啥也看不见。震耳的霹雳吓得马儿惊慌失措，雨水如注，浇得马儿好似落汤鸡——用我们的家乡话说，这是一场"倾盆大雨"③。

第二天，8月19日，天气似乎转好。清晨微风拂面，田野上布满露水。雨停了。天空中依然彤云密布，气温闷热难耐。地面凹凸不平，我很快就发现，马儿疲惫不堪，看来不得不让它们休息一天。但在此之前，我仍然希望赶到哥达④。

此时，前面的道路将穿过大片农田，精耕细作的农田一直伸展到位于施穆克河畔的海尔德蒙根，我们就在那儿休息。

总体看，自从离开贝尔青根，4天来，我们并未遇上多大麻烦。于是，我自忖道：

---

① 温斯特鲁特河位于德国中部，全长192公里，流经萨克森-安哈尔特州，在瑙姆堡附近注入萨勒河。
② 此处为俚语，直译为"没有付出，就没有收获"。
③ 此处为俚语，直译为"好似神父从天上倒水下来"。
④ 哥达是德国中部图林根州的一座小城，位于图林根山北麓。

"如果科雷夫人与约翰先生跟我们一起，在马车里挤一挤，大家一路同行，那该多好！唉！"

我们的行进路线刚好穿越埃尔弗斯县的地界，它是隶属于萨克森省的三个县之一。这地方路上的车辆较多，路况不错，我们的马车加快了行进速度。不用说，我本来应该驱赶马儿一路疾行，但是，车轮出了故障，只好停在魏森湖畔修理。车轮被送到滕施泰特，那儿的修理工手艺不怎么样，尽管如此，对剩下的路程，我已经不太担心。

尽管这天的路程比较远，但是，我们仍然希望在当晚赶到哥达。在那儿，我们将进行休整——前提则是找到一家合适的旅店。

这可不是为了我自己，上帝做证！我这人皮糙肉厚，条件再差都能扛得住。然而，德·劳拉奈先生，还有那位小姐姐，虽然从不抱怨，但看得出来，他俩已疲惫不堪。我的姐姐伊尔玛倒还撑得住。不过，这小拨人的情绪十分低落！

从下午5点到晚上9点钟，马车行进了大约8里路，途中渡过尚巴赫河，驶出萨克森，进入萨克森-科堡①的地界。终于，晚上11点钟，马车停在哥达。我们已经算计好，要在这儿休整24个小时，让我们可怜的马儿好好休息一个晚上，再加一整天。说实话，当初挑选马匹的时候，我的运气真不错，不仅一眼认准了它们，而且不惜重金。

刚才说了，我们在晚上11点钟才到哥达，在城门口办理通行手续，又耽误了一点儿时间。无论警察，还是军队的哨兵，全都极为

---

① 萨克森-科堡是德国历史地名，位于德国中部，大致相当于现在的巴伐利亚州，以及图林根州的一部分。

严厉。可以肯定，倘若我们没有合法证件，一定会被抓起来。幸好，普鲁士政府在驱逐我们时，强行做出规定。看来，按照最初制订的计划，倘若我们在约翰先生入伍前动身，卡尔克鲁斯根本不会给我们护照，而我们也就永远到不了边境。因此，我们首先要感谢上帝，其次要感谢腓特烈·威廉陛下，因为他为我们的旅行打开方便之门。甭管怎么着，用我们庇卡底的土话说，赶得早不如赶得巧①，此话千真万确。

哥达有很好的旅店。我很容易地在"普鲁士大军"旅店物色到4个房间，条件很不错，并且为两匹马儿准备了马厩。尽管很遗憾，我们抵达的时候挺晚，但我觉得，啥事儿总得听天由命。很幸运，在我们这趟被规定为20天的旅程中，虽然只过去4天，却已经走完三分之一路程。因此，按照这个速度，我们可以在期限内赶到法国边境。我只希求一件事儿：在这个月底之前，庇卡底皇家团千万别投入战斗。

第二天，将近早晨8点钟，我下楼来到旅店大堂，姐姐也下来找到我。

"德·劳拉奈先生和玛瑟小姐怎么样？……"我向她问道。

"他俩还没有走出房间，"伊尔玛对我回答道，"可以让他们休息到午饭时分……"

"当然，伊尔玛！那么，你呢，准备去哪儿？"

"哪儿也不去，纳塔利。不过，我打算下午出去买点儿东西，补充一些我们的储备物资。你愿意陪我去吗？……"

---

① 此处为俚语，直译为"用不着提前赶去上十字架。借喻耶稣受难日的场景"。

"愿意。我随时恭候。在此之前，我想先去街上逛一逛。"

就这样，我开始出门探险。

关于哥达，我能说点儿什么呢？其实没啥可看的。那儿有很多军队，既有步兵，也有炮兵和骑兵，还有辎重兵。四处传来军号声，岗哨林立。所有这些士兵都将去进攻法兰西，想到这儿，我不禁心情紧张。一想到，也许，这些外国兵就要侵入祖国的土地，我感到无比痛心。为了保卫祖国，我有多少同伴即将倒下！是的！我必须赶回自己的岗位，和他们并肩战斗！要知道，骑兵中士得勒彼埃尔可不像那些厌包，从来不敢上火线①！

让我回过头来再说说哥达。我穿过了几个街区，看见几座教堂，高耸的钟楼一直钻进云雾里。当然啦，我还遇见很多大兵，我觉得，这儿简直就像一座巨大的兵营。

回到旅店时已经11点钟。我小心翼翼，遵照命令，让人检查了我们的护照。德·劳拉奈先生还在自己房间里，玛瑟小姐与他在一起。可怜的小姐姐根本没有心思上街，这种心情很容易理解。

确实，她能看到什么？那些东西只能让她联想起约翰先生的处境！现在，他在什么地方？科雷夫人能否与他会合？或者说，至少，是否跟随他的团队，走了一程又一程？这位勇敢的女士，她是如何旅行的？假如真的发生不幸，她能怎么办？作为普鲁士军队的士兵，约翰先生将要与自己热爱的法国为敌，其实，他多么希望能为保卫这个国家而战斗，为了这个国家，他甘愿抛洒热血！

不用说，午饭的气氛依旧充满悲伤。德·劳拉奈先生宁愿让人把午饭送到自己的房间。事实上，有一群德国军官走进"普鲁士大

---

① 此处为俚语，直译为"不像那些锡制盘子，从来不敢靠近火焰"。

军"旅店就餐,我们最好赶紧回避。

午饭后,德·劳拉奈先生与小姐,以及我姐姐待在旅店里。至于我,我去看马儿是否需要添点儿什么。旅店老板陪我来到马厩。我发现,这位好心人故意跟我聊起德·劳拉奈先生,聊起我们的旅行,总之,聊一些与他毫无关系的事情。此人十分健谈,可是,跟一个健谈的人打交道!……对方一定心思叵测,不怀好意①!于是,我谨慎应对,对方不禁大失所望。

下午3点钟,我和姐姐两人出门去采购。由于伊尔玛能说德语,因此,无论在街上,还是在店铺里,她总能应对自如。然而,人家仍旧很容易认出我们是法国人,对我们的态度难免有所保留。

从3点到5点钟,我俩买了不少东西,正好,我也跑遍了哥达的主要街区。

我很想了解最近在法国发生的事情,无论涉及法国国内,还是国外的事情,都想知道一些。因此,我嘱咐伊尔玛竖起耳朵,仔细听街上,或者店铺里人们的议论。于是,尽管有点儿不够谨慎,我俩还是毫不犹豫地靠近正在热烈交谈的人群,倾听谈话内容。

实际上,我们听到的消息,对法国人来说并非喜闻乐见。不过,无论如何,能够听到一些消息,哪怕是坏消息,也比一无所知要强。

我看见墙上贴了很多告示。其中多数涉及军队的行为,或是为军队提供物资的广告。不过,姐姐时常停下脚步,瞥一眼告示的开头几行文字。

其中一张告示特别吸引我的目光。那是一张黄色的纸,印着黑

---

① 此处为俚语,直译为"他割破对方的钱袋,不是为了偷那5个索尔(索尔是法国旧时流通的铜币)"。

色大号字体,贴在一家鞋匠铺子外墙的角落里。

"看呀,"我对伊尔玛说道,"你看这张告示,那上边是不是印着数字?……"

姐姐走近店铺外墙,开始阅读……

她猛然失声大叫! 幸亏旁边没人,谁也没听见。

告示的内容如下:

> 1000弗罗林,悬赏追捕来自贝尔青根的士兵约翰·科雷,因为在前往马德堡途中,殴打利布团的一名军官,被判死刑。

第十五章

我和姐姐是如何回到"普鲁士大军"旅店的,回来后,我俩互相说了什么,事后,我无论如何也想不起来了!也许,我俩彼此连一句话都没说?旁人看见我俩惊慌失措的样子,难免会起疑心。单凭我俩的样子,就能把我们扭送官府,经过一番询问,倘若发现我们与科雷家的关系,也许,还会把我俩抓起来!……

最终,我俩回到旅店房间,途中没有遇见任何人。在看见德·劳拉奈先生和小姐之前,我俩应该商量一下,究竟应该怎么办。

我俩呆坐着,大眼瞪小眼,手足无措,谁也不敢说一句话。

"太不幸!……真太不幸了!……他究竟干了什么?"终于,姐姐大声说道。

"他做了什么?"我回答道,"他做的事情,如果轮到我,我也会做!约翰先生应该是受到弗朗茨的欺负和辱骂!……然后揍了对方……这事儿早晚得发生!……是的!如果是我也会这么干!"

"我可怜的约翰!……我可怜的约翰!……"姐姐喃喃自语道,不禁泪如雨下。

"伊尔玛,"我说道,"勇敢点儿……这是必需的!"

"被判死刑！……"

"别急！他已经逃跑了！……现在，没有被抓住，而且，甭管他藏在什么地方，总比待在那个团，在格拉维特父子两个浑蛋手里好。"

"可是，抓他的赏格是1000弗罗林呀！纳塔利！"

"这笔钱还没落在任何人手里，伊尔玛，也许，永远没人能拿到那些弗罗林。"

"但是，我可怜的约翰，他如何能逃脱追捕！这告示在每个城市都有张贴，甚至在每个村庄！有多少坏蛋一心想要抓到他！即使最好心的人，也不敢留他在家里，哪怕一小会儿！"

"别太伤心，伊尔玛！"我回答道，"不！……只要一个人的胸膛还没有被枪口顶住，他就还有希望！"

"纳塔利！……纳塔利！……"

"不仅如此，伊尔玛，即使步枪也有打偏的时候！……这事儿发生过！……别太伤心！……约翰先生一定能逃走，躲到乡下去！……他还活着，而且，他从来不肯服输！……定能安然无恙！"

我说的都是真心话，这么说，绝非只是为了给姐姐一点儿希望，不是！我对此深信不疑。毫无疑问，对于约翰先生来说，这事儿发生后，最难办的就是脱身逃走。但是，他居然已经成功了。而且，看起来，要想抓到他并不容易，因为，告示上承诺，甭管是谁，只要抓到他，给予的赏格高达1000弗罗林！不！尽管姐姐不相信我的话，但确实还有希望。

"哎，不知科雷夫人咋样了！"

是呀！科雷夫人现在怎么样了？……她是否已经找到约翰先生？……是否已经知道发生的一切？……她是否正与约翰先生一同逃亡？

"不幸的女士！……可怜的母亲！……"姐姐反复说道，"既然她在马德堡赶上了利布团，就不可能一无所知！她已经知道自己儿子被判处死刑！……啊！我的上帝！您让她承受了多大的痛苦啊！"

"伊尔玛，"我回答道，"求你了，冷静点儿！别让旁人听见！你知道，科雷夫人非常能干！也许，约翰先生能够与她会合！……"

甭管他俩会合这事儿有多神奇，但是，它很可能实现，而且再说一遍，我说的是真心话。我这人天生就这样，绝不轻言放弃。

"还有，玛瑟怎么办？……"

"依我看，什么都别让她知道，"我回答道，"那样更好些，伊尔玛。倘若告诉她，很可能会让她丧失勇气。旅途还很遥远，玛瑟小姐必须鼓足勇气。如果她知道这些事儿，知道约翰先生被判死刑，逃亡在外，正被悬赏捉拿，那还不要了她的命！……她一定会拒绝跟我们继续走……"

"是的，你说得对，纳塔利！可是德·劳拉奈先生呢，我们对他也要保密吗？"

"同样不能说，伊尔玛。即使说了，也于事无补。嗯！倘若我们有能力前往寻找科雷夫人和她儿子，那好！我们就把一切告诉德·劳拉奈先生。然而，我们被禁止待在这个国家，所剩时间有限。很快，我们就会被抓起来，我看不出这样对约翰先生有什么好处……行啦，伊尔玛，下决心吧。特别注意，别让玛瑟小姐看出来你曾经哭过。"

"假如她走出旅店，纳塔利，她会不会看见那张告示，然后知道……"

"伊尔玛，"我回答道，"晚上，德·劳拉奈先生和小姐有可能走出旅店，毕竟他俩一天都没出门。不过，天黑以后，告示上的文字很难看得清，不用担心，他俩不会知道……所以，控制好你自己，姐姐，坚强起来！"

"我会的，纳塔利！我知道，你说得对！……是的！……我必须控制好自己！……晚上，在外面啥也看不见，但是，在旅店里……"

"在旅店里，你可以哭，伊尔玛，因为我们遇到的这些事儿，让人心里难受，哭吧，但是，啥也别说！……这是命令！"

吃晚饭时，我故意东拉西扯，吸引大家的注意力，以便帮助姐姐控制情绪。饭后，德·劳拉奈先生和小姐待在各自房间里。这情形与我预想的一样，挺好。我去马厩看了看，然后回来与大家会合，嘱咐各位早点儿上床休息。我打算凌晨5点钟出发，因为明天的路程虽然不算太长，但是，途经丘陵地区，山路崎岖，旅途辛苦。

大家各自上床。至于我本人，睡得很不踏实。脑海里不断涌现各种经历。我曾经满怀信心，并且以此鼓励姐姐振奋精神，然而现在，这份信心荡然无存……事情变得一团糟……约翰·科雷遭到围捕，被人出卖……一个人进入半睡半醒状态时，会不会都这样？

早晨5点钟，我起床，把大家叫醒，然后套车，真希望快点儿离开哥达。

6点钟，大家上车，坐上各自的座位。我驱动马车，快马加鞭，马儿得到充分休息，一口气赶了5里路，直达此行途经的第一座山脉——图林根山①。

在那儿，我们将面临重重困难，务必小心谨慎。

并不是因为这儿的山很高。显然，这山无法与比利牛斯山②，或者阿尔卑斯山③相提并论。然而，这儿的山路极为险峻。无论马匹还是车辆，亟须精心管控。在那个时代，这儿几乎没有道路，只有羊肠小径，不少路段极为狭窄，马车穿过林木茂密的峡谷，或者遮天蔽日的橡树林、松树林、桦树林，以及落叶松树林，一路前行，险况频出。在陡峭的山岩与深邃的沟壑间，山路崎岖蜿蜒，拐弯抹角，勉强可供马车通行，山谷深处，溪流奔涌，轰鸣声不绝于耳。

我不时离开座位，下车牵着马笼头，引导马儿前行。马车攀爬陡峭的斜坡时，德·劳拉奈先生和小姐，还有我姐姐，大家下车步行。尽管玛瑟小姐体质娇弱，德·劳拉奈先生上了年纪，但每个人鼓足勇气，无怨无悔。即便如此，我们还是需要经常停下来，喘口气。幸亏我没有提及约翰先生的事儿，这么做太英明了！要知道，尽管我百般安慰，姐姐仍然伤心绝望，倘若玛瑟小姐和她爷爷晓得了这事儿，那还不得悲恸欲绝！……

8月21日这一天，我们在山里走了不到5里远，当然，我说的是直线距离——因为道路千回百转，大大延长了实际路程，有时候，我们甚至感觉马车是在原地兜圈子。

---

① 图林根山脉位于图林根州南部，山脉狭长，从西北向东南延伸。
② 比利牛斯山位于欧洲西南部，山脉东起于地中海，西止于大西洋，全长435公里，一般海拔超过2000米。
③ 阿尔卑斯山脉位于欧洲中南部，全长1200公里，宽130—260公里，平均海拔约3000米。

我不时离开座位，下车牵着马笼头……

也许，有必要找一位向导？然而，到哪儿能找到可靠的向导？在两国开战之际，让一群法国人跟着一个德国人！……不行！我宁愿自己设法摆脱困境！

另一方面，德·劳拉奈先生曾多次穿越这座图林根山脉，完全有能力辨认方向。最大的困难出现在穿越森林，辨别方向的时候，幸好还能借助太阳，总算没有迷路。太阳不会蒙骗我们，因为至少，它不是德国籍。

将近晚上8点钟，马车停在一片桦树林的边缘。这片林子层层叠叠，分布在图林根山脉一座高山的斜坡上。夜色降临，如果冒险前行，未免不够谨慎。

在这种地方，根本没有旅店，甚至连伐木窝棚也找不到，只能在马车里待着，或者在森林边缘的大树下歇息。

我们从箱子里拿出食物，吃了晚饭。山脚下野草茂盛，我把马儿卸了套，让它们自由溜达吃草，不过，整整一个晚上，我始终盯着它俩。

我安排德·劳拉奈先生、马瑟小姐，以及我姐姐重新坐到马车里，因为在车里，他们至少休息得安全些。天空下起了小雨，蒙蒙细雨寒彻刺骨，因为，这儿的山势已经比较高了。

德·劳拉奈先生想下车陪我过夜，我拒绝了。夜间值班这事儿，不适合一位老年人，何况，一个人就够了。我裹着暖和的厚毯子，头顶着低垂的树枝，颇感心满意足。在大洋彼岸的美洲大草原上，我有过太多经历，在那个地方，冬天的严寒世所罕见，因此，我毫不介意在美丽的繁星下度过这一晚。

总之，一切布置妥当，我们安然度过这一晚。可以说，住在马车里，堪与本地任何旅店的房间媲美。车门关闭得严严实实，潮湿空气一点儿也钻不进去。裹着旅行大衣，身上暖暖和和。要不是担心那两位未能同行伙伴的安危，真的可以美美睡上一觉。

天蒙蒙亮，将近4点钟时，德·劳拉奈先生钻出马车，过来提议替换我放哨，以便让我休息一两个小时。我觉得，如果再次拒绝，可能惹他不高兴，于是同意了。我用毯子蒙住脑袋，双手捂住眼睛，沉沉睡去。

6点半钟，所有人都起身了。

"您会不会很累，纳塔利先生？"玛瑟小姐向我问道。

"我嘛，"我回答道，"我睡得又香又甜，因为是您爷爷在放哨！瞧他身板多棒！"

"纳塔利有点儿夸大其词，"德·劳拉奈先生微笑着回答道，"那么下一次，夜里，就请他允许我……"

"我什么也不会答应您，德·劳拉奈先生，"我满心愉快地反驳道，"怎么能让东家站岗到天亮，仆人却……"

"仆人！"玛瑟小姐惊叫道。

"是的，仆人……马车夫！……就是嘛！……难道我不是马车夫，而且，不是自吹，还是个机灵的车夫！请你们同意，把我当作马车夫，以此满足我的自尊心。就好比我是你们的仆人……"

"不……您是我们的朋友，"玛瑟小姐回答道，边说边把手伸给我，"而且是上帝赐给我们的最忠实的朋友，是他让您带我们回法国！"

啊！勇敢的小姐！如果有人对我说出这番充满友情的话，我一定愿为他赴汤蹈火。是的！但愿我们安然抵达边境！希望科雷夫人和儿子能躲到国外,等待重新团聚的那一天!

至于我本人,假如需要,我愿为他们做出牺牲……于愿足矣!……假如需要我献出生命……阿门①!就像我们村里神父说的那样。

早晨7点钟,我们上路了。如果8月21日这一天,我们遇到的困难不比头一天遇到的更多,那么天黑之前,应该可以走出图林根山区。

总体来看,这天的旅途开头挺顺利。不用说,头几个小时的路途比较艰苦,因为马车一直在走上坡路,以至于经常需要我们下来推车。最终,我们没费太大力气就摆脱了困境。

正午时分,我们抵达格鲍尔隘口的最高处,假如我没有记错,这儿就是穿越这条山脉的最高山口。剩下的路程,就是向西一路下坡。马车控制好速度——千万不能大意——我们一路疾行。

一路风雨交加。不过,太阳出来以后,雨停歇了,但天空中依旧乌云密布,好似一枚枚巨型炮弹,稍微触碰一下,就会剧烈爆炸。要知道,在山区,最令人恐惧的就是暴风雨。

实际上,傍晚6点钟,天上传来阵阵雷声,虽然比较遥远,但是很快,雷声越来越近。

玛瑟小姐蜷缩在马车后座,陷入沉思,似乎并不十分害怕。我姐姐双眼紧闭,一动不动。

"我们是不是应该休息一会儿?"德·劳拉奈先生从车门探出身子,对我说道。

---

① 阿门是犹太教、基督教的宗教用语。基督教用作祈祷和崇拜礼仪的结束语,表示"诚心所愿"。

"也许是的，"我回答道，"等找到一处合适的过夜地点，我就停车。在这处斜坡上，很难把车停稳。"

"小心点儿，纳塔利！"

"放心吧，德·劳拉奈先生！"

我的话音还没落，一道闪电笼罩了马车和马儿。炸雷击中了道路右侧的一棵高大桦树。万幸的是，树身朝着树林的方向倒去。

马儿受惊，狂奔不止。我觉得已经控制不住马车了，虽然竭尽全力，仍无法阻止它冲着坡下飞奔。无论是两匹马儿，还是我自己，全被闪电和霹雳弄得耳聋眼花，受惊的马儿偏离了道路，车轮陷进路旁的深沟。

突然，马缰绳断了，马儿没了羁绊，更加疯狂地一跃而起，一场无法避免的灾难近在咫尺。

转瞬之间，撞击发生了。马车横过隘路，撞上一棵倒卧的树干，辕套断裂，马儿纵身越过树干，恰在此处，隘路出现一处急转弯，在弯路尽头，不幸的两匹马儿冲进无底深渊。

马车撞毁了，两只前轮被撞碎，但是，车身并未倾覆，德·劳拉奈先生、玛瑟小姐，以及姐姐钻了出来，三人都没受伤。至于我自己，虽然从座位上被抛了出去，但毫发无损。

一场无法补救的车祸！现在，我们身处荒凉的图林根山区，没了交通工具，这可咋办呀！我们去哪儿过夜！

第二天，8月23日，我们抛弃了那辆马车，因为，即使找到替换马匹，这车已然无法使用。随后，我们重新踏上这条艰辛的路途。我把食物和旅行用品卷成一个包袱，用一根木棍挑起，扛在肩上。我们沿着狭窄的隘路顺坡而下，假如德·劳拉奈先生没有认错，从

不幸的两匹马儿冲进无底深渊。

这儿可以一直抵达平原地区。我走在最前头,姐姐、玛瑟小姐和她爷爷竭尽全力跟在后面。这一天,我估计至少走了3里路。夜幕降临时,我们准备休息,夕阳映照着西边的大平原,一望无际,伸展在图林根山脉脚下。

第十六章

马车早已被遗弃在图林根山区的隘路旁，我们因此陷入困境！如果找不到代步工具，处境将变得更艰难！

当务之急是找到一处过夜的地方，然后，再考虑下一步。

我感到非常为难，不知如何是好，附近连个茅屋都看不到，于是，我走到路右侧，爬上高处眺望。山脚下有座山岗，覆盖着一片森林，森林边缘坐落着一个貌似窝棚的东西。

这窝棚的入口迎风敞开，两侧和正面用木板封闭，虫蛀腐朽不堪，任由雨水和山风侵袭。不过，窝棚的顶板还挺结实，此时，恰好下雨了，在里面至少可以避雨。

头一天的风雨把天空冲刷得干干净净，所以，今日一整天，我们都没有淋到雨。但不幸的是，随着夜幕降临，浓厚的乌云从西边飘来，随后，在我们的头顶形成大团雨云，把大地笼罩得严严实实。我觉得，尽管这个窝棚破烂不堪，但在没有马车的情况下，能找到这么一个窝棚，简直是太走运了。

德·劳拉奈先生，特别是他的孙女，受到这场车祸的严重影响。我们距离法国边境还有很长路程，倘若被迫徒步赶路，如何能在规定期限内完成这趟旅行？关于这件事儿，我们商量了很久，不过首先要做的,还是抓紧时间赶路。

看上去,这座窝棚已经荒废很久,窝棚里的地面上,铺着一层干燥的垫草。毫无疑问,山上的牧羊人曾经在这儿歇息,因为,这儿是图林根山脉脚下的最后一道山岗。山岗下面,就是广袤的萨克森平原,平原伸展到上莱茵省①境内,一直伸向富尔达②。

落日余晖斜映在平原上,平原略有起伏,一直延展向东方的地平线。这片平原貌似"瓦斯特",我们把那种类似荒原,但比荒原略显生机的地方,称作"瓦斯特"。这片"瓦斯特"地势起伏不太明显,看上去,那儿的道路要比我们从哥达过来的路好走得多。

天黑了。利用携带的食物,我帮助姐姐准备好晚饭。不用说,徒步行走了一天,大家早已精疲力尽,德·劳拉奈小姐和先生仅仅吃了一点儿东西。伊尔玛心情不好,吃得也不多。烦闷的心情压抑了大家的食欲。

"你们这样可不行!"我不停地说道,"在休息之前,一定要把肚子填饱。我们当兵的在战场上都这样。现在,我们最需要的就是两条腿。必须吃东西,玛瑟小姐……"

"我很愿意吃东西,好心的纳塔利,"她对我回答道,"但我做不到!……明天早晨,动身之前,我试着吃一点儿……"

"即便如此,你们毕竟少吃了一顿饭!"我反诘道。

"确实,不过别担心。在路上,我不会拖你们的后腿!"

尽管我反复劝说,甚至带头狼吞虎咽,给大家做示范,但无济

---

① 上莱茵省位于法国与德国交界地区,法国大革命期间归属法国,后根据《法兰克福条约》被划归德国。现属于法国第68省。
② 富尔达坐落在富尔达河畔,是德国黑森州的第九大城市,也是富尔达县的首府。

于事。我只好暗下决心，一个人攒够四份力气①。因为我知道，第二天，我一个人得干四个人的活儿②。

距离窝棚不远处，有一股清澈的溪水淌进深邃的沟壑。我随身携带着灌满"舍纳普斯"③的水壶，在溪水里掺上几滴酒，就能调制出具有滋补功效的饮料。

玛瑟小姐听劝，喝了两三口饮料。德·劳拉奈先生和我姐姐学着她的样子，也喝了几口。他们都觉得好受多了。

随后，三人在窝棚里席地而卧，很快进入梦乡。

我答应大家，自己也去睡一觉，但心里却暗忖，绝不能睡着。我这么做是因为，德·劳拉奈先生想要陪我站岗，但是他已经很累，不能让他过度疲劳了。

于是，我成了哨兵，来回踱着步子。谁都知道，对当兵的来说，站岗本来就是家常便饭。出于谨慎，我把从马车里捡出来的两支手枪别在腰间。在我看来，最明智的做法就是严加防守。

于是，尽管眼皮沉重，但我下定决心，拼命驱赶睡意。每当我两腿发软的时候，就靠近窝棚躺一下，同时侧耳倾听，两眼圆睁。

尽管贴近地面的雾气慢慢升入天空，但夜色依旧浓重。夜幕笼罩，看不见闪烁的星光。月亮几乎与落日同时落入地平线，周围漆黑一团，没有一丝亮光。

不过，地平线上并没有半点儿雾气。倘若在密林深处，或者在平原上出现火光，毫无疑问，隔着老远我都能看见。

---

① 此处为俚语，意为"一个人吃掉四个人的饭"。
② 此处为俚语，意为"一个人帮助所有人"。
③ 这是一种德国产的烧酒。

啥也没有！四周黑黢黢，正前方应该是草原，后方应该是那片森林，它从附近那座山岗上顺着斜坡，一直伸展到窝棚附近。

四周不仅伸手不见五指，而且悄无声息。空气异常寂静，没有一丝风声。在天气闷热的时候，往往就是这样，就连雷雨都懒得来搅动沉闷的空气。

然而，听！传来一阵声响：那是持续的口哨声，模仿庇卡底皇家团的行进军号。你们猜得出来，那是纳塔利·得勒彼埃尔按照自己的坏习惯，情不自禁地吹起了口哨。在这个时候，凌晨1点钟，鸟儿们都在桦树和橡树林里睡觉，除了这阵口哨，再没有其他声音。

于是，我一边吹着口哨，一边回想过去。我回想起抵达贝尔青根后发生的一切：想起那场即将举行，却又被推迟的婚礼；想起那场被错过的与冯·格拉维特中尉的决斗；想起约翰先生被征召入伍；以及我们如何被驱离德国领土。然后，我又想到了未来，想到前路困难重重，想到约翰·科雷，想到他那颗被悬赏的脑袋，逃跑时脚上拴着的铁球——那颗死刑犯的铁球[①]——他母亲还不知到哪儿去找他！

还有，他会不会被人发现？会不会有坏蛋为了那笔1000弗罗林赏金而出卖他？……不！我不相信！约翰先生一向勇敢坚定，他这样的人，既不会被抓住，也不会被人出卖！

就在我陷入沉思的时候，不由自主地，眼皮慢慢合拢。于是，我努力克服睡意，重新站起身。这天夜里实在太安静了，夜幕也太黑暗了，为此，我颇感不安。四周没有一点儿声音；无论在田野里，还是目力所及的黑暗天空中，没有一丝亮光。我不得不加倍努力，

---

① 欧洲旧时监狱里，死刑犯的脚镣上坠有沉重的铁球，防止犯人逃跑。

设法克服倦意。

无论如何，时间在逐渐流逝。现在几点钟了？是否已经过了午夜？也许已经过了，因为在每年的这个时节，夜晚总是相当短。于是，我看了看东方天际，在最近的群峰山脊上方，寻找晨曦的迹象，但是看不见一丁点儿晨光。看来，我把时间弄错了。实际上，我的确弄错了。

此时，我回想起，昨日白天，德·劳拉奈先生和我一起查看本地区地图，我俩确认：在这儿经过的第一座重要城市，应该是坦恩，这座城市位于黑森－拿骚省①的卡塞尔县②。在那儿，我们肯定可以找到替换的马车。无论使用何种方法，只要能抵达法国就行，一旦到了法国，啥事儿都好办了。但是，为了抵达坦恩，我们还有大约12里的路程要赶。正在胡思乱想，突然，我猛地跳了起来。

我站起身，竖起耳朵……似乎听到远处刚刚传来一声轰鸣，这是不是枪响？

几乎紧接着，我又听到了第二声。不可能听错，这是步枪，或者手枪的响声。甚至，我还觉得，在窝棚后面的密林里，在树丛后面，有道闪光转瞬即逝。

由于我们目前身处荒山野岭，务须谨慎，以防万一。那些可能是一伙掉队的士兵，或者是一帮路过的劫匪，我们面临暴露的危险。如果对方有好几个人，我们如何抵抗？

时间过去了一刻钟。我不想叫醒德·劳拉奈先生。这枪声很可

---

① 黑森－拿骚省位于德国中部，曾经是普鲁士的一个省，位置相当于现在的黑森州，以及莱茵兰－普法尔茨州的部分地区。
② 卡塞尔县位于黑森州北部，其首府为现在的卡塞尔市。

能来自几名正在追捕野猪，或者狍子的猎人。甭管怎么说，根据隐约可见的火光，我估计，那儿距我们大约有半里之遥。

我站着一动不动，双眼紧盯那个方向。再也没听到任何声音，我开始有点儿放心了，甚至自忖，可能是我的眼睛和耳朵出现错觉。因为有时候当人睡着了，却还以为自己醒着，往往把梦里的瞬间，错当作真实发生的事情。

为了克服困意，我开始来回溜达，晃晃荡荡，嘴里吹着口哨，不知不觉，越吹声音越大。我甚至溜达到森林边缘，走到窝棚后面，在树林里走了足有百步之遥。

很快，我似乎听见矮树丛里传来走动的声音。那儿可能有一只狐狸，或者狼，这很可能。为此，我掏出两支手枪，拉开枪栓，准备迎击它们。即使在这种时候，我也不怕暴露自己，依照老习惯，始终吹着口哨。这习惯我总也改不掉。

突然，我看见一个黑影跳了出来。几乎是不知不觉间，我的枪响了。然而，就在枪响的同时，一个男人出现在我面前……

即使借助枪口的火光，我也能认出来：此人正是约翰·科雷。

我也能认出来：此人正是约翰·科雷。

第十七章

听见声音，德·劳拉奈先生、玛瑟小姐，还有我姐姐立刻惊醒了，一起奔出窝棚，看到那个与我一同走出树林的男人，并未猜出他是约翰先生，也没认出紧跟在后面的科雷夫人。约翰先生跑向他们，还没来得及说一个字，玛瑟小姐就认出了他，约翰先生把她搂在胸前。

"约翰！……"她喃喃说道。

"是的，玛瑟！……我……还有我母亲！……总算见面了！"

德·劳拉奈小姐扑进了科雷夫人的怀抱。

此时，仍需保持镇定，小心谨慎。

"大家进到窝棚里吧，"我说道，"事关您的脑袋，约翰先生！……"

"怎么！……您已经知道啦，纳塔利？……"约翰先生回答道。

"姐姐和我都知道……我俩全清楚。"

"那么，你，玛瑟，还有您，德·劳拉奈先生？……"科雷夫人问道。

"发生了什么事儿？"玛瑟小姐惊问道。

"您待会儿就知道了，"我回答道，"大家都进去吧。"

片刻之后，大家全都挤进窝棚里，虽然彼此看不见容貌，但是相互听得见声音。我坐在门旁，听着外面的动静，同时，观察道路那边的情况。

下面就是约翰先生讲述的内容，他偶尔停顿一下，仅仅是为了侧耳倾听外面的声音。

而且，约翰先生在讲述时，气喘吁吁，断断续续，不时需要平稳自己的呼吸，好像经过一番长途奔波，已经筋疲力尽。

"亲爱的玛瑟，"他说道，"这事儿早晚得发生……我宁愿待在这儿……躲在这个窝棚里……也不愿意留在那儿，听命于那个冯·格拉维特上校，留在弗朗茨中尉的那个连队！……"

接下来，他用简短几句话，让玛瑟和我姐姐知道了我们离开贝尔青根前发生的事情，包括中尉的侮辱性挑衅，约定好的决斗，以及约翰·科雷应征入伍，被编入利布团之后，对方如何拒绝完成决斗……

"是的，"约翰先生说道，"我只能被迫听命于这个军官！他可以随心所欲地报复我，根本用不着手拿军刀，与我面对面决斗。噢！玛瑟，这个人竟敢侮辱你们，我一定要杀了他！……"

"约翰……我可怜的约翰！……"年轻姑娘喃喃说道。

"利布团被派往博尔纳，"约翰·科雷接着说道，"在那儿，整整一个月的时间，我被迫从事最辛苦的劳役，服役的同时还得遭受凌辱，接受不公正的惩罚，所受待遇还不如一条狗，这一切都来自那个弗朗茨！……我忍辱负重……承受这一切……心里一直想着你们，玛瑟、母亲，以及各位朋友！……噢！我太痛苦了！……终于，利布团开拔前往马德堡……在那儿，母亲可以找到这支队伍。然而，也就是在那儿，五天前的一个夜晚，在一条街上，当我单独与他在一起时，弗朗茨中尉先用言语侮辱我，然后用马鞭抽我！……这次的侮辱和欺凌实在太过分了！……我纵身扑过去……揍了他一顿……"

"约翰……我可怜的约翰！……"玛瑟小姐反复说道。

"幸亏成功脱逃，否则我就完蛋了……"约翰先生接着说道，"十分幸运，我在母亲下榻的旅店找到了她……很快，我脱下军装，换上一身农民衣服，然后，我们离开了马德堡！……第二天，我被军事法庭判处死刑，很快，我就知道了这个判决……我这颗脑袋被悬赏缉拿！……赏格高达1000弗罗林！……怎样才能逃脱呢？……我不知道！……不过，我希望活下去，玛瑟……活着才能见到你们大家！……"

说到这儿，约翰先生停住了。

"你们听见什么了吗？……"他说道。

我悄悄走出窝棚，道路那边寂静无声，没有人影。我把耳朵贴近地面。森林那一侧，也没有任何可疑的动静。

"没事儿。"我钻进窝棚，说道。

"母亲和我，"约翰先生接着说道，"我们快速穿过萨克森的原野，一心希望找到你们，这是很可能的，因为母亲知道警察局为你们规定的旅行路线！……我们主要是在夜晚赶路，找那些孤立的住宅，设法购买一点儿食物。经过村庄的时候，看见了悬赏购买我脑袋的告示……"

"是的！我和姐姐在哥达也看见过那张告示！"我回答道。

"我的计划是，"约翰先生接着说道，"设法赶到图林根，我算计着，你们应该还在那儿！……另外，到了那儿，我的处境也会比较安全。终于，我们赶到了山区！……这儿的道路太糟糕了，您也知道，纳塔利，因为你们不得不徒步走一段路……"

"确实如此，约翰先生，"我承认道，"您是怎么知道的呢？……"

"昨天晚上，我们翻过格鲍尔隘口后，"约翰先生回答道，"我瞧见了一辆马车，残破不堪，被遗弃在路边。我认出那是德·劳拉奈先生的马车……一定曾经出过车祸！……你们是否安然无恙？……噢！我担心死了……母亲和我，我俩赶了整整一晚上。后来，天亮了，我们不得不躲藏起来！……"

"躲藏起来！"我姐姐叫道，"那又是为什么？……难道你们被人追踪？……"

"是的，"约翰先生回答道，"我们遭到三个坏蛋的追踪。他们来自贝尔青根，其中一人名叫布赫，是个偷猎者，另外两人是布赫的儿子。我曾经在马德堡见过这三人。当时，他们与一群盗贼、小偷一起，跟在军队后面追捕我。毫无疑问，他们知道，只要发现我的踪迹，就能拿到1000弗罗林赏金！……我在格鲍尔隘口下面碰见这三人，于是，他们紧追不舍，而且就在今天夜里，仅仅两个小时之前，在距离此处半里远的森林边缘地带，我们还受到过攻击。"

"原来，就是我隐约听见的那两声枪响？……"我问道。

"就是他们射击的。纳塔利，我的帽子上还留有一个弹洞。然后，母亲和我躲进了一处矮树丛，终于摆脱掉这些坏蛋！……他们应该以为我们掉头返回了，所以，往山区那个方向追了过去！……于是，我们继续上路，直奔平原方向。后来，我们走到森林边缘，纳塔利，听见口哨声，我认出了您……"

"可我却朝您开了一枪,约翰先生……当时,我只看见有人一跃而起……"

"没关系,纳塔利!不过,您的这一枪很可能被人听见,因此,我必须立即出发!……"

"独自一人?……"玛瑟小姐惊叫道。

"不,我们大家一起走!"约翰先生回答道,"如果可能,在抵达法国边界之前,我们不再分开。抵达边界另一侧后,才是分手的时候,而且,将是一次漫长的分离!……"

大家都知道,我们面临一个严峻的问题,那就是,倘若偷猎者布赫,以及他的俩儿子发现了约翰先生的踪迹,他的生命就将面临危险。毫无疑问,我们必须时刻提防这几个无赖!绝不能任凭他们肆意妄为!然而,在这片原野里,潜藏着不少与布赫之流臭味相投的坏蛋,假如他们勾结起来,我们可咋办?

关于我们离开贝尔青根后的经历,只需三言两语就能让约翰先生了解,他还知道,在格鲍尔隘口发生车祸前,我们的旅途一直很顺利。

现在,由于没了马匹和马车,我们陷入窘迫境地。

"必须不惜一切代价,搞到交通工具。"约翰先生说道。

"我希望,可以在坦恩弄到一辆车,"德·劳拉奈先生回答道,"无论如何,我亲爱的约翰,我们在这个窝棚里不宜停留太久。也许,布赫与他的俩儿子正朝这儿过来……我们必须借助夜色……"

"如果徒步跋涉,您能跟得上我们吗,玛瑟?"约翰先生问道。

"我随时准备动身!"德·劳拉奈小姐说道。

"那么你呢,母亲?刚才走了那么远的路,你应该很累了。"

"动身吧,我的儿子!"科雷夫人回答道。

我们还剩一些食物,足够支撑到坦恩。这样,我们可以避免在各个村子里停顿,布赫和他俩儿子很可能经过,或者将要路过那些地方。

动身之前,我们商量了一下行动方案,因为,就像我们玩皮克牌常说的那样,首先需要确保"孩子"的安全①。

我们决定,在没有风险的情况下,我们大家不再分开。毫无疑问,对于德·劳拉奈先生、玛瑟小姐、姐姐,还有我来说,旅行不成问题,因为我们有护照,可以保证我们安然抵达法国边界;但是,对科雷夫人和她儿子来说,这方面就有些难度。因此他俩一定得小心谨慎,按照规定,我们必须经过的城市,他俩绝不能进去,只能绕过城市之后,再与我们会合。也许只有采用这个办法,我们才能一路同行。

"就这样,出发吧,"我对约翰先生说道,"倘若能在坦恩买一辆车和马匹,您的母亲、玛瑟小姐、我姐姐,还有德·劳拉奈先生就能免除奔波劳累之苦!至于咱俩,约翰先生,我们恐怕得辛苦徒步几日,还得在美丽的星空下露宿几晚。您将发现,那些星星有多漂亮,它们正在法兰西土地的上空闪烁!"

说完这几句话,我率先沿着道路走出二十来步。此刻是凌晨两点钟。四周漆黑一团,不过我能感到,在山脊上方,第一缕晨曦已经露头。

我环视周围,虽然什么也瞧不见,但至少能听见。我侧耳仔细

---

① 此处为戏谑语。"孩子"特指法国皮克牌中的"王"。法国皮克牌起源于14世纪,历经演化,逐渐成为今日流行的扑克牌。

倾听，周围安静极了，如果远处树下，或者路面有脚步声，绝对逃不过我的耳朵……

寂静无声……据此可以断定，布赫和他俩儿子没有发现约翰·科雷的行踪。

大家一起走出窝棚，我扛着剩下的食物，请诸位相信，这个包袱的分量确实不重。至于那两支手枪，我给了约翰先生一支，自己留下另一支。在必要时，我们得用上它们。

这时，约翰先生过来握住德·劳拉奈小姐的手，用极为激动的语气，对她说道：

"玛瑟，我曾经想要您做我的妻子，真心真意！……现在，我沦为一名逃犯，一个被判了死刑的人！……我已经没有权利让您的生命与我相依！……"

"约翰，"玛瑟小姐回答道，"我们已经在上帝面前结为连理！……让我们听从上帝的旨意吧！……"

第十八章

我们与科雷夫人和她儿子一起赶路,关于头两天的情况,我长话短说,因为,自从离开图林根地区,我们的运气一直不错,没有遇到任何麻烦。

此外,由于心情过于激动,我们把疲劳抛到脑后,行进速度明显加快。甚至,科雷夫人、玛瑟小姐,还有我姐姐,个个争先恐后。我不得不劝她们悠着点儿劲。我们每隔四个小时就休息一小时,很有规律,一天下来,当真赶了不少路。

这地方的土壤不太肥沃,沟壑纵横,蜿蜒曲折,到处生长着柳树和白杨树。看上去,黑森-拿骚省的这片地方相当荒凉,并且一直延伸到卡塞尔县境内。路上很少看见村庄,只有几座平屋顶的农庄,田里也没有水渠。我们穿过施马尔卡尔登①时,天气不错,阴天,没有炽烈的阳光,东北风从背后吹来,凉爽宜人。不过,各位女伴已经筋疲力尽。自从8月24日离开图林根山脉后,我们已经步行了十来里路,当天晚上将近10点钟,终于抵达坦恩。

按照事先约定,在那儿,约翰先生和他母亲与我们分手。他俩不能冒险穿过这座城市,因为,约翰先生很可能被认出来,谁都知

---

① 施马尔卡尔登是德国中部城市,位于图林根山脉的西南麓。

道后果将是什么！

我们已约好，第二天早晨将近8点钟，两拨人在通往富尔达的路上会合。倘若我们没有准时赴约，那就意味着，我们没有找到车辆和马匹，因此被耽搁了。不过，任何情况下，无论科雷夫人，还是她儿子，都不能进入坦恩城。这是最明智的决定，因为，在检查我们的护照时，警察的态度极为严厉。我曾经见到他们逮捕被驱逐的人。我们需要向警察解释清楚旅行方式，以及在什么样的情况下，遗弃了自己的马车，等等。

不过，这番检查反倒帮了我们的忙，因为有个警察恪尽职守，主动提出帮我们联系租车行。他的提议被接受了。我把玛瑟小姐和我姐姐送到旅店，然后，能说一口流利德语的德·劳拉奈先生陪着我，来到租车行。

那儿没有旅行马车，只有一种两个轮子，类似公共马车的简陋车子，车上罩着篷布，而且，只有一匹马能套上车辕。不用说，为了那匹马，德·劳拉奈先生付了两倍的价钱，而那辆车子，则付了三倍的价钱。

第二天早晨8点钟，我们与科雷夫人和她儿子在路旁会合。他俩昨晚找了一家简陋的小酒店落脚，科雷夫人在一张破床上歇了一晚，约翰先生则在椅子上坐了一宿。德·劳拉奈先生和小姐、科雷夫人和伊尔玛爬上了那辆马车，车上还装载了我在坦恩城采购的食物。大家挤着坐下后，车上还有一个空位，我把它让给约翰先生，但他拒绝了。最终，我们商定，两人轮流坐，不过，大部分时间里，我俩都是徒步跟车，好让马儿轻松一点儿，这也是无奈之举。噢！我从贝尔青根带来的那两匹马儿，好可怜呀！

我们与科雷夫人和她儿子在路旁会合。

26日晚上，我们赶到富尔达，老远就望见了那座教堂的圆顶，以及坐落在一座小山岗上的方济各会①修道院。27日，我们经过施林希特恩、索顿，以及位于萨尔扎河与金齐希河②的交汇处的萨尔蒙斯特。28日，我们抵达盖尔恩豪森③。倘若我们有兴致旅游一次，似乎应该参观那儿的一座城堡，后来才听说，腓特烈·巴巴罗萨④曾经住过那儿。不过，作为逃亡者，或者说近似逃亡者，我们顾不上这些事儿。

　　不过，这辆马车跑得没我希望的那样快，因为，这条路很不好走，特别是经过萨尔蒙斯特的那一段，需要穿越一望无际的大森林，林子里分布着许多大水塘，我们庇卡底的土话称之为"裂缝"。大家只能下车徒步，如此一来，行程有些耽误。不过不用担心，从动身出发至今，我们已走了13天，护照还有7天才过期失效。

　　科雷夫人累坏了。倘若她累倒了，不得不留在某个村子，或者某座城市休养，她将陷入何种困境？她的儿子不可能留下来陪她，根本不可能。只要约翰先生与普鲁士警察之间没有隔着那道法国边界，他就随时面临死刑的威胁。

　　我们历尽千辛万苦，总算走出隆博瓦森林！这片森林从左向右，沿着金齐希河，一直伸展到黑森－达姆施塔特山脉⑤脚下。我

---

① 方济各会是天主教托钵修会之一，提倡过清贫节欲的苦行生活。
② 金齐希河全长93公里，是德国黑森林地区的第二大河流。
③ 盖尔恩豪森位于德国黑森州达姆施塔特行政区，属于美茵－金齐希县辖下的一个小城市。
④ 腓特烈·巴巴罗萨，即腓特烈一世（1122—1190），他是神圣罗马帝国皇帝，也是德国历史上著名的政治家和军事家。他的绰号是"巴巴罗萨"。
⑤ 黑森－达姆施塔特山脉位于黑森州境内，在德国历史上曾为伯爵领地和大公国。

们费了好大劲儿才渡过这条河,光是寻找过河的浅滩,就花费了很长时间。

最终,29日,在抵达哈瑙①之前,我们停了下来。我们原定在这座城市过夜,现在,城里正进行大规模的军队和装备调动。由于约翰先生和他母亲还需多走两里路,才能绕过这座城市,因此,德·劳拉奈先生、玛瑟小姐与他俩一同留在马车上。姐姐和我两人独自进城采购食物。第二天,30日,大家在通往菲斯巴登县的路旁会合。正午时分,我们绕过小城奥芬巴赫②,晚上,抵达法兰克福③。

关于这座大城市,我只知道它位于那条大河④的右岸,而且城里麇集了许多犹太人,其他的,我就说不出来啥了。马车在奥芬巴赫渡口乘渡轮过河,之后,我们继续沿着大路向南,直奔美因茨⑤。由于必须在法兰克福办理护照签证事宜,我们几个人只好进城,办完手续,再掉头出城与约翰先生和他母亲会合。这个夜晚,我们没有被迫分开,要知道,每次分手总让人难分难舍。不过,更让我们高兴的是,居然还找到了投宿的地方,尽管条件十分简陋,但实属不易。那地方位于美因河左岸,萨尔森豪森市的郊区。

大家一起吃过晚饭,赶紧到各自的床边躺下,除了姐姐和我,

---

① 哈瑙是德国中西部城市。在美因河右岸、金齐希河注入处。
② 奥芬巴赫城位于德国黑森州,全称为"美因河畔奥芬巴赫",该城与法兰克福市隔河相望。
③ 法兰克福全称为"美因河畔法兰克福",位于德国西部的黑森州境内美因河的下游,是德国第五大城市及黑森州最大城市。
④ 即美因河,它是德国莱茵河右岸支流,全长524公里。
⑤ 美因茨是德国莱茵兰-普法尔茨州的首府和最大城市,它位于莱茵河左岸,正对美因河注入莱茵河的入口处。

因为我俩还要去采购点儿东西。

面包店里,有几个人正在闲聊,除了其他事情,伊尔玛听到有关士兵约翰·科雷的议论,以下是她听见的内容:据说,这个士兵已经在萨尔森豪森附近被抓住了。还有不少抓捕过程的细节描述。说实话,这些议论就像说笑话,不过,我们可没有听笑话的心情。

另外,最让我担心的是,这些人还谈到利布团已于最近抵达此地,并准备从法兰克福开往美因茨,然后再从美因茨开赴蒂永维尔①。

如果上述议论属实,那就意味着,冯·格拉维特上校和他的儿子将要跟我们走同样的路。为了避免半路相遇,是否需要变更我们的旅行路线,往偏南的方向走?但是,这样就会冒险绕开普鲁士警察规定的城市,从而使我们受到牵连。

第二天,31日,我把这个坏消息告知约翰先生。他叮嘱我,不要把这件事告诉他母亲,也不要告诉玛瑟小姐,以免她们担惊受怕。等我们走过美因茨之后,再设法找一处合适地点停下来,然后考虑是否需要分头行动,各自直奔法国边界。如果我们加快行进速度,也许能与利布团拉开距离,赶在它之前抵达洛林②。

早晨6点钟,我们出发了。真不幸,这条路很难走,让人疲惫不堪。我们必须穿越尼尔鲁森林,以及拉威尔森林。这两片森林全都毗邻法兰克福。为了绕过赫希斯特镇,以及霍赫海姆镇,我们在

---

① 蒂永维尔是法国城市,位于洛林大区摩泽尔省的摩泽尔河左岸,临近卢森堡。
② 洛林是法国东北部大区及旧省名,历史上的洛林公国所在地,其在东北部接连德国。

路上耽搁了好几个小时，因为，那两个小镇里驻扎了辎重部队。我担心，我们这辆矮马驾辕的旧马车，会被军队征用来装载运送上百担①重的面包。最终，尽管从法兰克福到美因茨只有大约15里路程，但是直到31日夜里，我们才赶到美因茨。此时，我们已经位于黑森-达姆施塔特的边界。

我们都知道，科雷夫人与她儿子最好绕开美因茨。这座城市坐落在莱茵河的左岸，那里是莱茵河与美因河的交汇处，与卡塞尔②隔河相望，那儿犹如美因茨城的郊区，两地之间由一座浮桥相连，浮桥长约600尺③。

于是，我们尝试寻找渡船，以便把科雷先生和他母亲送过河，但是白费力气。根据军事当局的命令，渡船业务已全部取消。

此时，已经晚上8点钟了。我们不知如何是好。

"无论如何，母亲和我都必须渡过莱茵河！"约翰·科雷说道。

"在哪儿，如何渡过去？"我回答道。

"既然没有办法从别的地方过河，那就从美因茨的浮桥上过去！"

于是，我们制定了一个方案。

约翰先生披上我的毯子，从头裹到脚，然后牵着辕马笼头，驱赶马车直奔卡塞尔城门。科雷夫人蜷缩在车篷的角落里，用各种衣物遮盖好。德·劳拉奈先生和小姐，姐姐和我，我们坐在车篷里的两个长凳上。古老城堡的城砖上长满青苔，城门前站着把守浮桥的

---

① 此处"担"为法国旧制单位，1担等于100法斤。
② 卡塞尔市是德国黑森州北部的一个大城市，也是卡塞尔县的政府所在地。
③ 此处为法国古长度单位法尺，1法尺相当于325毫米。

哨兵，马车在岗哨前停了下来。

因为这天在美因茨有个集市，此时，人群从集市拥出，桥上人头攒动。所以，约翰先生才敢贸然行动。

"你们的护照？"哨兵冲我们叫道。

我把护照递给他，哨兵把护照交给哨卡的长官。

"这都是些什么人？"长官向约翰先生问道。

"都是法国人，我要把他们送去边界。"

"那么，您是哪一位？"

"尼古拉·弗里德尔，霍克斯特的租车人。"

我们的护照被仔细检查。尽管这些护照完全符合规定，但我们仍然惴惴不安，心怦怦直跳！

"护照的有效期只剩4天！"岗哨的长官说道，"因此，这些人必须在4天之内离开德国领土。"

"他们会离开的，"约翰·科雷回答道，"不过，我们必须抓紧时间！"

"过去吧！"

半个小时后，我们渡过了莱茵河，住进"安哈尔特旅店"，至此，约翰先生一直扮演租车人的角色。进入美因茨的这段经历，让我终生难忘！

世事无常！仅仅几个月后，也就是10月份，当美因茨落入法国人之手，我们受到何等不一样的欢迎！我们在那儿与同胞相会，欢天喜地！他们不仅欢迎我们这些当初被驱逐出境的人，也欢迎科雷夫人和她的儿子，听他们讲述自己的经历！尽管我们在这座首府城市只停留了6个月至8个月，随后，就与自己勇敢的团队一起，带着战争的荣耀返回法兰西①!

其实,凡事未必都能如愿以偿。在你达到目的之后,最重要的就是适可而止,及时离开。

当科雷夫人、玛瑟小姐,以及伊尔玛分别进入安哈尔特旅店的各自房间后,约翰先生开始照料我们的马匹,与此同时,德·劳拉奈先生和我一起出门去打听消息。

最好是找一个啤酒馆,再要几份最新的报纸。这样,轻而易举就能弄清楚,自从我们动身以来,法国究竟发生了什么事儿。实际上,那一天就是恐怖的8月10日,杜伊勒里宫遭到入侵,瑞士卫兵惨遭屠杀,国王一家被关进圣殿塔,路易十六被暂时中止国王权力②!

这件事促使普奥联军加速集结,直扑法国边境!

同样,整个法国也动员起来,准备迎击入侵。

当时,法国共有三支大军:卢克纳的军队在北方;拉法耶特的军队在中央;孟德斯鸠的军队在南方。至于迪穆里埃,他当时还只是卢克纳麾下的一名少将。

不过——根据三天前的一则新消息——拉法耶特带着几名同伴,刚刚归降了奥地利,在那儿,尽管他再三申诉,仍被视为战争

---

① 美因茨是德国边境重镇,第一次反法联盟失败后,法军乘胜反攻,于10月22日占领美因茨,并于次年3月成立美因茨共和国(实为法国的附属国)。不久后,普鲁士军队于1793年7月22日再次攻占美因茨。此处前后文均暗指这段历史。

② 1792年8月10日,巴黎公社召集起义者进攻杜伊勒里宫,杀死国王的瑞士卫队等约800人,迫使立法议会宣布停止国王职权,并将路易十六关押起来,法国君主制被实际推翻。

俘虏①。

从这件事儿可以看出,我们的敌人对待所有法国人一视同仁,如果德国宪兵抓到我们,发现我们没有护照,那么,等待我们的命运不言而喻!

毋庸置疑,那些报纸上的消息,有些可信,有些未必可信。然而,根据最新消息,我们大致弄清楚了眼下的处境。

迪穆里埃担任了北方与中央军团的总指挥②,谁都知道,此人擅长指挥军队。因此,为了首先打击迪穆里埃的军队,普鲁士和奥地利的两位国王都来到美因茨。普奥联军的指挥官是布伦瑞克公爵③。普奥联军通过阿登地区④攻入法国,然后,打算沿着通往沙隆⑤的大路直奔巴黎。另外,还有一支6万人的普鲁士军队途经卢森堡直扑隆维⑥。3.6万人的奥地利军队分为两路,由克莱尔费特,以及霍恩

---

① 此处提到的拉法耶特,与上文提到的拉法耶特为同一人,他是法国大革命时期君主立宪派的代表人物,曾出任梅斯方面军司令。1792年回巴黎,要求议会解散雅各宾俱乐部,镇压民主派,但未果。不久后外逃,被囚于奥地利。1797年被遣回法国。
② 迪穆里埃是法国大革命时期的著名人物。1792年出任吉伦特派内阁外交部长和陆军部长,几天后辞职,改任北部集团军司令,同年9月在瓦尔密战役和热瓦普附近战胜了武装入侵的普鲁士军队。
③ 布伦瑞克公爵(1735—1806),本名卡尔·威廉·斐迪南。1792年又被任命为干涉法国大革命的普奥联军总司令,率兵13万入侵法国。他在1792年的《布伦瑞克声明》中威胁法国人民不要伤害路易十六,否则将血洗巴黎。
④ 阿登地区亦称阿登森林,面积逾1万平方千米,范围包括比利时和卢森堡的一部分,以及法国的默兹河谷地。
⑤ 沙隆全称"索恩河畔沙隆",是法国东部城市,位于第戎以南的索恩河右岸。
⑥ 隆维是法国洛林大区的一个城市,位于法国东北部。

洛厄亲王①分别指挥，负责掩护普鲁士军队的侧翼。这支可怕的庞大军队威胁着法兰西。

我马上要叙述的事情，都是后来才听说的，现在讲出来，是为了帮助诸位了解当时的形势。

说到迪穆里埃，彼时他正率领2.3万人的军队驻守色当②。凯勒曼③代替卢克纳，率领2万人驻守梅斯④。居斯蒂纳麾下还有1.5万人驻守朗都，比隆手下有3万军队驻在阿尔萨斯⑤。这几支军队将根据需要，随时驰援迪穆里埃，或者凯勒曼。

总之，根据报纸上的最新消息，我们获悉，普鲁士军队刚刚夺取了隆维，包围了蒂永维尔，大军正蜂拥开往凡尔登⑥。

我们回到旅店，尽管科雷夫人身体虚弱，但当她听说了那些消息，不愿让我们因为她而在美因茨多耽误一昼夜——尽管她十分需要休息。科雷夫人非常担心儿子被人发现，因此第二天，我们再次出发，这天是9月份的第一天。我们距离边境线还有30里的路程。

尽管我精心照料这匹马儿，可它始终走不快。然而时间又太紧迫了！直到夜幕降临时，我们才遥望到施洛斯贝格山顶的古老城堡

---

① 霍恩洛厄亲王（1746—1818），普鲁士陆军将领，曾率普军参加针对拿破仑的战争。
② 色当位于法国东北部，距比利时边界仅14公里，坐落在默兹河右岸，是法国著名的国防要塞。
③ 凯勒曼（1735—1820），法国军事指挥官，陆军上将，拿破仑时期的法国元帅。
④ 梅斯是法国洛林大区中心城市，自古以来就是交通要道。
⑤ 阿尔萨斯是法国东北部地区名及旧省名，隔莱茵河与德国相望。
⑥ 凡尔登是法国东北部的城市，市区位于洛林高原西侧，默兹河两岸，距离洛林首府梅斯大约80公里。

废墟。在那座山脚下的那赫河畔①,坐落着克罗伊茨那赫,它是科布伦茨县的重要城市。这座城市于1801年被划给法国,后来,1815年又回归了普鲁士。

第二天,我们抵达基恩镇,24个小时后,抵达比肯费尔德。十分幸运,我们储备的食物不少,因此,我们,包括科雷夫人和约翰先生,我们可以绕过这些小城镇,反正它们都不在我们的规定路线上。不过,我们只能在马车上休息,就算是晚上,也只能在车上将就。尽管如此,旅途还算差强人意。

9月3日晚上,我们依旧在车上休息过夜。第二天,午夜时分,规定我们离开德国领土的时间就将逾期。然而,我们距离法国边界还有两天路程!假如我们身上的护照逾期失效,倘若在路上被普鲁士警察抓住,不知会落个什么下场。

也许,我们应该掉头向南,往萨尔路易②方向走,那是距离最近的法国城市。不过,这么走有点儿冒险,可能撞上普鲁士大军,他们正赶去围攻蒂永维尔城。因此,最好绕点儿远路,不要去冒这个险。

总而言之,我们距离祖国只有几里远了,而且大家都健在,全须全尾!毫无疑问,对于德·劳拉奈先生与小姐,还有姐姐和我来说,顺利抵达目的地已经胜券在握!对于科雷夫人与她儿子来说,我们还不能说他们已大功告成。早在约翰·科雷与我们在图林根山脉相遇的时候,我就预感到,彼此不可能在法国边境线上轻易握手

---

① 那赫河是莱茵河的支流,位于摩泽尔与莱茵河之间,长116公里,在宾根注入莱茵河。
② 萨尔路易是萨尔路易县的首府,该县现在属于德国萨尔州。

言别!

甭管怎么说,必须设法绕开萨尔布吕肯①。这么做不仅是为了约翰先生和他母亲,也是为了我们自己。在这座城市里,等着我们的很可能不是旅店,而是监狱。

于是,我们到一家乡间客栈投宿,那儿的常客多为底层平民。客栈老板不止一次用古怪的眼神瞧我们。我甚至觉得,在我们动身离开时,老板与几个人交谈了几句,那几个人坐在一个小房间桌旁,我们看不见他们的模样。

总之,4日早晨,我们踏上了通往蒂永维尔与梅斯方向的大路。如果有必要,我们将冒险转身直奔那座大城市②,因为彼时,它还在法国人手里。

前面是大片矮树林,一望无际,穿过树林的道路极难行走!大约午后2点钟,前面出现一条漫长的坡道,道路一侧是浓密的矮树林,另一侧是连片生长的蛇麻草,可怜的矮马儿疲惫不堪,于是,在坡道前,我们全体下车步行,唯独科雷夫人留在车上,因为她实在走不动了。

我们走得很慢。我边走边用手抓住马笼头。姐姐走在我身边。德·劳拉奈先生,他的那位小姐姐,还有约翰先生走在我们身后不远处。除了我们,路上一个人影也看不到。远处,道路左侧,传来一阵沉闷的轰鸣。毫无疑问,在那个方向,就在蒂永维尔城下,正在进行一场战斗。

突然,道路右侧传来一声枪响。我们的马儿中弹身亡,倒在车

---

① 萨尔布吕肯是德国萨尔州的首府,靠近法德边境。
② 即蒂永维尔。

辕下。与此同时,传来怒骂吼叫声:

"我们终于抓住他啦!"

"是的,他就是约翰·科雷!"

"1000弗罗林归我们啦!"

"还没有呢!"约翰先生喊道。

传来第二声枪响。这一次,开枪的是约翰先生,一个男人倒在马儿旁的地上。

这一切发生在转瞬之间,我甚至还没弄清楚是怎么回事儿。

"是那几个姓布赫的家伙!"约翰先生对我叫道。

"那好吧……干掉他们!"我回答道。

实际上,这几个无赖就待在我们过夜的那个客栈里。他们与客栈老板简短交谈了几句,随后跟踪而来。

不过,他们三个人,现在只剩下两个,布赫老爹,以及他的二儿子。另一个儿子的心脏被子弹洞穿,刚刚断气。

这下子,二对二,局面变得公平了。不过,局面并没有维持多久。轮到我冲着布赫的另一个儿子射击,不过仅仅击伤了他。此时,当爹的和儿子发现偷袭没能成功,钻进道路左侧的矮树林,一溜烟儿地跑了。

我本打算追过去,约翰先生拦住了我。也许,他此举将铸成大错?

"不,"他说道,"现在最要紧的是越过边境线。赶路吧……赶路!"

由于没有了马儿,我们被迫放弃马车,科雷夫人只好下车,在儿子的搀扶下步行。

我们的马儿中弹身亡……

再过几个小时,我们的护照就要失效,没有用了!……

就这样,我们一直走到天黑。在树荫下歇息,用剩下的食物填饱肚子。最终,第二天,9月5日,傍晚时分,我们越过了国境线。

是的! 我们脚下踩的是法兰西的土地,但是,这片土地已经被外国军队占领!

第十九章

就这样,我们结束了一次漫长的旅行,这趟旅行的起因是这场战争,它迫使我们穿越一个敌对国家,走上一条艰辛的法兰西之路。为了走这条路,我们虽未历经千难万险,却也尝尽诸般辛苦。我们经历的风险除了两三次 —— 包括那几个姓布赫的家伙对我们发起的攻击 —— 都不至于危及性命,也未曾让我们失去自由。

自从在图林根山脉与我们会合之后,约翰先生与我们经历了同样的艰难与危险,终于平安抵达法国。如今,他只需找一座荷兰城市,在那儿安顿下来,等待事情的最终结局。

然而,法国的边境线已然遭到入侵,奥地利人和普鲁士人占领了这个地区,并且一直深入到阿尔贡森林①,假如我们穿越这片儿地区,面临的艰险将不亚于在波茨坦县,或者勃兰登堡县的遭遇。也就是说,虽然我们曾历经千辛万苦,但如果继续往前走,可能面临更大危险。

有啥办法?原本以为到终点了,结果却仍在半途中。

实际上,为了绕过敌军的前哨部队,以及他们的驻扎地,我们

---

① 阿尔贡森林在法德交界处的法国境内,默兹河东面,大致位于马恩、默兹和阿登三省交界处。

还需跋涉20里的路程。而且，我们还得迂回前进，路程也许会大幅延长。

也许，最谨慎的路线是经由洛林地区的南侧，或者北侧返回法国。然而，我们目前的处境很糟，已经没了马车，而且绝无可能搞到其他交通工具，因此，如果绕那么远的路，恐怕加倍努力也做不到。

德·劳拉奈先生、约翰先生和我仔细研究这个方案，反复讨论斟酌，最终认定，这个方案不可取。

我们抵达法国边界时，已经是晚上8点钟。在我们面前是一望无际的大森林，深更半夜，显然不宜冒险穿越森林。

于是，我们就地休息，等待清晨的来临。这里地处高原，没有下雨；不过，9月初的时节，天气寒冷，砭人肌骨。

我们是逃亡者，最怕被人发现，因此，生火御寒肯定不够谨慎。于是，我们只能在山毛榉低垂的树枝下，尽可能地缩成一团。我从马车上拿来的食物，包括面包、奶酪，以及冷肉被大家放到各自膝盖上。一条小溪为我们提供了清澈的饮用水，水里再添上几滴德国烧酒。随后，约翰先生和我走出10步远站岗放哨，留下德·劳拉奈先生、科雷夫人、玛瑟小姐，还有我姐姐原地休息几个小时。

一开始，约翰先生全神贯注地站岗，沉默不语，我陪着他一言不发。随后，他说道：

"听我说，我勇敢的纳塔利，请牢记我下面的话，千万别忘。谁也不知道往后咱们还会遇到什么事儿，特别是我，可能被迫逃走……到那时候，千万别让我母亲离开你们。这可怜的女人已经精疲力竭，倘若我不得不与你们分道扬镳，希望她别再跟着我。您也看到了，尽管她竭尽全力，鼓足勇气，但终究体力不支。因此，我把她托付给您，纳塔利，我把玛瑟也托付给您，也就是说，我把这世界上最亲爱的两个人全都托付给了您！"

"请相信我，约翰先生，"我回答道，"真希望在任何情况下，我们都不分开！……然而，倘若真到了那一步，我会竭尽所能，诚心诚意，尽到一个真正男人应尽的义务。"

约翰先生紧紧握住我的手。

"纳塔利，"他接着说道，"毫无疑问，倘若我被他们抓住，必然死路一条。请您记住，如果那样的话，我母亲永远不应再回普鲁士。在结婚前，她曾经是法国人，但她的丈夫和儿子不是，她应该在自己出生的那个国度里颐养天年！"

"约翰先生，您刚才说，她曾经是法国人？要知道，她始终是一个法国人，并且从不在你们面前回避这一事实。"

"就算是吧，纳塔利！为此，请您把她带回你们的故乡庇卡底，那个地方我从未去过，但是，我真的很想去看一看！我的母亲一生不幸，希望她能安度晚年，弥补此生的缺憾！可怜的女人，这辈子没过上好日子！"

然而，他呢，约翰先生自己呢！难道他不也饱受痛苦的煎熬？

"噢！这个国家！"他接着说道，"假如我们能顺利离开这个国家，玛瑟将成为我的妻子，与我母亲，还有我共同生活。那该有多美好，所有的苦难将被抛在脑后！不过，幻想这么美好的前景，我是不是疯了，要知道，我不过是个逃犯，一个被判了死刑的人，随时可能被处决！"

"等一下，约翰先生，千万别这么说！他们还没有抓住您呢，而且，我觉得您不是一个俯首就缚的人。"

"不，纳塔利！……肯定不是！……我一定拼死一搏，请您相信！"

"那么，我会帮助您，约翰先生！"

"我知道！啊，我的朋友！让我拥抱您！在法国的土地上，有机会拥抱一个法国人，这可是我平生第一次！"

"这不会是最后一次！"我回答道。

是的！尽管历经考验，我的信心丝毫不曾动摇。要知道，我在格拉特庞什村，一向被认为是整个庇卡底地区最顽固不化、固执己见的人，我绝非浪得虚名！

说话间，夜色更浓了。我和约翰先生两人轮流休息片刻，四周黑黢黢，树荫下更黑暗，就连魔鬼伸手也看不见五指①！然而，那个魔鬼应该离我们不远，而且到处布置陷阱！人类已经够不幸了，为什么魔鬼还要不厌其烦地给人类增添痛苦！

轮到自己站岗时，我始终竖起耳朵，仔细倾听。任何一点儿声音都让我心生疑窦。在这样一片森林里，必须提高警惕，即使碰不上正规军队伍，也需提防掉队的士兵。在与布赫父子打交道的过程中，我们已经得到过教训。

很不幸，两个姓布赫的家伙逃脱了。估计，他俩一定想重新找到我们，而且，为达目的，他俩还会找来同伙，哪怕与他们分享1000弗罗林的赏金！

是的！我一直在担心这个事儿——为此，我尽力保持头脑清醒。除此之外，我还想到，假如，在我们离开法兰克福一天后，利

---

① 此处为俚语，直译为"连魔鬼都找不到自己的幼崽"。

布团也从那儿开拔，现在它应该跨过了边境线。它会不会也在阿尔贡森林，而且就在我们附近？

也许，我的这份担心有些过分和多余。一旦人的大脑受到刺激，难免胡思乱想。我现在就是这样。我似乎听见有人在树林里走动，看见矮树丛后面有人影晃动。不用说，我们有两支手枪，约翰先生拿着一支，我的腰里别着另一支。我俩都下定决心，不让任何人靠近。

最终，我们安然度过了这一晚。确实，有很多次，我们听见远处传来军号声，甚至听见战鼓齐鸣声。清晨，远处传来起床号与起床鼓的声音。总体来说，这些声音来自南边——它们表明，那个方向有军队的宿营地。

很可能，那是一支奥地利军队，正等待时机，准备开往蒂永维尔，或者，甚至准备前往更北边的蒙梅迪①。根据我们已经了解的情况，联军的意图并非攻占所有这些地区，而是包抄，包围这些地方的法国驻军，然后穿越阿登地区②。

如此看来，我们很可能与这支军队的几个部队相遇，并且很快被抓起来。事实上，无论落到奥地利人手里，还是落到普鲁士人手里，对我们来说都是一回事儿，"手心手背都是肉"③！他们一个比一个心狠手辣！

于是，我们决定朝偏北的方向，向斯特奈④行进，甚或直奔色

---

① 蒙梅迪县位于法国东北部，属于洛林大区默兹省凡尔登地区，该县包含45个市镇。
② 阿登地区亦称阿登森林，台地平均高度约488米，半数为森林覆盖。
③ 此处为俚语，直译应为"绿色的果汁"，或者"果汁是绿色"。
④ 斯特奈是属于法国东部默兹省的一个小市镇。

当。这样,我们将深入阿尔贡森林,绕开几条道路,因为神圣罗马帝国的军队很可能顺着那几条路推进。

天刚亮,我们就出发了。

天气不错,林中响起灰雀的叫声,紧接着,在林间空地的边缘,随着气温的升高,蝉儿开始鸣叫。更远处,云雀发出低吟,笔直飞上云霄。

在科雷夫人衰弱身体允许的前提下,我们快速行进。有浓密的树叶遮阴,阳光不那么刺眼。我们每隔两个小时休息一次。最让我担忧的是食物吃光了。怎样才能补充?

根据事先约定,我们前进的方向略微偏北,远离那些肯定已被敌军占领的村庄小镇。

这一天平安无事。总体来说,如果按照直线距离计算,我们行进的路程不算远。下午,科雷夫人只能靠人搀扶行走,当初在贝尔青根见到她时,科雷夫人身材挺拔,犹如一棵白蜡树,如今,她身躯佝偻,每迈一步,双腿都要发软。我觉得,此刻她已不宜继续前行了。

夜里,远方不停响起轰鸣,那是从凡尔登方向传来的隆隆炮声。

我们穿越的地区树林不算茂密,原野上众多河流纵横交错,在旱季,河水犹如潺潺溪流,行人轻易就能蹚过去。我们尽量在树荫里行走,以免被人发现行踪。

4天前,9月2日,正如我们后来才知道的,尽管英勇的博勒佩尔[①]坚守城池,宁愿自杀也不投降,但是,凡尔登的大门还是被5万

---

① 博勒佩尔上校是法军在凡尔登的指挥官,进攻凡尔登的普奥联军兵力高达数万,但法国守军仅3500人。在联军炮轰数日后,凡尔登城市议会宣布投降。博勒佩尔上校悲愤不已,用手枪自杀。9月2日,联军进入凡尔登。

普鲁士大军攻破。攻占凡尔登后，联军在默兹平原停留了数日。布伦瑞克满足于占领斯特奈，与此同时，迪穆里埃——狡猾的家伙！——死守色当，同时秘密准备着自己的阻击方案。

现在回头说一说我们的处境。当时，我们并不知道，8月30日——也就是8天前——法军将领狄龙率领8000人从阿尔贡森林与默兹河之间穿过，把原先占据默兹河两岸的克莱尔费特率领的奥地利军赶过默兹河，然后继续向前推进，占领了这座森林最南端的通道。

当时，如果我们了解这个情况，就不必绕道往北走，而应直奔这条通道。到了那儿，找到法国军队，我们的命就算保住了。是的！然而，没有人告诉我们可以这么走，而且，实际上，我们还将经受更严酷的考验。

第二天，9月7日，我们携带的最后一点儿食物消耗殆尽。无论如何必须补充给养。夜幕降临后，在一座水塘边，紧挨着一片小树林，我们瞧见一幢孤立的房子，房子旁有一口石头栏杆的古老水井。我毫不犹豫地过去敲响房门。门开了，我们走进房间，我一眼就断定，房子的主人是本分的农民。

屋里的好心人告诉我们，普鲁士军队并未开拔，还待在自己的营地，等待往这儿赶来的奥地利军队。至于法国军队，据说，迪穆里埃跟在狄龙后面，也离开色当，从阿尔贡森林与默兹河之间穿过，准备把布伦瑞克赶出边境线。

其实，这个传言是错误的，后面我们将会看到——不过十分幸运，错误的传言并未给我们造成任何伤害。

说完这些传言，几位农民给我们提供了食物，在眼下这种时候，也算是尽其所有了。炉膛里燃起炉火——我们把这种火称为"战火"——炉火熊熊，我们吃了一顿丰盛的晚餐，不仅有鸡蛋、炸香肠，还有大块黑麦面包，甚至还有几块茴香蛋糕，在洛林地区，人们把这东西叫作"基希"，另外，还有青苹果，以及摩泽尔本地酿制的白葡萄酒。

我们索要了足够几天消费的食物，另外，身边烟草已吸光，我也没忘记给自己弄了一点儿。德·劳拉奈先生好不容易说服这些好心人收下应付的费用。这件事儿让约翰·科雷提前感受到了法国人的善意。总而言之，经过一宿休息，第二天，我们一大早就出发了。

看起来，大自然让这条路变得异常艰难：道路崎岖不平，灌木丛密密匝匝，弄不好还会陷入齐腰深的泥塘沼泽。不仅如此，就连一条可供下脚的小路都找不到。到处是浓密的矮树林，与我在新世界①看到的一模一样，在那儿，全靠开路士兵用刀斧披荆斩棘。偶尔能看见一些树洞，被人掏空，安置了圣人，以及圣母玛利亚的小雕像。每隔一段距离，老远能望见几位牧羊人、放牛的人，人们通常把这些人称为"背着褡裢"的"不祥之人"，还能看见几位樵夫，腿上裹着毛毡护膝，以及几位猪倌，赶着大腹便便的母猪。不过，这些人老远看见我们，立刻钻进灌木丛。我们好不容易才从他们那儿打听到一点儿消息，仅此而已。

我们还听见步枪的射击声，这表明，一场前卫战已经打响。

尽管一路障碍重重，我们仍奋力赶往斯特奈。由于过度疲劳，每天只能走2里路。9月9日、10日，以及11日，连续三天都是这样。尽管在法国的土地上行走不易，但我们并未遇到危险，也没有遭遇任

---

① 即北美洲，特指美国。

何麻烦，更不会因为听见普鲁士人喊一声"什么人？"而心惊肉跳！

我们朝那个方向行进，就是希望遇见迪穆里埃的军队。然而，我们并不知道，这支大军已经向更南的方向开去，目的是占领阿尔贡森林里的格兰德普雷隘路。

我再说一遍，此时，不断传来射击的轰鸣声。当枪声距离太近的时候，我们就停下脚步休息片刻。显而易见，在默兹河畔，还没有发生任何战役，这些不过是进攻某个镇子，或者村庄的小型战斗。这是我们的猜测，因为，在森林树梢后面，升起了长长的黑烟，而且，夜幕降临后，远处能看见林木燃烧的火光。

终于，在11日夜里，我们决定停止向斯特奈前进，断然掉头进入阿尔贡森林。

第二天，我们按照上述方案行动。大家相互搀扶，蹒跚而行。几位可怜的女士英勇无畏，鱼贯前进，由于不停穿越冬青树丛和灌木林，人人衣衫褴褛，筋疲力尽，看上去疲惫潦倒，面容苍白，神色憔悴，看到女士们这样，我们心如刀绞。

将近正午，我们来到一个木材砍伐区，那里有一大片空地。

看来，最近在这儿发生过战斗。地上躺满了尸体。根据死者身穿的蓝色军服、红色翻领、白色绑腿，以及十字交叉的肩带，我发现他们与普鲁士士兵的天蓝色军服，或者奥地利士兵的白色军服和尖顶头盔截然不同。

这些都是法国人，是志愿者[①]。他们应该是遭到克莱尔费特，或

[①] 法国大革命初期，众多满怀热情的志愿者组成了国民卫队。不过，随着国内国外战事的扩大，志愿者满足不了法国军队的需求，征兵范围逐渐扩大，最终于1793年8月颁布《全国总动员法令》，规定所有健康男子随时可被应征入伍。

者布伦瑞克麾下某支部队的袭击。上帝啊！看上去，他们进行过顽强抵抗，宁死不屈。因为，他们身边躺着一些德国士兵，而且是普鲁士士兵，这些尸体头戴皮质筒状军帽，军帽上缀着小链条。

我走上前去，心怀恐惧地看着满地尸体，要知道，我从来不忍目睹战场惨状。

突然，我不禁惊叫一声。此时，德·劳拉奈先生、科雷夫人和她儿子，还有玛瑟小姐和我姐姐全都站在树林边缘，距我身后大约50步远。他们看着我，谁也不敢走到这片空地中来。

听到叫声，约翰先生立刻跑了过来。

"出了什么事儿，纳塔利？"

唉！我真遗憾没能控制住自己，本来，我是想让约翰先生远远离开这儿。但是，太迟了。转瞬之间，他就明白我为啥惊叫。

我的脚下躺着一具尸体！约翰先生一眼就认了出来。于是，他抱紧双臂，摇着脑袋：

"千万别让我母亲，还有玛瑟知道……"他说道。

但是，科雷夫人已经蹒跚走到我们身旁，并且看见了那个我们本想隐瞒的尸体。这是一名普鲁士士兵，是利布团的一名"副官"[①]。他躺在地上，身边还有三十来个同伴。

如此看来，也许，在不到24个小时之前，这个团队从此地经过，眼下，它就在本地区，在我们附近作战！

危险从未如此逼近约翰·科雷。如果他被抓住，身份随时可能暴露，并且会被立即处决。

赶紧走！对于约翰先生来说，这个地方太危险了，必须赶紧逃

---

① 军衔为中士。——原注

地上躺满了尸体。

离！我们必须逃到阿尔贡森林的更深处，在那种地方，一支行进中的团队根本无法进入！我们很可能要在那里躲藏多日。不能犹豫，这是我们活命的最后机会。

在这一天的剩余时间里，我们一直在走，整整走了一夜，不停地走。不能停！第二天，我们已经步履维艰，到了9月13日，傍晚时分，我们终于走到著名的阿尔贡森林的边缘。迪穆里埃曾经说过："那儿是法兰西的温泉关①，不过，我在那儿比列奥尼达②更幸运！"

事实上，迪穆里埃确实很幸运。无数人和我一样，从来不知温泉关与列奥尼达为何物，直到后来才弄明白。

---

① 温泉关是希腊中部东海岸的一条狭窄通道，地势极为险要。
② 列奥尼达是古希腊斯巴达国王，曾率部镇守温泉关，阻击波斯大军南下，他亲率300名斯巴达勇士与波斯军搏斗，寡不敌众，全部在温泉关战死。

第二十章

　　阿尔贡森林南北长约13至14里，北起色当，南至一个叫帕萨旺的小村庄，平均宽度在2至3里之间。它那几乎无法穿透的密林，横亘在我们东方的边境线上，犹如一块前哨阵地。那儿的地势高低起伏，激流与水塘纵横交错，树林与积水融为一体，简直令人不可思议，任何大部队都无法逾越这道屏障。

　　这座森林夹在两条河流之间。埃纳河流经这座森林左侧，从森林南端的矮树丛开始，一直流向位于北端的一个名叫塞缪伊的村子。艾尔河与森林并行延伸，从弗勒里开始，一直延伸到森林里的那个主要隘路。在那儿，这条河突然急转弯，掉头流向埃纳河，并在距离塞努克不远的地方，与埃纳河融为一体。

　　坐落在艾尔河一侧的主要城市包括克莱蒙、瓦雷讷（路易十六逃跑时，就是在那儿被截住的[1]）、布赞西，以及色讷波普乐；在埃纳河一侧的主要城市包括圣默努尔德[2]、图尔贝河畔维尔、蒙图瓦，

---

[1] 1791年6月20日深夜，法国国王路易十六携家眷及部分王室成员逃离巴黎，准备逃亡国外，但在瓦雷讷被拦住，并被带回巴黎。路易十六出逃事件是法国大革命的重要事件之一，对大革命的发展和法国王室的命运产生了深远影响。

[2] 圣默努尔德是位于法国东北部香槟－阿登大区马恩省的一个市镇，人口仅数千。

以及沃兹耶。

说到阿尔贡森林的形状,我觉得,最好把它比作一只巨大的、翅膀收拢的昆虫,趴睡在两条河流之间,一动不动。这只昆虫的腹部,就是整座森林的南部,这儿是它最主要的部分。昆虫的前胸和脑袋相当于森林的北部,位于格兰德普雷隘路的北边,我在前面提到过,艾尔河从那儿流过。

如果说,整座阿尔贡森林都被湍急的河流,以及浓密的矮树丛覆盖,那么,人们依然可以沿着不同的通道穿过森林,毫无疑问,这些通道极为狭窄,但是可以通行,甚至容许大部队通行。

我有必要在此描述这些通道,以便你们弄明白事情的原委。

横贯穿过阿尔贡森林的通道共有五条。在我的这只昆虫腹部,位于森林最南部的那条通道名叫伊思莱特,它是从克莱蒙到圣默努尔德最便捷的通道;另一条通道名叫查拉德,它不过是条羊肠小道,沿着它可以直达维埃纳勒城堡附近的埃纳河畔。

在阿尔贡森林的北部,至少分布着三条通道。其中最宽敞,也是最重要的一条,就是位于昆虫腹部与胸部之间的格兰德普雷隘路。从圣茹文起,艾尔河就与这条隘路并行,从泰尔茂一直流到塞努克,然后在距蒙图瓦1里半的地方注入埃纳河。在格兰德普雷隘路的北边,距离大约2里远,有一条通道名叫"林中十字路"——请记住这个名字——这条通道从普尔欧布瓦开始,穿过阿尔贡森林,直抵隆维。这条通道只有樵夫才能走。最后,再往北2里远的地方,还有一条通道名叫色讷波普乐,它与雷特尔通往色当的大路相交后,经过两个急转弯,抵达埃纳河畔,与沃兹耶隔河相望。

要知道,神圣罗马帝国的大兵只有穿过这座森林,才能向马恩河畔沙隆①挺进，一旦到了那儿，通往巴黎就是一路坦途。

因此，法国人需要做的就是，封闭五条通道，不让布伦瑞克，或者克莱尔费特的军队进入，阻止其穿越阿尔贡森林。

迪穆里埃谙熟兵法，一眼就看出了其中的关键所在。看上去，事情挺简单。不过还应考虑到，普奥联军可能还没有想到占领这几条通道。

这个作战方案还有一个好处，那就是法军无须一直退守到马恩河②，那儿可是通往巴黎的最后一道防线。与此同时，联军将被迫滞留在香槟-普耶兹地区③，无法进入位于阿尔贡森林另一侧的富庶平原，并将因此陷入物资匮乏的窘境，甚至不得不在那儿度过冬季，假如他们真愿意在那儿过冬的话。

于是，法军仔细研究了这个作战方案，而且——此时还在方案执行的初期——8月30日，狄龙率领8000人采取了一个大胆的行动，在行动中，就像我在前面说过的，奥地利人被击退到默兹河的右岸。随后，这支法军占领了森林最南边的那条名叫伊思莱特的通道。在此之前，他们还颇有心计地封锁了查拉德通道。

事实上，这次行动不乏鲁莽之处。这支法军并未利用茂密的森林做掩护，在埃纳河一线展开行动，而是推进到默兹河一线，把侧翼暴露给了敌方。不过，迪穆里埃故意这么干，目的是不让联军猜

---

① 马恩河畔沙隆位于法国东北部，在巴黎东部的马恩河畔，既是马恩省首府，也是通往巴黎的门户。
② 马恩河是法国北部河流，塞纳河支流。全长525公里，是法国历史上著名的战场。
③ 香槟-普耶兹地区在法国巴黎以东，兰斯市周围，包括马恩省、埃纳省和奥布省的一部分区域。

出自己的企图。

他的作战方案本应获得成功。

狄龙占领伊思莱特通道的时间是9月4日。迪穆里埃率领的15000名法军在狄龙出发后才开拔，并在4日之前占领了格兰德普雷隘路，就此封闭了穿越阿尔贡森林的主要通道。

4天后，9月7日，迪布尔将军挥兵直奔色讷波普乐，准备保卫阿尔贡森林北部，防止神圣罗马帝国大军入侵。

很快，法军匆忙修建障碍物，挖掘战壕，给小路设置栅栏，修建炮位，力求封锁通道。格兰德普雷隘路变成了真正的兵营，法军依托山势设防，艾尔河畔成了前沿阵地。

此时，阿尔贡森林的五条通道犹如五座大门，其中四座已经修筑防御阵地，坚固如城堡，狼牙闸门紧闭，吊桥高举。

然而，还有一座大门依然敞开着，封锁这条通道不大容易，而且，迪穆里埃似乎并不着急占领它。另外，我补充说一句，恰巧就是前往这条通道时，我们的厄运降临了。

实际上，"林中十字路"位于色讷波普乐与格兰德普雷隘路之间，与两者的距离完全一样——都是大约10里路——它将成为敌军渗透进入阿尔贡森林的通道。

好了，现在让我回过头来讲述我们的经历。

9月13日夜里，我们来到阿尔贡森林的侧面，一路上，我们绕过布里克奈，以及布尔欧布瓦附近的若干村庄，因为，这些村庄可能已被奥地利军队占领。

我曾经随军在东部地区驻扎过，熟悉阿尔贡森林里的这些通道，并且走过许多次。因此，我选择了"林中十字路"，当时，我觉得它最安全。甚至，出于过分谨慎，我没有走这条通道本身，而是走一条与它临近的小路，一条从布里克奈通往隆维的小路。我们沿着这条小路穿越阿尔贡地区最茂密的一片森林，林子里既有橡树，也有山毛榉、千金榆①、白松、花楸树②、柳树，以及栗树（这种树多生长于冬季避风的山坡背面）。走这条小路，可以确保不会遇见偷盗农作物的坏人，以及掉队的士兵，并且可以走到沃兹耶附近的埃纳河左岸，到了那儿，我们就算平安无事了。

按照习惯，我们躲在树枝下，安然度过13日至14日的那一晚。

周围随时可能出现头戴高顶长毛军帽的普鲁士骑兵，或者戴着筒状军帽的普鲁士近卫兵。因此，我们必须赶紧钻入密林深处，到了那儿，才算松了一口气。第二天，我们重新踏上通往隆维的小路，从那个名叫"林中十字路"的村庄右侧走过。

这天的路途极其累人。脚下高低不平，小路被众多泥潭截断，地上横躺着枯木，行进异常艰难。

这条小路之所以人烟稀少，无非就是因为它最难通行。尽管年事已高，疲惫至极，但德·劳拉奈先生的脚力相当不错。德·劳拉奈小姐与我姐姐心里想着旅途已到最后阶段，横下心来一步不落地紧随。但此时，科雷夫人已经疲惫到了极限，必须有人搀扶，否则，每前进一步都可能跌倒。尽管如此，谁也没有一句怨言。如果说科雷夫人早已筋疲力尽，但精神状态仍不错。不过，我还是怀疑她能否坚持走到旅途的终点。

夜幕降临后，我们与平时一样准备休息，从口袋里取出携带的

---

① 千金榆是桦木科、鹅耳枥属乔木植物。

② 花楸树是落叶乔木，常生于山坡或山谷杂木林内。

食物，填饱肚子，恢复体力，不过，大家迫切需要的是休息和睡觉，而不是吃东西。

当我单独与约翰先生在一起时，我对他坦言，科雷夫人的身体状况的确令人担忧。

"她在尽力而为，"我说道，"如果我们能让她休息几天……"

"我知道，纳塔利！"约翰先生回答道，"我可怜的母亲向前迈出的每一步，都好像直接踩在我的心头！可还能怎么办呢？"

"我们必须找到最近的村庄，约翰先生。由您和我，我俩抬她去村里。无论奥地利人，还是普鲁士人，他们根本不可能贸然进入阿尔贡森林的这个地区。在那个村里，我们可以找到一栋房屋，待在里面，等待这儿的一切恢复平静。"

"是的，纳塔利，这是最明智的做法。不过，难道我们就不能一直走到隆维吗？"

"那村庄距离此地太远，约翰先生。您的母亲根本撑不到那儿！"

"那么，我们往哪儿走？……"

"我建议，咱们向右转，穿过矮树丛，重新回到林中十字路村。"

"需要走多远？"

"最多1里路。"

"那我们就直奔林中十字路村，"约翰先生回答道，"明天早晨，天一亮就动身！"

说实话，我想不出比这更好的办法了，因为当时我确信，敌人不可能冒险深入阿尔贡森林的北部。

然而，这一晚，阵阵枪声搅乱了宁静，不时还传来大炮的沉闷

这天的路途极其累人。

轰鸣。不过，这些轰鸣距离还很远，而且是从我们身后传来，据此，我认为克莱尔费特，或者布伦瑞克正在试图攻占格兰德普雷隘路，因为那是唯一一条足够宽敞，能够让他们的部队穿越阿尔贡森林的通道。这一晚，无论约翰先生，还是我自己，我们连一个小时都没休息。尽管我们躲藏在茂密的树林里，而且与通往布里克奈的小路还有一段距离，但是，必须时刻保持警惕。

天蒙蒙亮，我们再次出发。我砍了几根树枝，制作了一个类似担架，铺上一层干草，让科雷夫人能够躺在上面，只要我们走路小心点儿，也许能让她免受跋涉之苦。

不过，科雷夫人心里明白，我们将因此倍加辛劳。

"不，"她说道，"不，我的儿子！我还有力气迈步……让我自己走！"

"你不能再走了，母亲！"约翰先生回答道。

"确实，科雷夫人，"我接着说道，"您不能再走了。我们很想走到最近的那座村庄，而且必须尽快赶到那儿。到了那儿以后，我们等着您恢复体力。甭管怎么说，这是在法国，没有任何一家人会拒绝对我们敞开大门！"

科雷夫人没有被我说服。她站起身来，试着走了几步，颓然倒地，幸亏她儿子和我姐姐就在身旁，扶住了她。

"科雷夫人，"于是，我对她说道，"我们的想法，就是拯救大家的性命。昨天夜里，枪炮声响彻阿尔贡森林的边缘，敌人已经不远了。我希望他们不会朝这边走过来。到了林中十字路村，我们就不用再担心被抓住，但必须在今天赶到那儿。"

玛瑟小姐和我姐姐也附和我们的请求，德·劳拉奈先生同样苦口婆心，科雷夫人终于点头同意。

片刻之后，她已经躺在了担架上。约翰先生和我各自抓住担架的一端。大家重新上路，斜穿过通往布里克奈的小路，直奔北方而去。

不言而喻，这一路困难重重，不仅要穿过茂密的矮树丛，还要从中找出可供通行的路径，我们不得不经常停下来休息片刻。将近正午时分，我们总算历经磨难，抵达了林中十字路村，这段路程总共大约1里半，耗时五个钟头，这一天是9月15日。

让我大为吃惊，同时也颇感烦恼的是，这是一座已被遗弃的村庄。村里的居民早已四散逃走，不是逃往沃兹耶，就是逃往色讷波普乐。那么，这儿究竟发生了什么事儿？

我们在村里的街道上徘徊，各家的房门和窗户全都紧闭。我原本指望获得的救援，难道真的成了泡影？

"那儿有一缕烟。"姐姐对我说道，边说边用手指向村子的尽头。

我赶紧朝那栋冒出炊烟的小房子跑去，敲响房门。

房子里走出来一个男人，他神色和善，一副洛林地区农民特有的慈眉善目，富于同情心的模样。这应该是一位好心人。

"您有什么事儿？"他对我说道。

"请您善待我的同伴，还有我。"

"你们是什么人？"

"从德国被驱逐出来的法国人，而且不知逃往何处安身。"

"进来吧！"

这位农民名叫汉斯·斯坦格。他和妻子，以及岳母一起，住在这栋房子里。他之所以没有离开林中十字路村，是因为他的岳母瘫痪多年，一直困坐在沙发里，无法起身。

于是，通过汉斯·斯坦格的讲述，我们知道了这个村子为何会被遗弃。阿尔贡森林的所有通道都已被法国军队占领。唯独林中十字路通道依然敞开着。因此，不用说，神圣罗马帝国的大兵们在失望之余，一定会赶来夺取这条通道。诸位这下明白了吧，倒霉的命运把我们带到这儿，而这儿恰恰是我们不该来的地方。如果我们想沿着林中十字路通道走出阿尔贡森林，就得重新钻进那些矮树丛。然而，科雷夫人的身体状况根本就不容许这么做。幸运的是，我们遇见了好心的法国人斯坦格一家。

这家农民生活得相当自在，看上去，他们很愿意帮助落难的法国同胞。不用说，对于约翰·科雷的国籍，我们也没有实话实说，因为如实道出只能让事情变得更复杂。

甭管怎么着，9月15日那一天平静无事，安然度过。16日，汉斯·斯坦格所说的那些令人担心的事也未发生。甚至在夜间，阿尔贡森林的侧面也未再传来轰鸣声。也许，联军还不知道林中十字路通道依旧畅通无阻。无论如何，由于这条通道过于狭窄，对于携带大量弹药和装备的部队来说，要想通过，确实障碍重重。他们不如去强攻格兰德普雷隘路，或者伊思莱特通道。想到这儿，我们内心重新生出希望。另一方面，经过休息和精心照料，科雷夫人的身体状况明显好转。真是位勇敢的女士！她缺乏的仅仅是体力，精神始终矍铄饱满！

狗屎运！就在16日那天下午，村子里开始出现可疑的身影，鸡窝里传来母鸡咕噜咕噜的嘀咕声，毫无疑问，附近有偷鸡贼。不过，我们很容易就辨认出来，这些家伙是德国人，他们干的多半是间谍勾当。

我们害怕极了。约翰先生赶紧躲藏起来,生怕被人认出来。我们的举动让斯坦格一家疑惑不解,我差一点儿就决定向他们坦白一切。就在此时,将近下午5点钟,汉斯跑回家,嘴里叫道:

"奥地利人!……奥地利人!"

事实上,来了好几千人,他们穿着白色军服,头戴筒状军帽,上面缀着高耸的双头鹰帽徽——凯泽陛下①的大兵——他们从布尔村出发,沿着林中十字路通道一路走到这儿。毫无疑问,一定是那些间谍告诉他们这条小路畅通无阻。也许,整个入侵行动都要从这儿开始,谁知道呢!

听见汉斯·斯坦格的叫声,约翰先生重新现身,来到他母亲躺卧的房间。

我看得见他,他就站在壁炉前。他在等待!……他在等什么?……是不是因为已经无处躲藏?可是,如果成为奥地利人的俘虏,普鲁士人很快就会把他弄过去,对他来说,就是死路一条!

科雷夫人从床上抬起身来。

"约翰,"她说道,"逃……赶紧逃走!"

"抛下你,我的母亲!……"

"我心甘情愿!"

"逃呀,约翰!"玛瑟小姐说道,"您的母亲,就是我的母亲!……我们不会抛弃她!"

"玛瑟!……"

---

① 凯泽是旧时德国、奥地利,或者神圣罗马帝国的皇帝的称呼,此处特指普奥联军的奥军士兵。

"我也一样,心甘情愿!"

在她俩的请求下,约翰先生只能服从。嘈杂声越来越大了。已经能看见穿村而过队伍的排头兵,很快,奥地利人就要来占领汉斯·斯坦格的房子。

约翰先生拥抱了母亲,最后一次亲吻了玛瑟小姐,随后,消失得无影无踪。

此时,我听见科雷夫人喃喃自语道:

"我的儿子!……我的儿子!……独自一人……在这个陌生的地方!……纳塔利!……"

"纳塔利!……"玛瑟小姐重复说道,同时用手指着房门。

我明白这两个女人希望我做什么。

"再见!"我叫道。

一眨眼的工夫,我已经跑出了村子。

"再见!"我叫道。

第二十一章

我们就此分手。这趟旅行历时三个星期,运气不错,终于结束了!可是,我们分手的地方距离终点还有几里路,到了那儿,大家才能安然无恙!分手时,我们心中忐忑不安,唯恐再也无缘相见。

几位女士留在一位农民家里,而这农民的家坐落在敌军占领的村子,保护她们的只有一位年届古稀的老翁!

说实话,我是不是应该留在她们身边?……然而,约翰先生独自在危机四伏的阿尔贡森林里逃亡,唯有我才能帮他,想到这儿,我怎能犹豫不决,不去追赶他呢?至于德·劳拉奈先生,还有那几位女伴,他们最多也就是失去自由——至少,我是这么希望。然而,对于约翰·科雷来说,他面临的可是生命危险。我一度曾想返回林中十字路村,但是为了救约翰先生一命,还是没回去。

那么,在16日这天,究竟是什么原因导致这个村子遭到敌军入侵?下面是事情的来龙去脉。

诸位应该还记得,在阿尔贡森林的五条通道中,只剩下一条,即林中十字路通道尚未被法军占领。

不过,为了防止遭到偷袭,迪穆里埃指派了一位上校,率领两个骑兵连,以及两个步兵营前往这条通道位于隆维附近的出口。那个地方距离林中十字路村很远，因此，汉斯·斯坦格对这些事儿一无所知。另一方面，由于确信神圣罗马帝国的军队不可能冒险走这条通道，因此，法军对林中十字路村并未采取任何防御措施，既没有设置路障，也没有安装栅栏。由于法军坚信，阿尔贡森林北部的这个地方很安全，那位上校甚至要求抽调部分兵力返回司令部——他的这个要求被接受了。

恰在此时，奥地利军队嗅觉灵敏，派人前来探察这条通道。因此，才会有那么多德国间谍出现在林中十字路村。随后，敌军占领了通道。如此一来，由于一着不慎，阿尔贡森林通往法国的一扇大门被打开了。

布伦瑞克获悉林中十字路可以通行，立即下令占领该通道。这件事儿发生时，他正在为无法进入香槟平原而一筹莫展，打算挥师北上直奔色当，从北侧绕过阿尔贡森林。然而，一旦他占据了林中十字路村，尽管毫无疑问，他的部队在路上难免遇到诸多困难，但毕竟能利用这条通道深入阿尔贡森林。于是，他派出了一支奥地利军队，以及利涅亲王①率领的流亡者。

面对敌军进攻，那位法军上校及其部下仓促应战，被迫后撤，退往格兰德普雷隘路。于是，敌军控制了这条通道。

这就是事情的来龙去脉，彼时，我和约翰先生正在逃跑的路上。事情发生后，迪穆里埃试图补救这个严重的错误，派遣沙佐将军率领两个旅，六个骑兵连，以及四门大炮，试图在奥地利军队尚未筑起坚固堡垒时，把他们赶出通道。

很不幸，9月14日，沙佐没做好行动准备，15日，仍然没有行动。

---

① 利涅亲王（1735—1814），比利时贵族，曾任神圣罗马帝国元帅。

直到16日夜间法军发起进攻时,已经太迟了。

实际上,如果沙佐成功地把奥地利军队赶出通道,甚至击毙利涅亲王,他本来还能抵挡住更多敌军的进攻。可惜,经过英勇奋战,最终,林中十字路通道还是失守了。

对于法国来说,这次失误实在令人遗憾,而且,我还得补充说一句,对我们来说,也很遗憾。因为,假如没有这次可悲的失误,早在9月15日,我们就应回归法国同胞的怀抱了。

现在,夺回通道已经不可能了。事实上,沙佐发现自己与司令部的联系已被切断,于是下令退往沃兹耶,与此同时,把守色讷波普乐的迪布尔担心自己被包围,随即向阿蒂尼撤退。

就这样,在神圣罗马帝国的军队面前,法国边界防线被撕开了。迪穆里埃陷入被包围的险境,甚至不得不缴械投降。

彼时,在巴黎与阿尔贡森林之间,在入侵敌军面前,还有一系列难以逾越的障碍。

至于我和约翰·科雷两人的处境,我不得不承认,非常糟糕。

离开汉斯·斯坦格的家之后,我很快就在茂密的树林里找到约翰先生。

"您……纳塔利?"他惊叫道。

"是的!……我!……"

"可是,您答应过我,永远不抛弃玛瑟,还有我母亲!"

"等一下,约翰先生!请听我说!"

于是,我对他坦率地说道:我熟悉阿尔贡地区,包括它的地形和地势,而约翰先生对此一无所知;何况,科雷夫人和玛瑟小姐都命令我(可以这么认为)跟上来,于是,我毫不犹豫……

"如果我做得不对，约翰先生，"我补充道，"就让上帝惩罚我！"

"那就一起吧！"

在这种时候，我们已无法沿着这条通道，直奔阿尔贡森林的边缘。奥地利人可能已经走出林中十字路通道，甚至走上通往布里克奈的羊肠小路。为此，我们必须朝西南方直插下去，设法跨越埃纳河。

我俩朝着那个方向飞奔，一直走到天色完全黑下来。在黑暗中，如何辨别方向？不能冒险前行。于是，我俩就地歇息了一宿。

天蒙蒙亮，枪声不断传来，距离我们不过半里远。那是隆维的志愿者们试图从奥地利人手里夺回通道。不过，他们势单力薄，很快被敌军驱散。很不幸他们并未跑进森林里，否则，我们就能遇见他们，并从他们口中得知，迪穆里埃的司令部就设在格兰德普雷隘路。我俩还能陪着他们赶往那里。而且，后来我才得知，在格兰德普雷，我能找到亲爱的庇卡底皇家团，这支队伍早已离开查尔斯维尔，加入了中央集团军。一旦到了格兰德普雷，约翰先生和我就能与朋友们相聚，我俩就算获救了，并且还能想方设法救助我们留在林中十字路村的最亲爱的同伴们。

可惜，那些志愿者退出了阿尔贡森林，沿着埃纳河溯流而上，从那儿赶去与司令部会合。

这晚天气很不好。蒙蒙细雨从天而降，寒冷刺骨。我们身上的衣服早已被荆棘扯烂，褴褛不堪，就连我裹在身上的毯子也未能幸免。更麻烦的是我们脚下的鞋子，几乎破烂不堪。难道我们真的将如同"基督徒"一般（这是我们村里的土话）光脚走路[①]？最终，由

[①] 此处为俚语，暗喻耶稣基督受难时，光脚走向十字架。

于雨水不停地从树枝间跌落，我们浑身被冻得僵硬。我试图找个洞穴藏身，但是白费力气。除此之外，不时传来几声警报和枪响，距离我们非常近，有两三次，我甚至看见射击的火光。而且，不时传来普鲁士大兵的喊叫声。令人不寒而栗！……看起来，为了避免被人抓住，我们还要向更远的密林深处转移。啊！真是多灾多难！但愿晨光能晚一点儿露头！

天刚亮，我们重新开始在林中奔跑，我说奔跑，那是因为，我们在地势允许的前提下，尽量快速前行。与此同时，我依据初升太阳的方位，把准前进方向。

此时，由于腹内空空，我俩饥肠辘辘。约翰先生逃离斯坦格家的时候，没来得及拿点儿食物。我呢，当时猛冲出门，犹如一个疯子，因为担心逃跑的路线被奥地利大兵截断，同样也没来得及拿食物。于是，我俩身无食物，只好自怨自艾①。树林里小嘴乌鸦、红隼，以及各种小鸟飞来飞去，特别是小鸦②，上百只成群在树丛中穿梭，不过，很少看得见野猪。偶尔能见到野兔的巢穴，或者几对松鸡在树丛里一闪而过。可是，如何抓住它们？幸运的是，阿尔贡森林里到处有栗子树，我把栗子埋在灰里，上面堆起枯枝，撒点儿火药，燃起篝火。这玩意儿很管用，能让我们不至于饿死。

夜幕降临——这是一个寒冷漆黑的夜晚。由于树林过于茂密，我俩走了一天也没走出多少路。不过，阿尔贡森林的边缘应该不远了。我们听见步枪齐射声，那是侦察兵沿着埃纳河进行的火力侦察。无论如何，我们还需要大约24个小时，才能跑到埃纳河对岸，在沃

---

① 此处为俚语，直译为"身上啥也没有，只好在咖啡馆前卖艺乞食"。
② 鸦科有73属316种，为小型鸣禽，一般主食植物种子，遍布全球。

兹耶，或者河左岸的那些村子里找到落脚点。

我就不花费笔墨描写我们的疲惫状态了，我们也根本顾不上疲劳。这天夜里，尽管我脑海里萦绕着万般恐惧，但是，由于实在太困了，我禁不住躺倒在一棵大树下。我还清楚地记得，在眼皮合拢的那一刻，心里还想着冯·格拉维特上校指挥的那个团，就在几天前，这个团在林中空地遗留了三十来具尸体。这个团，还有那个上校和他的军官们，我真想让他们都见鬼去。紧接着，我进入了梦乡，他们也都去见了鬼。

清晨，我发现约翰先生睁着双眼。他很少考虑自己——我太熟悉他了，不会看错。他心里想的，无非是自己的母亲，还有玛瑟小姐，她俩留在林中十字路村的房子里，如果落到了奥地利人手里，将面临极不公平的对待，甚至可能受到虐待，想到这儿，约翰先生心如刀绞。

总之，这个夜晚，约翰先生通宵站岗，而我也睡得不踏实，因为，不远处再次响起轰鸣声。我一直睡得迷迷糊糊，约翰先生也没打算叫醒我。

就在我俩准备重新上路的时候，约翰先生拦住我，说道：

"纳塔利，听我说。"

他说话的语气，完全像一个下定决心的男子汉。我知道他想要说什么，于是抢先回答道：

"不，约翰先生，如果您想要跟我说分手的事儿，那么，我不想听您说。"

"纳塔利，"他接着说道，"您跟着我，完全是为了我而做出牺牲。"

"就算是吧。"

"如果仅仅是辛苦劳累,我就不说什么了。但是,眼下我们身处险境。倘若我被抓住,甚至,您与我一起被抓住,他们不会饶了您。您也将面对死亡……倘若是这样,我无法忍受。因此,您走吧!……越过边界……我也试着独自越过边界……假如我们没有机会再相见……"

"约翰先生,"我回答道,"我们抓紧时间上路吧。我们将一起获救,或者,一同赴死!"

"纳塔利……"

"我向上帝发誓,绝不离开您!"

于是,我们再次出发了。这天的头几个小时,嘈杂声响彻四周,步枪齐射夹杂着隆隆炮声。这是对林中十字路通道发起的新一轮进攻——由于敌军人数众多,进攻并未取得成功。

随后,将近8点钟,四周重新归于平静,连一声枪响也听不到。我们弄不清状况,心中惴惴不安!毫无疑问,在林中十字路通道发生过一场战斗,但是,战斗的结局究竟如何?我们是否应该穿过森林继续向北走?不!我本能地觉得,那样将会自投罗网。我们还是应该按照既定路线,继续前往沃兹耶。

夜幕降临。我们距离埃纳河应该只剩1里路了。第二天,倘若一切顺利,我们就能赶到河对岸,并且获救。我们只需沿着河右岸向南走1个小时,就能通过塞努克桥,或者格兰德汉桥,无论克莱尔费特,还是布伦瑞克,都还没来得及占领那里。

将近8点钟,我俩停下歇息,找了一处浓密的矮树丛,钻进去,尽可能地躲避寒冷。树林里一片寂静,只听见雨水滴落在树叶上的声音。然而，不知为什么，万籁俱寂，我却有一种不安的感觉。

突然，大约相距20步远的地方，传来说话声。约翰先生一把抓紧我的手。

"是的，"来人说道，"我们从林中十字路村开始，一直跟踪这些足迹！"

"他们逃不脱我们的手心！"

"不过，奥地利人不会支付1000弗罗林！……"

"不！……不！伙计！……"

约翰先生越来越紧地抓住我的手。

"那是布赫的声音！"他在我耳边轻声说道。

"这帮浑蛋！"我回答道，"他们总共有5个，可能6个人！……我们别等他们过来！……"

于是，我俩在草丛中爬行，钻出了矮树丛。

突然，一根折断的树枝声暴露了我们的位置。几乎同时，一声枪响，火光照亮了灌木丛。我俩被对方发现了。

"过来，约翰先生，跟我来！"我叫道。

"在被抓住之前，先打碎其中一个坏蛋的脑袋！"

紧接着，他朝扑向我们的那群人，用手枪开了一枪。

我觉得，其中一个无赖被打倒在地。不过，在看清楚这一切之前，我得转身逃跑。

我俩迈开大步，全力急速奔跑。我觉得布赫及其同伙紧随追来。我们跑不动了！

一刻钟后，这帮无赖再次扑向我们。他们总共有6个人，手持武器。

我觉得，其中一个无赖被打倒在地。

转眼之间,我们被打倒在地,双手被绑,在拳打脚踢下,被驱赶而去。

1个小时后,我俩被交到已经占领隆维的奥地利人手里。

随后,奥地利人把我俩关进村里的一栋农舍,严密看管起来。

第二十二章

布赫能追踪到我们的足迹，仅仅是靠运气吗？我倾向于这么认为。因为，一段时间以来，我们一行人的运气实在太差了。不过，后来我们了解到一些事情，而这些事情，当时我们不可能知道：自从最后一次与我们相遇后，布赫的儿子一直在寻找我们，不过，诸位请相信，他并不是为了给死去的兄弟报仇，而是为了挣那笔1000弗罗林的赏金。如果说，自从我们进入阿尔贡森林后的第一天起，他就再没找到我们的踪迹，那么，在林中十字路村，他又重新发现了我们的踪迹。16日下午，一群间谍潜入那个村庄，他就是其中的一个。在斯坦格家，他认出了德·劳拉奈先生和小姐、科雷夫人，以及我的姐姐。他还获悉，我俩刚刚动身离开他们，应该还没走远。6个和他一样的无赖结成一伙，一起朝我们跟踪而来。剩下的事情，诸位已经知道了。

现在，我俩被严密看守，根本没办法逃脱，只能等待命运的判决——等待的时间不会太长，也不会有啥不一样——正如俗话所说：我们只需给家人写封告别信。

我首先仔细打量了关押我们的房间。它占了一栋平房底层的一半。有两扇窗户，彼此相对，前面的窗户冲着街道，后面的窗户朝着后院。

毫无疑问,当我们从这栋房子出去的时候,就是踏上了死亡之路。

约翰先生身负双重罪名,一条是殴打军官,还有一条是在战时开小差;至于我本人,罪名是同谋犯,而且鉴于我的法国人身份,还有间谍嫌疑。我们的来日无多。

于是,我听见约翰先生喃喃自语道:

"这一回,我们完蛋了!"

我什么也没说。我承认,自己历来秉持的自信心被深深地动摇了,眼前的处境令我彻底绝望。

"是的,完蛋了!"约翰先生重复说道,"不过,只要我母亲、玛瑟,还有我们热爱的所有人脱离险境,就算我们完了,也没啥了不起!但是,我俩走了之后,他们可怎么办呢?他们是否还在那个村子,还是在奥地利人手里?……"

说实话,假如他们没有被带走,我们彼此相隔的距离并不远。从林中十字路村到隆维,满打满算,不过只有一里半的路程。但愿我俩被逮捕的消息不要传到他们的耳朵里!

这才是我考虑的问题,也是我最担心的事情。对于科雷夫人来说,这个消息犹如致命一击。是的!我宁愿让奥地利人把他们押往大部队的前哨阵地,送到阿尔贡森林的另一侧。然而,科雷夫人的身体勉强才能走动,如果被迫上路,如果她得不到照料……

一夜过去了,我们的境况没有变化。当你距离死神近在咫尺的时候,脑海里难免冒出悲恸欲绝的念头!此时,我们这一辈子的经历,迅速从眼前一一闪过。

别忘了,两天来,我俩仅靠栗子充饥,此时,难免饥肠辘辘,饿得要死。他们居然想不起来给我们送点食物。哎，真是活见鬼！对于布赫这些浑蛋来说，我俩价值上千弗罗林，这个价格，难道不值得给我们送点儿吃的！

确实，我们再也不曾看见布赫。毫无疑问，他一定去向普鲁士人报告自己抓到了猎物。我想着，他这一趟来回需要一些时间。关押我们的是奥地利人，但是，决定我们命运的却是普鲁士人。他们或者将要赶来林中十字路村，或者，有人会将我俩押送到他们的司令部。这样看来，除非有命令在隆维处决我俩，否则，死刑还将拖延些时日。甭管怎么说，总不能让我俩就这么饿死。

清晨，将近7点钟，房门打开了。一位身穿罩衣的随军商贩送进来一盆汤——一盆菜汤，或者貌似菜汤的东西，以及被汤浸泡过的面包。食物的质量不咋的，数量差强人意。我们没有权利挑剔食物的好坏，况且我早已饿极了，赶紧低头狼吞虎咽。

我本来想问一问这位随军商贩，从他口里弄清楚，在隆维，特别是在林中十字路村，究竟发生了啥事儿，弄清楚普鲁士大军是否已经靠近，他们的意图是否夺取通道，然后穿越阿尔贡森林，总而言之，弄清楚外面到底是个啥情况。然而，我的德语很糟糕，既无法让对方听懂，也听不懂对方说的话。然而此时，约翰先生正陷入沉思，默默不语。我实在没辙了，因为，我根本无法与这个人交谈。

这天上午，什么新鲜事儿也没发生。我们一直受到严密看管。不过，他们允许我俩在小院儿里来回溜达，奥地利人看守着我俩，我相信，他们的目光与其说是同情，不如说是好奇。在奥地利人面前，我尽量表现得轻松自如，把双手插在裤兜里来回漫步，同时嘴里吹着庇卡底皇家团欢快的进行曲。

我甚至忍不住自言自语道：

"走呀，走呀，吹口哨，可怜的乌鸫被关在笼子里！……很快，你的喉管就要被切断！"

正午时分，又送来一盆汤和面包。食物单调乏味，只能勉强下咽，我甚至开始怀念阿尔贡森林里的栗子了。那个吝啬的随军商贩尤其令人讨厌，只见他满脸不屑的样子，似乎在说："对你们俩，这就不错啦！"

上帝呀！我真想把这盆子扣到他脑袋上！不过，为了保住盆里的食物，为了保存体力，不至于在最后时刻软弱无力，我忍住了！

我甚至说服约翰先生与我一起分享了这份微薄的午餐。他理解我的想法，勉强吃了一点儿，但心里仍想着其他事情，心思放到了别的地方，在那儿，在汉斯·斯坦格的家里，他思念自己的母亲，还有未婚妻。他嘴里念叨着她们的名字，呼唤着她们！有时候，他陷入类似谵妄的状态，禁不住扑向房门，似乎想去与她们相聚！然而，房门很结实，于是，他颓然倒地。虽然他并未痛哭流涕。但神情显得更可怕，如果哭出来，反而会轻松一点儿。哦，不！看着他，我心如刀绞。

在这段时间里，不断有队伍经过，队形不太整齐，手里的武器横七竖八。然后，又有其他部队穿过隆维城，既没有敲起军鼓，也没有吹响军号。敌军正在悄悄移动，准备占领埃纳河一线。从隆维城经过的军队足有数千人。我真的很想知道，这些队伍究竟是奥地利人，还是普鲁士人！另外，阿尔贡森林的另一侧悄无声息，连一声轰鸣都听不见，法兰西的大门已经豁然洞开！……甚至，都没有人去保卫它。

将近夜里10点钟，一个班的士兵出现在我俩的房间，这些都是普鲁士军人，而且，让我大吃一惊的是，我认出他们都穿着利布团的军服，这支部队曾经在阿尔贡森林与法国志愿者交过手，现在来到隆维。

他们把约翰先生和我的双手绑在身后，让我俩走出房间。

约翰先生向那个下士班长询问道：

"你们要把我俩押送去哪里？"

作为回答，这个无赖一把将我俩推了出去。看起来，我俩将要像可怜鬼一样，不经审判就被处决。可惜我赤手空拳！而且，即使我能上前与这些野蛮人打交道，他们只会像枪骑兵①那样嘲弄你！

我们这一小队人沿着隆维的街道走着，这条道连着通往沃兹耶的大路，通向位于村边不远处的阿尔贡森林边缘。

走了500步后，我们在一片林间空地停下来，利布团就驻扎在这儿。

片刻后，我俩站在了冯·格拉维特上校面前。

他只是看了我俩一眼，一句话也没说，紧接着他转过身，做了一个出发的手势，随即整个团队动身出发。

此时，我已经明白，他们想让军事法庭审判我俩，经过某种形式的判决，让我俩的胸膛挨上12颗子弹。假如利布团继续驻扎在隆维，这个判决就会做出并立即执行，然而，看起来情况有点儿紧急，联军必须抓紧时间，抢在法国人之前占领埃纳河一线。

事实上，迪穆里埃在获悉神圣罗马帝国的军队占领林中十字路通道后，立即实施了一项新的作战方案。按照这个方案，法军将沿

---

① 此处特指那个时代普鲁士、奥地利等国的枪骑兵。

着阿尔贡森林的左侧向南运动，一直插到伊思莱特通道，与先前占领此地的狄龙的部队会合。如果是这样，法军将面对从边境过来的克莱尔费特率领的奥军，以及由布伦瑞克率领的已经攻入法国境内的普军。其实，法军需要等候穿越阿尔贡森林的普鲁士军队，一旦格兰德普雷隘路被攻陷，法军就要切断通往沙隆①的道路。

因此，迪穆里埃于15日至16日的夜里，悄无声息地把司令部向后撤退，越过埃纳河上的两座桥后，他率领麾下军队停留在奥特里一线，那儿距离格兰德普雷大约4里远。其间，法军产生过两次恐慌，出现短暂的骚乱，尽管如此，迪穆里埃继续率军从那儿前往汉斯河畔达马丁，并抵达了位于圣默努尔德的预设阵地，那儿正好位于伊思莱特通道的出口。

与此同时，由于普鲁士军队即将通过格兰德普雷隘路穿越阿尔贡森林，迪穆里埃十分谨慎地把守住艾比纳的阵地，它位于通往沙隆的路上，一旦敌军向那儿发起攻击，必须坚守不能丢失。为此，法军需要在圣默努尔德与敌军交战。

此时，伯农维尔将军②、沙佐将军，以及杜布盖将军都接到命令，各自率军与迪穆里埃会合，同时，迪穆里埃急令凯勒曼加速前进，后者已于4日离开梅斯。

如果这些将军都能准时率军抵达，迪穆里埃将拥有35000人，足以抵挡神圣罗马帝国的军队。

其实，在最终确定自己的作战方案前，布伦瑞克和他麾下的普

---

① 沙隆是位于法国香槟地区的一座城市，历史上曾发生过著名的沙隆战役。
② 伯农维尔侯爵（1752—1821），法国大革命战争期间的法国将领，后被授予法国元帅。

鲁士军队曾一度犹豫不定。最终，他们决定攻占格兰德普雷隘路，从那儿穿越阿尔贡森林，进而夺取通往沙隆的道路，在圣默努尔德包围法国军队，迫使其缴械投降。

这就是利布团匆忙离开隆维的原因，也是我们沿埃纳河溯流而上的原因。

天气糟糕透了。雾气笼罩，细雨蒙蒙。道路泥泞不堪，弄得人浑身泥浆。我俩双手被绑，跟跄蹒跚，简直苦不堪言！说实话，真不如把我俩就地枪毙算了！

然而，普鲁士人对我俩没有丝毫怜悯！他们给我俩的凌辱，比路上的泥浆更难忍受！

至于那个弗朗茨·冯·格拉维特，多次跑过来与我俩相对而视！约翰先生实在忍不住，顾不上双手被绑，伸出手去抓对方，真想一把掐住中尉的脖子，就像掐住一头恶兽，把他掐死！

队伍沿着埃纳河急速前进，途中还得蹚过没膝深的溪流，诸如多尔玛斯溪、图尔布溪，以及比奥内溪。为了赶去占领圣默努尔德的高地，队伍始终没有停顿，不过，由于经常陷入泥潭，队伍行进的速度并不快。当普鲁士军队终于赶到迪穆里埃的军队面前时，他们心里明白，法国人已经依靠伊思莱特通道，站稳了脚跟。

就这样，我们一路行军，一直走到晚上10点钟。部队刚刚领到食物，这些食物还不够普鲁士人吃的，怎么舍得分给我俩，两个被他们当作畜生虐待的俘虏！

约翰先生和我，我俩难得有机会相互交谈，每次说话总要挨打。这些人极为野蛮凶残，不用说，他们想以此取悦弗朗茨·冯·格拉维特，而且，他们确实做到了！

真不如把我俩就地枪毙算了!

9月19日至20日的夜里，我俩度过了迄今为止最痛苦的一晚。我俩不禁怀念起在阿尔贡森林的矮树丛里，作为流亡者度过的歇息时刻。最后，天亮之前，队伍抵达了圣默努尔德的左侧，这里是一片貌似沼泽的洼地。宿营地就安置在泥地里，泥浆淹没脚踝。不能点燃篝火，因为普鲁士人不想暴露自己的行踪。在这堆男人中弥漫着一股恶臭味，就像俗话说的，简直臭不可闻①！

终于天亮了——毫无疑问，这将是开仗的一天。也许，庇卡底皇家团就在那儿，然而，我却无法与自己的同伴一起，加入战斗行列！

许多人经过宿营地，穿梭般跑来跑去，其中既有传令兵，也有副官，他们快速跑过这片洼地。战鼓敲响了。军号吹起了。从右侧传来几声轰鸣……

总之！法国人比普鲁士人抢先一步到达圣默努尔德！

将近上午11点钟，一个班的士兵过来找到我和约翰先生两个人。他们先把我俩押解到一座帐篷前，帐篷里坐着好几个军官，居中的是冯·格拉维特上校。是的！他亲自主持这个军事法庭！

时间不长。简单的程序，验明我们的身份。另一方面，约翰·科雷由于殴打一位军官，早已被判处死刑，现在，又因开小差，再次被判处死刑。至于我，罪名是法国间谍！

根本不容我们争辩，而且，上校紧接着说道，死刑将立即执行。就在此时，我高呼一声：

"法兰西万岁！"

"法兰西万岁！"约翰·科雷重复道。

---

① 此处为俚语，直译为"宁愿用铲子埋，也不愿用鼻子嗅"。

第二十三章

这一回，我俩真的完了。可以说，步枪的枪口已经对准我俩！只需等待指挥官一声令下，"放！"于是，约翰·科雷与纳塔利·得勒彼埃尔就一命呜呼了。

帐篷外面来了一小队士兵，他们是来枪毙我俩的——12名利布团的士兵，由一名中尉指挥。

他们没有重新绑缚我俩的双手，有啥用呢？我们又不可能逃跑。毫无疑问，也就走几步远，就在那儿，靠着一堵墙，或者站在一棵大树脚下，我们即将倒在普鲁士人的枪下！啊！真遗憾我不是死在战场，我在战场上可以尽情挥舞军刀，或者，被一颗炮弹打成两截！但毫无抵抗地丢掉性命，真是太窝囊了！

我俩走着，约翰先生一言不发，心里还想着玛瑟，可惜再也见不到了。他还想着自己的母亲，自己的死对她犹如致命一击。

至于我，我心里想着姐姐伊尔玛，还有我另一个姐姐菲尔米妮，以及我们家的所有其他成员！……我似乎看见了自己的父亲、母亲，我们的村子，我热爱的所有人，我的团队，以及我的祖国……

这帮当兵的把我们押到了什么地方，我俩谁都没有注意。不过，甭管押送到哪儿，又有什么关系！反正我俩将要像狗一样被处死！

噢！真气死我了！

当然啦，既然是我本人向诸位讲述这件事儿，而且是我亲笔写下这段文字，那就说明，我逃脱了死亡。不过，这个故事的最终结局究竟如何，作为讲述者，就算让我凭空捏造，也难以令人置信。诸位将继续往下看。

在大约50步远的地方，我们经过利布团的营地。大家都认识约翰·科雷，但是，却没有一个人对他表示同情——然而，对于任何一个将死之人，这种同情都不应被拒绝！这都是些什么人呀！这些普鲁士人，他们都只配听命于格拉维特人①！中尉看见了我们，他盯了一眼约翰先生，后者回瞧了他一眼。对前者来说，复仇心理得到了满足；至于后者，只剩下对前者的蔑视……

在那一刹那，我发现这个无赖打算跟我们一起走。此刻我甚至猜想，他可能想要亲自下达开火的命令！然而这时，传来了军号声……中尉转身消失在一群士兵当中。

布伦瑞克的军队占领了若干个高地，我们绕过其中的一个高地。这些高地俯瞰那座小城，在四分之三里的范围内，对小城形成环抱之势。这些高地被统称为"月亮高地"，通往沙隆的大路就从山丘下经过。至于法国军队，他们盘踞在附近的其他山丘上。

在我们所处的山丘下面，众多敌军已经展开，正准备爬上来，居高临下控制圣默努尔德。如果这些普鲁士军队成功爬上山丘，迪穆里埃将处于非常被动的境地，何况他面对的敌军占有数量优势，可以对法军实施炮火压制。

---

① 格拉维特人兴盛于距今3.3万年至2.1万年的欧洲北部大陆，拥有严密的家庭组织，能够有效地捕获野兽。

如果天气晴朗，我应该能看清山丘上法军军装的颜色。然而浓雾笼罩了一切，太阳也无法驱散雾气。我们听见大炮轰鸣，但是，只能隐约看见炮火的闪光。

简直不敢相信！我居然生出某种希望，或者不如说，我强迫自己不要绝望。

我不禁幻想，在我们被押送去的那个方向，会不会有人前来拯救我们？迪穆里埃召集来的所有军队，是否已经麇集在圣默努尔德周围，听从他的调遣？有啥办法呢？当一个人实在不想去死的时候，难免胡思乱想！

此时，已经将近上午11点15分，对于我们来说，9月20日的正午，我们永远也等不到了！

其实，我们已经走到行刑的地方了。这一小队士兵刚刚离开通往沙隆的大道，走向道路的左侧。雾气依然十分浓重，100码开外模糊一片，啥也看不见。然而，我们能感觉到，太阳很快就将驱散浓雾。

我们走进了一片小树林，这里被指定为刑场，我们注定将永远无法离开此地。

远方传来阵阵战鼓声，响亮的军号声，中间夹杂着大炮的轰鸣。还有密集的步枪齐射声。

我想方设法弄清楚眼前的状况，在这种时候，我居然还能对这些事情感兴趣！我察觉到战斗的厮杀声来自右侧，并且越来越近。难道，在通往沙隆的路上发生了战斗？难道，有一支队伍从艾比纳营地出来，冲击了普鲁士军队的侧翼？我百思不得其解。

如果说，我能如此细致地向诸位描述这一切，那是因为，我执意想让诸位理解我当时的精神状态。至于那些事情的细节，已经深深印刻在我的记忆中。更何况，对于这样的经历，我终生难以忘怀。对我来说，这些事儿好像就发生在昨天，历历在目！

我们刚刚走进小树林。走了大约百十来步，那一小队士兵在一片树桩前停了下来。

就是在这儿，约翰先生和我将要被枪毙。

指挥官——他的面容冷酷无情——命令队伍停住。那队士兵并排站在一侧，把枪杵在脚旁，我能听见枪托撞击地面的声音。

"就在这儿吧。"指挥官说道。

"好的！"约翰·科雷回答道。

他回答的语气十分坚定，昂着额头，目光充满自信。

与此同时，他靠近我，用他最喜欢的法语说，这应该是我最后一次听他说话。

"纳塔利，"他对我说道，"我们就要死了！最后的时刻，我想到的依然是我的母亲，还有玛瑟，她是我在这个世界上最爱的人！两个不幸的女人！但愿上天保佑她们！至于您，纳塔利，请原谅我……"

"让我原谅您什么呢，约翰先生？"

"是的，由于我，让您……"

"约翰先生！"我回答道，"您没有任何事情需得到我的原谅。我所做的一切，都是心甘情愿，而且，即使再来一次也同样！请让我拥抱您吧，让我们两人勇敢地赴死吧！"

我俩相互紧紧拥抱在一起。

我这辈子都忘不了约翰·科雷的神态，只见他转身面向那个军官，用极为坚定的语气对他说道：

"请您下令吧！"

军官做了一个手势，4名士兵走出队列，从背后推着我俩，一直把我们推到同一棵树下。我们两人将同时被枪毙，倒在一起……好吧，我更喜欢这样。

我还记得，那是一棵山毛榉树，整棵树干的树皮都被剥光了。此时，雾气开始消散，其他树木纷纷显露身形。

约翰先生和我，我俩站着，手拉着手，看着面前那排士兵。

军官让开一点儿。我听见子弹上膛的声音，不禁握紧了约翰·科雷的手，我向诸位发誓，他的手紧握我的手，丝毫没有发抖！

士兵们举枪抵肩，听到第一声口令，他们将要瞄准，听到第二声口令，他们就会开火，然后，一切就结束了。

突然，在那排士兵的身后，从树林中传来喊叫声。

我的老天，上帝呀！我看见了什么？……在玛瑟小姐和我姐姐伊尔玛的搀扶下，科雷夫人出现了。我们勉强能听见她的喊声，只见她手里挥动着一张纸，与此同时，玛瑟小姐、我姐姐，还有德·劳拉奈先生齐声重复着她的喊叫声：

"法国人！……法国人！"

恰在此时，响起一阵巨大的轰鸣，我瞧见科雷夫人颓然倒地。

然而，无论约翰先生，还是我自己，我俩谁都没有倒下。难道这轰鸣声不是来自那队士兵的射击吗？……

不是！他们中的半数已经倒在地上，与此同时，那个军官，还有剩下的士兵飞也似的逃跑了。

此时，从树林里，从各个方向传来一片喊叫声，这喊声至今仍

他的手紧握我的手，丝毫没有发抖！

在我耳边回响:

"冲啊! 冲啊!"

这确实是法国人的呼喊声,而不是普鲁士人野蛮地喊叫"向前"的声音!

一队我们的士兵从通往沙隆的路上冲了出来,刚好冲过这片树林,我敢说,这时间恰到好处! 他们射出的子弹快了一步,仅仅比那队普鲁士大兵的子弹早出膛几秒钟……这就足够了。现在,我很想知道,我们勇敢的同胞如何能够那么凑巧,在那儿现身?……事后,我才弄明白。

约翰先生扑向自己的母亲,玛瑟小姐和我姐姐分别搀扶着她的胳膊。这个可怜的女人以为刚才的轰鸣是枪毙我们的射击声,禁不住颓然倒地,失去知觉。

然而,在自己儿子的亲吻下,科雷夫人苏醒了,清醒过来,她嘴里仍在不停地念叨那句话,那语气令我终生难忘:

"法国人!……他是法国人!"

她究竟想要说什么? 我转身面向德·劳拉奈先生……他什么也没说。

此时,科雷夫人的手紧紧握着,好像死了一般僵硬,于是,玛瑟小姐取出科雷夫人攥在手里的那张纸,把它递给约翰先生。

至今,那张纸好像还浮现在我眼前,清晰可见,那是一份名为《时代报》的德国报纸。

约翰先生接过报纸,读了起来。他禁不住热泪盈眶。上帝呀! 在这样的时刻,识文断字的本领简直太重要了!

于是,约翰先生的嘴里也冒出了同样一句话。他站起身,脸色

"冲啊！冲啊！"

陡然大变，如同着了魔一般。他说的话，我听不大明白，因为过于哽咽，他的声音变得含混不清。

"法国人！……我是法国人！……"他高声叫道，"啊！我的母亲！……玛瑟……我是法国人！……"

紧接着，他激动不已，双膝跪倒，感谢上帝。

不过此时，科雷夫人已经站起身来，说道：

"现在，约翰，没有人还能强迫你与法国交战！"

"没有了，母亲！……现在，我有责任，而且也有义务，为法国而战！"

第二十四章

约翰先生拉着我就走,甚至没时间解释一下缘由。此时,响起隆隆的炮声,我们与冲出树林的法国人一起在炮声中前进。

我百思不得其解。怎么回事?约翰·科雷不是科雷先生的儿子吗,科雷先生不是地道的德国人吗,他怎么又成了法国人?我弄不明白!我能够说的就是,他将作为一个法国人参加战斗,而我与他并肩作战!

现在,必须说明一下,在9月20日的那个早晨,究竟发生了什么大事儿,以及在通往沙隆的道路旁的小树林里,为何如此及时地出现了一支由我们的士兵组成的部队。

诸位应该还记得,在16日夜间,迪穆里埃下令撤离位于格兰德普雷的驻扎营地,转移到位于圣默努尔德的既设阵地。经过4至5里路的行军,他和部下于第二天抵达那里。

在圣默努尔德前面,环形分布着众多山丘,山丘之间是深邃的沟壑。

山丘脚下分布着坑洼不平的沼泽,这片沼泽地由奥雷河冲积形成,一直延伸到奥雷河与埃纳河的汇合处。

在圣默努尔德的右侧,有数座山丘,名叫"海伦高地",它的对面是"月亮高地",左侧是"吉佐库尔高地"。在它们之间坐落着圣默努尔德，它位于一片貌似沼泽的低地，通往沙隆的大路就从那儿经过。放眼望去，这片低地上突兀着几座不起眼的低矮小丘——其中一座小山丘上有一个被称为"瓦尔密"的磨坊，它俯瞰着一座同名的村庄，自1792年9月20日后，这个村庄变得举世闻名[1]。

率军抵达后，迪穆里埃占领了圣默努尔德。他可以依托狄龙的部队，据守住这个位置。那支部队原本用来保卫伊思莱特通道，准备抵御任何企图占领阿尔贡森林侧面的奥地利，或者普鲁士军队。这些获得充分给养补给的士兵，纪律极其严明，他们在那儿热烈欢迎自己的将军。而且，这支部队的严明纪律与来自沙隆的志愿者们形成鲜明对照，他们认为，那些志愿者中的大多数都是胆小鬼[2]。

然而，自从放弃格兰德普雷的营地后，凯勒曼率军向后撤退。因此，直到19日，他距离圣默努尔德还有2里路程，与此同时，伯农维尔率领原先驻守莫尔德营地的9000人的后备部队，已经抵达圣默努尔德。

按照迪穆里埃的设想，凯勒曼的部队应该前去占领吉佐库尔高地，从那儿俯瞰月亮高地，因为此时，普鲁士军队正冲向月亮高地。但是，迪穆里埃的命令被误解了，凯勒曼的部队，包括他麾下的瓦朗斯将军，跑去占领了瓦尔密小山丘，随行的还有夏尔特尔公爵[3]率领的12个步兵营，以及12支炮兵分队。不过，在这场战斗中，夏

---

[1] 此次战役为法军战胜普奥联军的重要战役，即法国历史上著名的，以该村庄而得名的瓦尔密大捷。
[2] 此处为俚语，直译为"他们连上绞刑架的资格都没有"。
[3] 夏尔特尔公爵（1773—1850），即后来的法国国王路易·菲利普。法国大革命初期，他支持进步贵族团体，并加入雅各宾俱乐部。曾以少将军衔，担任北路军指挥官，率军参加瓦尔密战役。

尔特尔公爵功不可没。

此时，布伦瑞克率军前来，一心想要占领通往沙隆的大路，而且还想把狄龙的部队赶出伊思莱特通道。一旦他率领的8万大军，以及流亡者组成的骑兵部队包围了圣默努尔德，很快就能迫使迪穆里埃，以及凯勒曼的军队缴械投降。

形势令人颇为担忧，因为，法军并未能按照迪穆里埃的最初设想，及时占领吉佐库尔高地。事实上，由于普鲁士人已经占领了月亮高地，假如进一步占领吉佐库尔高地，他们的大炮就能覆盖并横扫所有法军阵地。

普鲁士国王已经清楚地意识到这一点，为此，他没有听取布伦瑞克的建议，挥师直指沙隆，而是下令展开进攻，希望将迪穆里埃和凯勒曼的军队压制在圣默努尔德的洼地里。

将近上午11点半，普鲁士军队开始从月亮高地往下移动，队形十分齐整，紧接着，他们停留在半山坡。

恰在此时，也就是说，在战斗刚开始的时候，一支普鲁士军队在通往沙隆的大路上遇见了凯勒曼的后卫部队，其中有几个法军连队穿过小树林，将那一小队准备枪毙我俩的普鲁士大兵撵得落荒而逃。

现在，我和约翰两个人正位于战斗最激烈的阵地上，凑巧的是，在那儿我找到了庇卡底皇家团的伙计们。

"得勒彼埃尔？……"我那个骑兵连的一位军官惊叫道，他看见我的时候，恰逢炮弹如雨点般地砸向法军队列。

"向您报到，我的上尉！"我回答道。

"唉！你出现得可真是时候！"

"正如您所见,我来参加战斗啦!"

"可是,你怎么没有骑马?……"

"是这样,我的上尉,我准备徒步参战,并且保证干得一点儿不差!"

有人递给我和约翰先生武器,每人一支步枪,一柄军刀。我俩衣衫褴褛地挂上皮质肩带,之所以没能穿上军装,那是因为军队的裁缝来不及给我俩量身定制!

我得承认,战斗开始时,法军曾被迫后撤;不过,瓦朗斯将军的步枪兵赶了过来,经过一番混战,重新掌握了战场局势。

恰在此时,刚才被炮火撕扯的浓雾开始散去,战场暴露在明媚的阳光下。经过两个小时的战斗,在瓦尔密高地与月亮高地之间,双方相互发射了20000颗炮弹。——据说有20000颗?……好吧!……就说是21000颗吧,别说多了!甭管怎么着,正如那句成语:宁可信其有,不可信其无[①]!

此时,瓦尔密磨坊附近阵地的防守极为艰难,炮火笼罩了整条战线,凯勒曼的坐骑也被炸开了膛。普鲁士军队不仅控制着月亮高地,而且,他们还准备夺取吉佐库尔高地。说实话,我们虽然仍占据着海伦高地,但是,倘若克莱尔费特亲率25000名奥地利士兵,成功夺取吉佐库尔高地,法国军队的正面和侧面都将被击垮。

迪穆里埃发现了这个危险。他派遣斯坦格尔率领16个营赶去击退克莱尔费特,同时派遣沙佐带兵抢在普鲁士人前面占领吉佐库尔高地。沙佐赶到的时候已经太迟了。阵地已被对方占领。凯勒曼的军队被迫退守瓦尔密,敌军的炮弹从四面八方飞过来。一辆弹药车

[①] 此处为俚语,直译为"宁可听得见响动,也别假装听不见"。

在磨坊附近爆炸，阵地陷入混乱。当时我们恰好就在那里，约翰先生和我，还有法国步兵队伍，我们没有被打死，简直就是奇迹。

激战中，夏尔特尔公爵赶到，带来了炮兵预备队，随即开炮回击月亮高地，以及吉佐库尔高地的敌军，真是万幸。

甭管怎么样，战事已经进入最为激烈的阶段。普鲁士军队排成三列，攀坡冲击瓦尔密磨坊，想把我们从那儿赶走，一直赶进沼泽地。

至今，我眼前还清晰地浮现出凯勒曼的身影，仿佛听见他当时的呼喊声。他下令，让敌军一直抵近山脊，然后再发起冲锋。我们做好了准备，等待冲锋号吹响。

突然，在最关键的时刻，只听凯勒曼大声高喊：

"国家万岁！"①

"国家万岁！"我们齐声高呼回应。

我们的喊声响彻四方，即使大炮的轰鸣也压不住这阵呼喊声。

普鲁士人已经爬上了小山丘的山脊，他们的队列十分整齐，步伐和着节拍，表现得十分镇定，面对这样的敌人，难免让人心生恐惧。但是，法国士兵的冲锋打乱了他们的阵脚，我们扑向敌军。混战的场面太可怕了，无论在这儿，还是在那儿，激烈搏斗的情形撼人心魄。

周围笼罩着炮火硝烟，我们开始把好几个普鲁士团队赶下瓦尔密山坡，突然，我看见约翰·科雷高举起军刀，他认出了其中的一个团队。

---

① 凯勒曼当时呼喊的口号为："Vive la nation!" 彼时，共和国尚未成立，所以译为"国家万岁"。

那是冯·格拉维特上校的团队。弗朗茨中尉正在英勇战斗,要知道,德国军官向来不缺乏勇气。

约翰先生与弗朗茨中尉面对面相遇了。

中尉本来以为我们早已倒在普鲁士行刑队的枪下,但此刻,却在战场上遇见了我们!不难想象,他目瞪口呆!当他俩相互认出了对方时,约翰先生一跃而起,扑了过去,挥刀劈开对方的脑袋……

中尉倒毙在地,而且,我始终认为,由约翰·科雷亲手击毙他,简直再公平不过了!

普鲁士人一直想要攻占这片小山丘,他们进攻的势头极其猛烈。然而,我们抵抗的势头不比他们弱。将近下午2点钟,他们不得不停止射击,后撤返回平原地区。

不过,战斗仅仅是暂时停歇。下午4点钟,普鲁士国王身先士卒,调动他最精锐的步兵和骑兵,重新组织了三列进攻队伍。于是,一个法军炮兵中队被布置在磨坊脚下,它拥有24门火炮,猛烈的炮火横扫普鲁士人,炮弹覆盖了整个山坡,让普鲁士军队根本无法接近。夜幕降临,普鲁士人撤退了。

凯勒曼守住了那片小山丘,瓦尔密的名字传遍法国,紧接着,制宪会议举行第二次会议,同一天,宣布成立共和国[①]。

[①] 1792年9月22日,法国新选出的议会即国民公会开幕。国民公会通过废除君主制的议案,宣布成立法兰西共和国——史称法兰西第一共和国。

当他俩相互认出了对方时……

第二十五章

我们已经临近故事的尾声,我把记录这番经历的文章命名为《在德国度假的故事》。

当天晚上,在瓦尔密村的一栋房屋里,科雷夫人、德·劳拉奈先生和小姐、我姐姐,还有约翰先生和我,我们大家欢聚一堂。

经历过那么多磨难,终于重新相聚,心里别提多高兴了!我们见面时的情景,诸位不难想象。

"等一下!"于是,我说道,"我不是一个很好奇的人,嗯,但总不能让我觉得莫名其妙①!……我真的很想弄明白……"

"究竟因为什么,纳塔利,让约翰变成了你的同胞?"我姐姐回答道。

"是的,伊尔玛,而且,这事儿来得太古怪,你们是不是弄错啦……"

"我们还不至于在这种事情上犯错误,我勇敢的纳塔利!"约翰先生反诘道。

于是,他们简要地给我解释了一遍。

在林中十字路村,我们把德·劳拉奈先生和其他同伴留在了那

---

① 此处为俚语,直译为"总不能让我把喙一直伸在水里"。

儿,他们被奥地利人看管起来,很快,看管的人又换成了一队普鲁士大兵。在这队普鲁士大兵中,有几个年轻人,他们也是因7月31日的征兵令而应召入伍,被迫告别了家人。

在这几位年轻人中,有一个老实巴交的小伙子,名叫路德维希·珀茨,他来自贝尔青根,认识科雷夫人。当他得知科雷夫人成了普鲁士军队的俘虏,便过来探望她。于是,众人向他讲述了约翰先生的遭遇,以及他为什么要穿越阿尔贡森林逃命。

听了这些,路德维希·珀茨不禁惊叫道:

"可是,您的儿子不应该受到伤害,科雷太太!……他们根本无权征召约翰先生入伍!……他不是普鲁士人!……他是法国人!"

路德维希·珀茨的话让大家感到十分意外,要求他对这番话做出解释,于是,他递给科雷夫人一张《时代报》的报纸。

这张报纸提及了科雷申请国家赔偿案,以及8月17日对此案做出的最新裁决。科雷家的诉求被法庭驳回,驳回的理由是,供货商协议必须交由出身普鲁士的德国人承接。然而,法院认为,自从"南特敕令"被废除后,科雷家的祖先移居到盖尔德,自那时以来,他们从未申请并获得过德国国籍,也就是说,与此案相关的科雷从来不是普鲁士人,他始终是法国人,因此,普鲁士国家不欠他一分钱。

以上就是判决结果! 根据判决,科雷先生依旧是法国人,毫无疑问! 虽然,这并不能构成不赔偿的理由! 然而,在1792年的柏林,人家就是这么判的! 我请诸位相信,约翰先生根本不打算上诉。他承认自己的官司打输了,彻底输了。然而,有一点无可争议,那就是,既然科雷先生的生身父母都是法国人,那么,他就是这个世界上最纯正的法国人！如果说，他需要一次洗礼①才能证明自己是法国人，那么，在瓦尔密战役中，他刚刚经历过这次洗礼——这是战火的洗礼，比别的洗礼都更难得！

谁都明白，自从路德维希·珀茨提供了这条消息，当务之急就是不惜一切代价找到约翰先生。恰巧，他们在林中十字路村获知，约翰先生刚刚在阿尔贡森林被抓住，正押往隆维，将被送往普鲁士军营，一同被抓的还有科雷家的仆人。一刻也不能耽误了。看到儿子面临危险，科雷夫人使出全身力气，待奥地利军队离开村子后，在德·劳拉奈先生、玛瑟小姐，以及我姐姐的陪同下，由那位可敬的汉斯·斯坦格带路，离开林中十字路村，沿着通道，在我们即将被枪毙的那天早晨，赶到布伦瑞克的营地。那时，我俩刚刚走出军事法庭的帐篷，随后，她也赶到了那里。

拿着这张证明约翰·科雷是法国人的判决，科雷夫人在军事法庭据理力争，但无济于事。她被推出了帐篷。于是，她赶往通向沙隆的那条路，也就是我们被押走的方向……后来的事儿，诸位都知道了。

总而言之，我们这些勇敢的人额手相庆，事情圆满结束，对这个结局我们当之无愧。大家和我一样，都觉得上帝办事儿真公道！

至于瓦尔密战役后法国人面临的处境，下面，我再说上几句。

首先，当天夜里，凯勒曼挥师占领了吉佐库尔高地——此举让法军彻底站稳了脚跟。

然而，普鲁士人还是截断了通往沙隆的道路。法军与后方物资供应站断了联系。由于我们还占据着维特利，运输车队仍可抵达圣

---

① 洗礼是基督教接受新教徒时举行的宗教仪式，此处用来比喻约翰先生成为法国人时经历的考验。

默努尔德的营地，法军物资供应仍旧充足。

敌军依然驻守着自己的营地，一直待到9月底。在此期间两军进行过谈判，但没有谈出任何结果。此时，在普鲁士营地，大家都急切盼望返回边界的另一侧。因为生活物资匮乏，疾病肆虐，损失惨重，以至于布伦瑞克公爵不得不于10月1日拔营撤军。

必须指出，在普鲁士军队重新进入阿尔贡森林的那几条通道时，法军跟随其后，但是并未紧追不舍，而是看着普鲁士人且战且退，没有发动猛攻。这是为什么？我不知道。不光是我不知道，其他人也弄不明白在这种形势下，迪穆里埃究竟打的什么主意。

不用说，这些事情涉及政治，而我，再强调一遍，我对政治一窍不通。

关键在于，敌军重新回到了边界线的另一侧，这个过程虽然缓慢，但毕竟是回去了，在法国境内，普鲁士军队没有留下一兵一卒——当然不包括约翰先生，因为他已经彻底成了我们的同胞。

10月份的第一个星期，一旦条件允许，我们大家一起回到了我心爱的庇卡底，在那儿，终于举办了约翰·科雷与玛瑟·德·劳拉奈的婚礼。诸位应该还记得，在贝尔青根的时候，我本应成为他们的证婚人，于是，在圣索夫略的婚礼上，我仍旧是证婚人，这也算顺理成章。如果说，新人的结合应该幸福美满，那么，这对新人就一定是最幸福的，无与伦比。

至于我自己，几天后，我回到了自己的团队。我学会了阅读和书写，而且，正如我之前说过的，在后来的帝国战争中[①]，我晋升为

[①] 帝国战争，即拿破仑战争，特指1803年至1815年爆发的各场战争，这些战事是1789年法国大革命所引发的战争的延续。

新人的结合应该幸福美满……

中尉，再后来是上尉。

以上就是我的故事。我记录下这个故事，就是为了让格拉特庞什村的朋友们别再议论纷纷。如果说，我的描述不像教堂里的读物那般正儿八经，但至少，我讲述的都是真人真事。那么，现在，各位读者，请允许我持剑①向你们致敬。

纳塔利·得勒彼埃尔

退休骑兵上尉

---

① 按照法国军队传统，只有军官才持有佩剑。此处强调笔者的军官身份。

尚特莱尼伯爵

布列塔尼一家人

第一章　英勇战斗10个月

1793年2月24日,为了抗击外国联盟,国民公会颁布法令:补充征兵30万;为了凑齐这个地区的征兵名额,入伍抽签应当于3月10日在圣弗洛朗和安茹举行。

尽管放逐贵族,以及路易十六之死都没能让西部地区的农民躁动不安;但是,流放他们的神父,侵犯他们的教堂,在他们的堂区安插宣过誓的本堂神父,以及最后颁布的这道征兵令,终于让他们忍无可忍。

"反正也是死,不如就死在自己家。"他们怒吼道。

农民们扑向国民公会的特派员,挥舞棍棒,把赶来维护抽签的国民卫队打得落荒而逃。

就在这一天,旺代战争爆发了;天主教保王军聚集在两个核心人物麾下:车把式卡特利诺,以及猎场看守人斯托弗莱。

3月14日,一小队天主教军攻占了由第84连队士兵和夏龙国民卫队把守的雅莱城堡。在那儿,他们从共和军手里,为天主教军夺取了第一门大炮,它被命名为"传教士"。

"我们必须再接再厉。"卡特利诺对战友们说道。

于是,这帮农民继续战斗,并且把共和军的精锐部队打得一败涂地。

夺取雅莱城堡后，两位旺代军的首领又攻占了绍莱，并且利用共和军大炮的弹药筒制作步枪子弹。从此，这场动乱不断蔓延，遍及普瓦图和安茹的各个省份；至3月底，尚托奈和圣菲尔让先后沦陷。复活节临近，农民们各自散去履行宗教义务，烘烤面包，更换他们为了追击蓝军而穿烂的木鞋。

4月份，战事再起：来自沼泽地区和农田里的小伙子们聚集在天主教保王军将领们的麾下，他们是：夏雷特、邦尚、德埃尔贝、罗什雅克兰、勒斯居尔、马里尼。布列塔尼的贵族也加入了这场运动，他们当中最勇敢，也是最优秀的人物之一，就是亨伯特·德·尚特莱尼伯爵；他离开自己的城堡，加入已经多达10万人的天主教军。

尚特莱尼伯爵身先士卒，在十个月的时间里，参与了所有胜利和失利的战斗，包括在丰特奈、图阿尔、索米尔、布雷苏尔的胜仗，以及失败的南特攻城战，那场战斗导致天主教保王军统帅卡特利诺战殁。

很快，暴乱席卷西部地区的所有省份。

起初，白军连战连捷，无论奥伯特·杜巴耶，或者克莱贝尔率领的可怕的美因茨军团，还是坎科洛将军统领的各路军队，全都无力抵挡他们的猛烈攻势。

国民公会惊慌失措，下令摧毁旺代，屠戮那里的"刁民"。桑特雷将军要求提供炸药，打算炸翻这里，用毒烟扼杀整个地区，让这里生灵涂炭。根据救国委员会颁布的法令，美因茨军团要让这里"片瓦不留"。

听到这些消息，保王军的攻势更加凌厉。彼时，尚特莱尼伯爵的麾下有5000人马，他英勇杀敌，连续转战图艾、塞桥、托尔夫，以及蒙塔古。然而最终，旺代军的攻势遭遇挫折。

10月9日，勒斯居尔在夏迪永战败；15日，旺代军被赶出肖莱；几天之后，邦尚与德埃尔贝兵败战死；马里尼和尚特莱尼侥幸逃脱，却遭到共和军的紧追；他们必须考虑率领败兵再次渡过卢瓦尔河，此时，这支队伍尚能战斗的人员还剩4万。

然而，既没有桥，也没有船；绝望的农民们沿着河右岸向下游涌去，却无法返回旺代，没办法，逃军只能奔向布列塔尼。在布兰，农民军的后卫部队取得了最后一次胜利，随即逃奔萨维奈。

尚特莱尼伯爵一刻不曾放弃自己的责任；就在12月22日这一天，他和马里尼领着一支惊慌失措的队伍，来到萨维奈城下；他俩带着一小伙旺代人，躲在遮掩着城市的两片小树林里。

"我们在这儿必死无疑。"尚特莱尼说道。

几个小时之后，克莱贝尔出现了，紧随其后的是共和军前卫部队；将军派遣三个连队进攻马里尼和尚特莱尼的部下；尽管旺代军拼死抵抗，依然被克莱贝尔的连队击败，被迫退进城里。随后，将军停住，一步不再向前迈进。马尔索和韦斯特曼催促将军发动进攻；但是，克莱贝尔一动不动，他希望给天主教军足够的时间，让他们麇集到萨维奈城里。克莱贝尔的部队不断增多，分别占领了城外的各个高地；他耐心地等待时机，打算一举击溃白军。

夜幕降临后，四处寂静，阴森恐怖。人人都预感到，这场战争的结局即将到来。保王军的首领们举行了一次最高委员会会议。没有别的出路，唯有拼死一搏；没有一处阵地可望坚守，投降也不可能，逃跑更无出路，看来，只有战斗，最好的战斗方式，就是进攻。

第二天，12月23日，或者，按照共和历，这一天是共和二年雪月3日，早上8点钟，白军扑向蓝军。

这天的天气十分恶劣；冰冷的雨水倾泻如注；沼泽地大雾弥漫；卢瓦尔河完全被雾气笼罩；战斗即将在泥淖中展开。

尽管旺代军的人数处于劣势，但他们勇往直前，奋力进攻。面对"国王万岁！"的呼唤，回应着"共和国万岁！"的口号。两军冲撞的气势骇人心魄；共和军的前锋开始后退；蓝军的前排队伍陷入混乱，一直退到克莱贝尔将军的阵地；他们的弹药出现匮乏。

"我们的子弹打光了！"几个士兵朝将军喊道。

"那好吧，孩子们，抡起枪托！"克莱贝尔回答道。

与此同时，他把第31营调了上去；不仅弹药用光了，战马也所剩无几；于是，这位共和派将军让自己的参谋人员组成骑兵队伍，命令他的军官们冲向敌阵。

此刻，白军的攻势趋于衰颓，不得不退入萨维奈城，或者，被对方步步紧逼，寡不敌众，招架不住，落荒而逃。皮隆与莱洛特手执武器，双双战死。弗勒里奥企图收拢被打散的部下，但是徒劳无功，不得不率领一小撮残部，冲破共和军重围，逃进附近的森林。

与此同时，马里尼和尚特莱尼还在绝望地战斗；然而，农民军有人战死，有人逃跑，防线被撕开缺口，阵营濒于崩溃。

"彻底完了！"马里尼对身旁英勇拼杀的尚特莱尼伯爵说道。

伯爵的年龄将近四十五岁，身材矫健，容貌高贵，勇敢果决，虽然浑身尘土和血渍，但神色悲壮，尽管衣着狼藉，仍英姿勃发；他手握空膛的手枪，另一只手攥着沾满血污、已经变形的军刀；他在共和军的队列打开一道缺口，刚刚返回马里尼身边。

"我们已经守不住了。"马里尼说道。

"是的！是的！"伯爵做了一个绝望的手势，回答道，"可是，城里挤满了妇女、孩子，还有老人，我们能抛弃他们吗？"

"不能，尚特莱尼！可是，能领他们去哪儿呢？"

"去盖兰德。"

"那就去吧，你领着他们去。"

"可是，你呢！"

"我！我用最后的全部炮弹，掩护你们。"

"再见，马里尼。"

"永别了，尚特莱尼。"

两位军官紧紧握手。尚特莱尼转身跑进城里，很快，在他的命令下，一支长长的逃跑队伍离开萨维奈城，直奔盖兰德。

"跟我来，小伙子们！"马里尼大叫道，身先士卒，冲了出去。

随着这声喊叫，农民们拖着两门火炮，紧跟首领；马里尼把火炮安置在一座高地上，准备掩护后撤的队伍；他的军队最后仅剩2000人，围绕在马里尼身旁，随时准备捐躯。

不过，他们无法抵御蜂拥而上的共和军士兵。经过激烈战斗，两个小时的拼杀之后，最后一批白军溃败了，四散逃往田野。

这一天，1793年12月23日，天主教保王军的大军不复存在。

第二章　奔往盖兰德的路上

一大群人，惊恐慌乱，失魂落魄，一路逃往盖兰德。这群人顺着斜坡，如潮水般涌出萨维奈城，撞上拐角，滚过斜坡。他们当中不止一个人曾经在战斗中被蓝军的军刀砍断手足，在此跌倒殒命。混乱的场面难以描述。

然而不到一个小时，全城已经疏散一空；马里尼的顽强抵抗，为撤退的天主教军争取了时间，他们集合妇女、老人和孩子，催促大家上路。炮声在他们头上回荡，大炮掩护着撤退的人群。然而，一旦炮声停息，白军陷入沉寂，随即传来绝望的吼叫。所有敌军向他们扑了过来。事实上，枪声更加密集，逐渐逼近，很快，从侧面射向行进的队列，不幸的人们纷纷跌倒，再也爬不起来。

溃散的场面简直难以言表；雨势更加凶猛，笼罩的雾气不时被四处枪火照亮。大摊混合着鲜血的积水淹没了道路。然而，若想逃命，只能向前，不惜任何代价也要蹚过积水。右侧是一望无际的沼泽；左侧是汹涌暴涨的河水；除了一直向前走，别无选择。一些绝望的保王党人跳进卢瓦尔河，河岸边堆满了顺流而下的浮尸。

共和军的将领们对败军穷追猛打，大开杀戒，或者将他们驱赶殆尽；在伤者、老人和妇女的拖累下，队伍犹如送殡行列，行动迟缓；

奔往盖兰德的路上

尽管天气寒冷，但是，刚出生不久的婴儿却赤身裸体，母亲们没有衣物包裹孩子；所有人痛苦万分，饥寒交迫；沿路逃窜的牲畜受到惊吓，在风雨中嘶吼着，时常低头扑向队伍，用它们的犄角在人群中冲出一条血路。

在这支拥挤的队伍里，等级、地位荡然无存；一大批来自旺代、安茹、普瓦图，以及布里塔尼名门望族的年轻女士，在这场大战里，追随她们的父兄和丈夫，和最底层的农妇一样，饱受煎熬。在这些勇敢的女士中，有几位特别胆大，毫不畏惧，挺身而出，护卫着队列的侧翼。时不时地，她们当中有人高呼：

"开火，旺代女士们！"

于是，按照白军的方式，她们"兴高采烈"地躲在沿路荆棘后面，朝着共和军士兵开火射击。

不过，夜幕开始降临；尚特莱尼伯爵激励不幸的人，全然不顾个人安危，不停扶起跌入泥坑，筋疲力尽的人；他思忖着，黑暗也许能够保护逃亡者，但是，黑暗也能帮助敌人结束逃亡者的性命。面前的凄惨景象令人不忍直视，他心如刀绞，涕泪横流。

其实，在这场持续10个月的战争期间，此类情景他经历过很多次；早在圣弗洛朗战乱初起时，伯爵就告别妻子和女儿，离开尚特莱尼城堡，抛弃自己热爱的一切，飞奔前去保卫教会。他英勇无畏，忠心耿耿，奋不顾身，在天主教军的历次战役中，尚特莱尼伯爵冲锋在前，他就属于波普将军曾经描述过的那些人：

"这些部队打败了法国军队，他们也有信心打败联合起来对付法国的欧洲各国。"

然而，萨维奈战败，并不意味着尚特莱尼伯爵身负使命的终结；

他坚守在漫长队列的后尾,奋力催促逃亡队伍前行;他消耗着所剩无几的弹药,用军刀杀退逼近的蓝军。但是,尽管拼尽全力,他看到,战友们陆续跌倒在队伍后面,黑暗中,听得见他们惨遭屠戮时的叫声。

于是,尚特莱尼张开双臂,在通往盖兰德的路上,推着人群,鼓动大家,高呼着让队伍前行:

"往前走呀!"他对落在后面的人叫道。

"我的军官,我实在不行了。"一个人对他回答道。

"我就要死了。"另一个人叫道。

"救救我! 救救我!"一位女士喊道,她的肋部刚刚挨了一颗敌人射来的子弹。

"我的女儿! 我的女儿!"一位母亲突然丢失了自己的孩子,不禁高叫起来。

尚特莱尼伯爵从一个人走向另一个人,安慰对方,扶起他们,帮助他们;然而,他已经感到力不从心。

将近半夜4点钟,尚特莱尼伯爵遇见了一个农民,尽管四周黑暗,雾气笼罩,他仍认出了对方:

"克尔南!"他叫了一声。

"是我,我们的主公。"

"还活着!"

"是的! 可是,往前走! 往前走!"农民一边回答,一边试图拖拽伯爵。

"然而,这些不幸的人呢,"尚特莱尼指着散乱的人群,说道,"我们不能抛弃他们!"

"您的勇敢根本没有用,我们的主公!……跟我来!跟我来!"

"克尔南,你究竟想要我做什么?"

"我想要告诉您,您要倒大霉了!"

"我吗?"

"是的,我们的主公。伯爵夫人,还有我那位侄女玛丽……"

"我的夫人!我的女儿!"伯爵一把抓住克尔南的手臂,叫道。

"是的,我看见了卡瓦尔!"

"卡瓦尔!"伯爵惊叫道,一把将正在说话的对方拽出了人群。

这个农民头戴一顶棕色无边软帽,软帽上面扣一顶宽边大帽,帽顶盘着一圈念珠,黑暗中衬托出他那英气逼人、神情严肃的面庞:

克尔南与尚特莱尼伯爵

此人肩膀宽阔，披着一头沾满血污的长发；穿一条帆布马裤，裤脚褶皱低垂，裸露着被冻红的双膝；膝盖以下打着绑腿，绑腿上缠着五颜六色的袜带；足蹬一双硕大、破烂不堪的木鞋，鞋里的垫草血迹斑斑。这位布列塔尼人的衣服外面，披着一张山羊皮；右手攥着步枪的枪筒，宽大带扣的腰带里，露出一把短弯刀的刀柄。

这个农民的体格应该极为健壮；事实上，此人素以力大无穷、无人可及而闻名乡里；众人皆知他禀赋异常，不过，在布列塔尼的朝圣节期间，这位可怕的角斗士从未与自己的主公交过手。

他的衣衫被撕破，脏兮兮地沾满血污，这足以表明，他参加了天主教军的最后几场战斗。

他大步流星地跟着尚特莱尼伯爵；为了走快点儿，伯爵另辟蹊径，蹚过一片遍布烂泥的浅水塘。克尔南刚才的几句话让他忧虑万分。当伯爵赶到队列的前头时，发现自己靠近了一片小树林，树丛低矮，在树林里，他推着那个布列塔尼人，嘶哑着嗓音问道：

"你看见了卡瓦尔？"

"是的，我们的主公。"

"在哪儿？"

"混战中，在蓝军中间！"

"那么，他认出你了吗？"

"是的。"

"那么，他对你说了什么？"

"说了，他用手枪对我开火，然后说的。"

"你没有受伤吗？"伯爵惊问道。

"没有，还没有！"布列塔尼人悲伤地微笑着回答道。

"那么，这个坏蛋对你说了什么？"

"'在尚特莱尼城堡等着你'，他这么叫道，然后就消失在雾气中！我本想抓住他；可惜没找到！"

"在尚特莱尼城堡等着你，"伯爵重复道，"他这句话是什么意思？"

"准不是什么好事儿，我们的主公！"

"那么，他在共和军里是干什么的？"

"他指挥着一帮身强力壮的强盗。"

"噢！一个忠实于国民公会军队的军官，因为行窃，曾经被我从家里撵出去！"

"是的，眼下，这帮强盗正在赶路。而且，卡瓦尔的话更可怕！他说过，'去尚特莱尼城堡'，我们必须赶过去！"

"是的！是的！"伯爵激动地说道，语气充满痛苦，"然而，这些不幸的人，还有天主教的事业！……"

"我们的主公，"克尔南严肃地说道，"在你想到祖国之前，还需要考虑家庭。如果我们不在，伯爵夫人，还有我那位侄女玛丽，她们将面临什么遭遇！作为绅士，您尽了自己的责任；已经为了上帝与国王而战斗。让我们赶回城堡吧，而且，一旦亲人安然无恙，我们还可以回来。天主教军已经土崩瓦解，但是，这事儿没完！相信我！我们还能在莫尔比昂东山再起；我知道，那儿有一位名叫让·科特罗的人，他有本事让共和党人吃苦头，我们可以去助他一臂之力。"

"那就走吧，"伯爵说道，"你说得对！卡瓦尔这句话就是威胁！必须把我的夫人和女儿送出法国，然后，我再回到这儿来送死。"

"那我将陪你一起回来,我们的主公。"克尔南回答道。

"可是,我们如何才能回到城堡?"

"照我说,"农民接着说道,"我们首先得赶往盖兰德,从那儿沿着海岸,先到克罗西奇,再到皮里亚克,然后渡海,抵达菲尼斯泰尔的某个海湾。"

"可是,那不就需要一条小船?"伯爵惊叫道。

"您身上可否携带了金钱?"

"有,大约值1500里弗尔。"

"那就行!用这笔钱能买一条渔船,不过,如果需要,购买渔船的价格会高于市价。"

"不然呢?"

"没有别的办法,我们的主公;如果走陆路,我们很快就会落到某一队蓝军手里,或者,我们不得不到处躲藏,避开大路,专走小径,绕来绕去,很可能到得太迟,如果我们太迟才赶到……"

"那好吧,上路。"伯爵接着说道。

尚特莱尼伯爵完全信任这个克尔南,把他视为一奶同胞;这个勇敢的布列塔尼人犹如伯爵的家人;克尔南称呼玛丽·德·尚特莱尼小姐为"我的侄女",至于年轻姑娘,则称呼他为"我的克尔南叔叔"。

作为主人和仆人,他俩是发小,从未分开过;由于从小接受的教育,这个布列塔尼人觉得,与其他同等身份的人相比,自己要高人一等。他俩共同分享了孩童时的快乐时光,以及年轻时的艰辛,如今,又一起承受战争带来的痛苦与不幸。伯爵离家投奔卡特利诺的时候,本想让克尔南留在尚特莱尼城堡,但是,兄弟俩不可能天各一方;于是,其他仆人被留下来保护伯爵夫人。尚特莱尼城堡处于菲尼斯泰尔省的腹地,位于弗埃斯南特和普鲁加斯特尔之间,地处偏僻,远离共和党俱乐部活跃的坎佩尔与布雷斯特,因此,伯爵认为自己的家庭十分安全,感到很放心,于是,毫不犹豫地投身到了保王运动中。

卡瓦尔曾经是尚特莱尼城堡的用人,一年前,因为偷窃被赶了出去。然而,这次相遇,卡瓦尔的一番话发出了威胁,危险即将降临尚特莱尼城堡,面对危险,必须疾驰救援。

此刻,逃亡的队伍已经抵达圣约阿希姆沼泽地,于是,伯爵与克尔南迅速离开大路。他俩最后一次遥望了那支惊慌失措的队伍,队伍的身影在黑暗里逐渐模糊,呼喊声也渐渐消失在夜色中。

晚上8点钟,伯爵与克尔南赶到盖兰德。他们只比最先到达这里的逃亡者们早到了半个小时;城市的狼牙闸门已经升起来,不过,他们还是通过边门进城,踏上了凄凉的街道。与萨维奈那边可怕的喧嚣相比,这儿显得异常沉闷宁静!没有一扇窗户透出灯光,夜色中也没有一个行人!整个白天,盖兰德市民都听见大炮的轰鸣;恐惧让所有居民躲进黑暗的房间,藏在门闩紧锁的大门后面。甭管战事的结果如何,他们害怕溃散的败兵拥进城里,也害怕战胜的一方冲进来肆意妄为。

两个赶路的同伴疾速走过鹅卵石铺就的街道,脚步声听上去阴森恐怖;他们来到教堂广场,很快走到壁垒墙下。

在那儿,他们听见田野里传来的嘈杂声越来越大,气势汹汹,其中,不时夹杂几声火器的轰响。

雨已经停了;天空云团低垂,云层晦暗,在强烈的西风驱赶下,撕碎的云缝间露出月亮;眼前似乎出现幻觉,令人头晕目眩,黑夜里的月亮似乎也在狂奔，不时射出炫目的月光，粗暴地照亮原野，让那儿的一切纤毫毕见，转瞬间，片片云影快速掠过大地。

此时，伯爵和克尔南放眼朝海面望去；盖兰德海湾展现在面前，在大海与他们之间，平铺着大片棋盘状的盐池。左侧，淡黄色的沙丘后面，耸立着巴茨镇的教堂钟楼；远一点儿，雾气中隐约可见勒克鲁瓦西克的教堂尖顶，它坐落在狭长半岛的远端，半岛隐没在海浪中；右侧，海湾的尽头，目光敏锐的克尔南能够辨认出皮里亚克的钟楼。从那儿再望过去，月光下海面波光粼粼，与天际线融为一体，水天一色。

海风劲吹；稀疏的树丛晃动着消瘦的树冠，不时有松动的石块从壁垒高处滚落，掉进沟壑的泥淖中。

"看吧！"尚特莱尼伯爵对迎着海风挺立的同伴说道，"那边，就是皮里亚克，我们往哪边走？"

"如果去勒克鲁瓦西克，在那儿比较容易找到一条渔船；不过，倘若我们去了那座半岛，一旦需要返回来，很可能陷入困境，人家很容易堵住我们的全部退路。"

"一切都听你的，克尔南。我跟着你，不过，请尽量走捷径，否则，就走最安全的路。"

"照我看，最好绕过海湾，直奔皮里亚克。这条路最多也就三里远，如果走得快，用不了两个小时，我们就能赶到。"

"上路吧。"伯爵回答道。

两位逃亡者离开城市，此时，第一拨旺代人的队伍正从壁垒的另一侧涌进城里，他们冲开城门，越过堑壕，前进的步伐势不可当。城里各家的窗户随即亮起灯光；喧嚣声打破盖兰德城的宁静，全城混乱异常。古老的城墙在火器的轰鸣中震颤,随即,教堂钟楼传出的报警钟声在夜空回荡。

伯爵的心头凛然,双手攥紧步枪;看他那样子,似乎打算回身去援助遭难的同伴们。

"那么,伯爵夫人怎么办?"克尔南语气沉重地说道,"还有我那位侄女玛丽?"

"走吧!走吧!"伯爵回答道,边说边快步跑下城外的斜坡。

转瞬之间,主公与仆人已经来到城外的原野;他们避开常人行走的道路,来到海岸边,绕过盐池,盐池里的盐堆在月光下闪烁发亮。海风把稀疏的树丛吹得弯下腰,发出阴森的呜咽;涨潮的海水传来阵阵忧郁的涛声,震耳欲聋。

痛苦的呼唤声不时飘来,几颗流弹击中海滨的礁石,发出清脆的响声。火光照亮晦暗的地平线,饥饿的狼群嗅到鲜活的肉味,在夜色中发出阴森恐怖的嗥叫。

伯爵与克尔南走着,默默无言;不过,他俩想的是同一件事,不用交谈,心里都很清楚对方的想法。

偶尔,他俩停下脚步,向后张望,扫视原野,没发现有人跟踪,于是,两人继续大步流星,向前疾行。

夜里10点钟之前,两人抵达皮里亚克镇;他俩不敢冒险踏上镇里的街道,于是直奔卡斯泰利海角。

站在海角,他俩放眼望向海面;右侧,耸立着杜梅岛的岩礁;左侧,富尔灯塔射出的光柱时断时续,横扫海平线;海面上,贝尔岛阴暗的身影隐约可见。

伯爵和他的同伴没有发现任何一条渔船,于是,转身返回皮里亚克。那儿有许多小渔船,锚泊在沙滩旁,随着涨潮的波浪,摇曳晃荡。

克尔南看准了其中的一条,船上的渔民刚刚落下船帆,正准备收拾离开。

"噢,哎!朋友!"克尔南冲那人喊道。

听见呼唤,渔民跳上沙滩,神色颇为不安地走了过来。

"请过来,好吗?"伯爵对他说道。

"你们不是本地人,"渔民向前走了几步,说道,"找我干什么?"

"今天夜里,你能出海吗?"克尔南说道,"把我们送到……"

说到这儿,克尔南停住了。

"去哪儿?"渔民接话道。

"去哪儿?等上船以后,我们再告诉你。"伯爵回答道。

"海况不好,风势也很不利。"

"如果能满足你的要求呢?"克尔南回答道。

"我从来不为钱玩命。"渔民说道,边说边试图看清对话的人。

片刻之后,他对他俩说道:

"你们是从萨维奈那边儿过来,你们这帮人!那边儿的动静可不小!"

"这不关你的事儿!"克尔南说道,"你愿意让我们上船吗?"

"说实话,不。"

"在这座镇子里,我们能否找到几位比你热心的海员?"伯爵问道。

"我觉着悬,"渔民回答道,"不过,话说回来,"他眨巴着眼睛补充道,"你们要想上船,不能把话说得吞吞吐吐!你们打算出多少钱?"

"1000里弗尔。"伯爵回答道。

"破纸币！"

"是金子。"克尔南回答道。

"金子，如果是真金，拿出来看一眼。"

伯爵解开腰带，掏出大约50枚金路易。

"你那条小船最多能值这笔钱的四分之一。"

"是的！"渔民回答道，眼里露出贪婪的目光，"不过，我这条命抵得上这笔钱的其余部分。"

"行了吧！"

"上船。"渔民说道，一把接过伯爵的金币。

他把渔船拽近海滩，伯爵和克尔南蹚过没膝深的海水，翻身登上渔船；船锚被从沙质海底提起。与此同时，克尔南升起桅桁，淡红色的前桅帆被海风吹鼓。

就在渔民也准备翻身上船的那一刻，克尔南猛地推了他一把，紧接着用挠钩一撑，渔船随即滑向水深足有10尺的海面。

"干吗！"渔民吼道。

"留着你的命吧，"克尔南冲他喊道，"我们要它没用，你的船，我们已经付过钱。"

"何必呢。"伯爵说道。

"我会驾船。"克尔南回答道，边说边拽紧下后角索，把稳船舵，让渔船乘风破浪。

那个渔民目瞪口呆，当他回过神来，终于喊出一句：

"共和派小偷！"

不过此时，渔船乘着黑暗中翻滚的海涛，已经消失在夜色中。

第三章　渡海

克尔南刚才说得一点儿不错，驾驶这条渔船，对他来说轻而易举；年轻的时候，他曾经干过捕鱼这个行当；从勒克鲁瓦西克海角，一直到菲尼斯泰尔海角，他对布列塔尼的沿海地形了如指掌。克尔南认识每一块礁石，了解每一处小港，亲自游历过所有海湾！对于这里潮汐的时间，他烂熟于心，没有一处暗礁，或者浅滩能够威胁到他。

两位逃亡者乘坐的这条小船，是一条尾部低矮，轻盈灵巧的渔船，船头高高翘起，非常适宜在海面航行，即使在恶劣天气也如履平地；它有两副红色的船帆，另有一只前桅帆，以及一只小风帆。

这条船整体覆盖着一层甲板，只有一处入口，供舵手使用；因此，它能够毫无顾忌地乘风破浪；要知道，当它经过贝尔岛，前去捕捞沙丁鱼时，经常需要破浪航行，然后，再返回卢瓦尔河的入海口，沿河逆流直上到南特。

虽然只有克尔南和伯爵两个人操纵这条渔船，但是，船帆一旦升起，立即受到满后侧风的鼓动。

在海风的催动下，渔船破浪前行，尽管风势十分强劲，但是，这个布列塔尼人一点儿都没有缩帆，风帆被吹得倾斜，有时候，就

渡海

连帆边绳都被海水打湿。不过,克尔南时而猛打船舵,时而略微放松下后角索,总能让渔船重新昂起船头,乘风疾驰。

早晨5点钟,渔船穿过了贝尔岛与基布隆半岛之间的海面,几个月之后,法国人将在这里抛洒热血,并让英国人蒙受耻辱。

这条渔船上储存的食物仅有几条熏鱼;两位逃亡者聊以充饥;在过去15个小时里,他们粒米未进。

在这段渡海旅途的开始阶段,尚特莱尼伯爵沉默寡言;他满腹心事,心潮澎湃。过去经历的一幕幕涌进脑海,与前景的展望交织在一起。想到正在赶去拯救的妻子和女儿,此行前途未卜,令人不安。伯爵寻思掂量,此行成功与不幸都有可能,难分伯仲;他反复思忖来自尚特莱尼城堡的最后消息。

"这个卡瓦尔,"终于,伯爵对克尔南说道,"此人在本地区臭名昭著,因此,可以肯定,倘若他再次现身,城堡里的人一定会给予迎头痛击。"

"没错!"布列塔尼人回答道,"他们一定会给他一顿暴揍。不过,如果这个坏蛋到城堡来,一定不会独自一人,另一方面,只要他出头告发,政府就可以逮捕伯爵夫人,以及我那位侄女玛丽。两位可怜的女士根本无力抵抗!我们生活的这个时代简直糟透了!"

"是的,太可怕了!克尔南,在这样的时代,上帝的怒气不会宽恕我们,然而,我们必须服从上帝的意志。那些无亲无故的人是幸运的,因为他们只需照顾好自己!然而,我们其他人呢,克尔南,我们奋起抗争,拼命自卫,我们为神圣的事业献身!可是,我们的母亲、姊妹、女儿,还有我们的妻子,她们只能哭泣,祈祷。"

"幸亏,我们赶回来了,"克尔南回答道,"不过,在赶到她们身边之前,我们必须竭尽全力。甭管怎么说,我们的主公,您把夫人和小姐留在城堡,这么做太正确了。有许多勇敢的女人都想追随你们,参加战斗,都想以勒斯居尔夫人、道尼森夫人,以及很多其他夫人为榜样!然而,作为代价,她们付出了多少痛苦与不幸!"

"但是,"伯爵反驳道,"她们没有跟随我,却让我感到后悔!本来,我以为她们是安全的,然而,自从听到卡瓦尔发出的威胁,我害怕了。"

"哦!如果风向顺畅,明天早晨,我们就能抵达菲尼斯泰尔海岸,甭管怎样,那儿距离城堡就不远了。"

"看到我们,她们定会感到十分意外,两位可怜的女士。"伯爵露出悲哀的微笑,说道。

"她们也会感到十分高兴,"克尔南接着说道,"我那位侄女玛丽一定会跳起来搂住爸爸的脖颈,并且拥抱她的叔叔!不过,必须抓紧时间,把她们转移到安全的地方。"

"是的,你说得对,蓝军即将抵达城堡;坎佩尔市政府很快就会采取行动!"

"既然如此,我们的主公,我们抵达城堡后应该怎么办,你想好了吗?"

"是的。"伯爵说道,边说边露出一丝微笑。

"要想离开布列塔尼,没有第二条路,只有一个选择。"

"什么选择?"伯爵问道。

"收拾好你们的全部财产,我们的主公,加上我的财产,不惜一切代价,弄一条船,然后逃往英国。"

"移居国外!"伯爵用充满痛苦的语气说道。

"必须这么办!"克尔南回答道,"无论对您,还是您的家人,这个国家已经没有安全的立足之地。"

"你说得对,克尔南;救国委员会即将对布列塔尼和旺代采取可怕的报复行动!他们打赢了,就要大肆屠戮。"

"正如您所说;救国委员会已经往南特派遣了最严酷的特派员。另外,坎佩尔和布雷斯特也去了特派员,很快,菲尼斯泰尔地区的河面,也将如同卢瓦尔河一样,漂满浮尸。"

"是的,"伯爵回答道,"我的妻子!我的女儿!必须尽快拯救她们!这些可怜、温柔的女子!……不过,如果我们流亡国外,你也必须和我们在一起,克尔南。"

"我随后再去与你们会合，我们的主公。"

"你不和我们一起走吗？"

"不走！我还需要和一个人打个招呼，然后才能离开布列塔尼。"

"是那个卡瓦尔吧？"

"就是他！"

"嘿！别理他了，克尔南！这人早晚会受到上帝的惩罚。"

"我们的主公，我想着，应该先让他受到人间的惩罚！"

伯爵深知，自己这位仆人秉性倔强，要想打消他的复仇念头，简直难于登天。于是，他不再说话，同时，作为丈夫和父亲，他现在一门心思，想的全是自己的夫人和孩子。

此时，他聚精会神地注视着海岸，心里盘算还需要多少小时，多少分钟，完全没有注意到，一场危险的暴风雨正在迎面袭来。这场内战异常恐怖，参与战争的双方极其残忍，毫不留情，那经历令他终生难忘。伯爵从未感到，危险正如此逼近自己的妻子和女儿！他想象着，自己的妻女遭到袭击，被关进监狱，或者，也许正在逃亡，躲在海岸边某块礁石后面，绝望地期盼救援；有时候，伯爵甚至侧耳倾听，试图听到呼救的声音。

"你什么都没听见吗？"他向克尔南问道。

"没有！"布列塔尼人回答道，"那是风雨中翱翔的海鸥在叫。"

晚上10点钟，克尔南认出了通往洛里昂锚地的狭窄通道，以及路易港的堡垒要塞，夜色中，那儿的灯火影影绰绰；他把船头对准海岸与格鲁瓦岛之间的航道，让渔船破浪疾驰。

风向始终顺畅，但是，风势迅猛增强；尽管伯爵急不可耐，虽然克尔南希望尽快赶路，他却不得不把前桅帆和小风帆彻底收缩。

伯爵也亲自动手操作,然而,渔船的速度丝毫没有减慢,船头激起飞扬的浪花。如此危险的航行还将持续15个小时。

夜色深沉可怖;暴风雨来了;巨浪拍打着花岗岩礁石,浪花飞溅,面对此情此景,即使最无所畏惧的人,也难免心惊肉跳;布列塔尼沿海暗礁密布,贴近岸边航行极其危险,因此,渔船远离海岸疾驰。

两位逃亡者一刻也不敢打瞌睡;哪怕舵柄出一丁点差错,稍有疏忽,渔船就可能倾覆;他们赶着去拯救亲人,想到亲人,与惊涛骇浪搏斗的勇气陡然倍增。

将近凌晨4点钟,风势略显减弱,借助暴风雨间隙的晨光,克尔南认出了位于东边特雷维尼翁的位置。

他刚想张嘴告诉尚特莱尼伯爵,却改用手指了指那座灯塔摇曳的灯光。伯爵紧握冰冷的双手,似乎正在喃喃祈祷。

此时,渔船已经驶入森林海湾,海湾两头分别坐落着孔卡诺镇与弗埃斯南镇。

这儿的海面相对平静,狂风在外海卷起的巨浪在这儿略显疲弱。

一个小时之后,渔船突然撞上了科兹海角的礁石,尽管渔船的船帆已经完全收起,却仍无法避免这次异常猛烈的撞击。伯爵与克尔南在海浪里拼命挣扎,终于游到岸边,那条渔船被撞破,就在他俩眼前沉没。

"消失得无影无踪。"克尔南对伯爵说道。

"很好!"后者说道。

"那么现在,我们去城堡。"布列塔尼人回答道。

他俩的这趟渡海之旅,前后持续了26个小时。

第四章　尚特莱尼城堡

　　尚特莱尼城堡坐落于彭拉贝与普卢加斯特尔之间，距离弗埃斯南镇3里，离布列塔尼海岸不足1里。

　　从古至今，尚特莱尼领地的所有权一直属于伯爵家族，它堪称布列塔尼历史最悠久的家族之一。城堡的年龄只能上溯至路易十三时代，不过，这座矗立在一片粗糙不平田野上的建筑物，四周包裹着花岗岩围墙，看上去沉稳庄重，气势威严，犹如海边的岩石一般，坚不可摧。然而，它既没有箭楼，也没有突廊，更没有通往城堡的暗道；在城堡的拐角，没有设置悬空的，犹如鹰巢一般的岗亭；看上去，它根本不像一座城堡；在布列塔尼平静安详的土地上，这儿的贵族们压根没想要防备任何人，更没想要防备自己领地的仆从。

　　很多年以来，伯爵家族在本地享有无可争议的传统威望。尚特莱尼家族的人秉性耿直，不善阿谀奉承。在三百年的时间里，他们朝觐国王总共不超过两次；他们自恃是布列塔尼人，以此为傲，认为这儿与法国的其他地方迥然不同。对于他们来说，路易十二与安妮·德·布列塔尼的婚姻根本就不存在，他们公然认为，这位高傲的女公爵压根就是"屈尊下嫁"，甚至更糟糕，那就是"背叛"。

　　不过，尚特莱尼家族治理领地的才能极为优异，堪称法兰西国

尚特莱尼城堡

王的表率。甭管怎么说，其治理的效果就是明证，因为，这个家族自始至终受到农民们的爱戴。

　　这个家族身份高贵，受人尊敬，而且天性平和，很少出现才华横溢的军事将领；尚特莱尼家的人天生就不是当兵的料；即便身处动乱时代，跨马打仗成为一位绅士的首要职责，尚特莱尼家的人依然平静地生活在自己的土地上，安享亲手打造出来的幸福氛围。菲利普·奥古斯都组建十字军，也就是说，想要保卫教会，并且曾经率领尚特莱尼的先祖们奔往圣地；从那时以来，再也没有一位尚特莱尼家的人披挂过甲胄，或者挎过军刀。尚特莱尼家族早就明白，自家在朝廷声名低微；他们从未想过要从朝廷那儿得到任何封赏，并且对此毫不在意。

他们把家业打理得井井有条，收入颇丰，家境殷实。

尚特莱尼的领地内，既有牧场，也有盐田，还有肥沃的耕地，其规模在本地区所有领地中名列前茅；不过，在方圆五六里之外，这座城堡却鲜为人知；正是这个缘故，尽管附近的各个村镇，包括弗埃斯南、孔卡诺，以及彭拉贝都遭受过来自布雷斯特和菲尼斯泰尔的共和党人的血洗，尚特莱尼城堡却奇迹般地躲过了本地市政当局的注意；不过，那还是在伯爵上次离开的时候。

伯爵的天性并不尚武，然而，在这场旺代战争中，他却显露出优秀的军人气质。只要忠于信仰，勇敢无畏，一个人在哪儿都能成为战士。伯爵的表现犹如一位英雄，尽管他的天性并非如此；事实上，从内心深处，他更倾向于投身教士生涯，甚至曾在雷恩的大修道院度过两年时光来潜心研究神学；然而，与表妹德·拉孔特里小姐的婚姻，让他走上了一条截然不同的人生路。

不过，伯爵得到了一位人生道路上最理想的伴侣。这位迷人的姑娘是一位勇敢无畏、忠诚奉献的女士。伯爵与伯爵夫人婚后的头几年，居住在这个家族的古老领地内，共同抚育他们的女儿玛丽，身边簇拥着尚特莱尼家族父辈留下来的老仆从，犹如一群谦恭的朋友；那几年，伯爵度过了人世间最幸福的时光。

幸福的氛围笼罩整个领地，爵爷受到众人敬仰。对于这儿的居民来说，理所当然地，伯爵之于他们，犹如法兰西国王之于子民；

无论何时，尚特莱尼家族总向本地居民提供帮助，因此，大家对伯爵心怀歉疚。在本地居民中，看不到生活窘迫的人，也找不到一个乞丐；很久以来，在布列塔尼的这片偏僻角落，从未发生过任何罪案。所以，不难理解，为什么卡瓦尔的盗窃行为引起轩然大波。虽然这个布列塔尼人成为伯爵的仆人仅仅两年，伯爵仍然不得不把他赶出城堡。即便如此，伯爵还劝周围的农民公正对待此事，因为大家无法容忍本地有一个小偷。

这个卡瓦尔是个地道的布列塔尼人，不过，这个布列塔尼人曾经四处游荡，见多识广，毫无疑问，沾染了许多恶习；据说，此人去过巴黎，对于本地农民来说，巴黎宛若空中楼阁，甚至，最迷信的农民认为，巴黎就是通往地狱的走廊；甭管怎么说，那地方跟地狱相差无几，因为，他们当中只有一个人偶尔去过一趟巴黎，却带回来满身邪恶与罪孽。

这桩罪案发生在两年前，曾经是当地一大丑闻，那个卡瓦尔离开时，威胁要报复雪耻。对这个威胁，大家并没当回事儿。

如果这威胁来自一个卑微的小偷，可以对它置之不理；然而，倘若这小偷摇身一变，成了救国委员会的基层特派员，而且手段残忍，这威胁就值得重视。于是，伯爵加快脚步直奔城堡，并且开始怀疑，卡瓦尔威胁要干的那些可怕事情，不过是某种暗示。不过，伯爵夫人一心向善，理应得到善报；事实上，从1773年到1793年，这二十年来，夫人竭尽所能帮助周围的人们获得幸福。她知道，只要做善事，就能让自己的丈夫生活美满。因此，人们总能看到她在病人床边不停忙碌，收养照顾老人，帮助孩子们接受教育，创办学校，而且后来，年满十五岁的玛丽也参与了母亲的各项慈善事业。

这位母亲和女儿携手,一心忙于慈善事业,并且得到费尔蒙修道院院长的帮助,这位院长兼任城堡小教堂的神父。他们遍访海滨的各个村庄,从森林海湾一直到拉兹海角;慰问那里的村民,向那些经常遭受暴风雨袭扰的渔民家庭发放仁慈的布施。

"我们的女主人。"农民们如此称呼她。

"我们善良的夫人。"渔民们如此说道。

"我们的好妈妈。"孩子们不停地叫道。

因此不难理解,为什么克尔南会得到所有人的羡慕,因为他能被玛丽尊称为叔叔,他也能直呼玛丽为侄女,而且,他与伯爵亲如一奶同胞的兄弟。

圣弗洛朗起义爆发后,伯爵动身离开城堡,这是他第一次与家庭分开,也是第一次与伯爵夫人天各一方;伯爵夫人万分痛苦,但是,在责任心的驱使下,亨伯特·德·尚特莱尼毅然动身,勇敢的女士只能任由他远去。

在战争的头几个月里,借助忠心耿耿的密使,夫妻俩还能经常获得彼此的消息;不过,伯爵一天也离不开天主教军,无法回来拥抱亲人;紧急军务频仍,他被迫坚守自己的岗位;在漫长的十个月里,伯爵始终没有见过亲爱的家人;甚至,在最近的三个月,特别是在格朗德维尔、勒芒,以及肖莱遭遇惨败后,伯爵再没得到过尚特莱尼城堡的任何消息。

因此,伯爵忧心忡忡,此时,在忠实的克尔南的陪伴下,他正在返回祖先留下的领地。当他双脚踏上弗埃斯南海岸时,其激动的心情不言而喻。仅仅两个小时之后,他就能拥抱妻子,亲吻自己的女儿了。

"走吧,克尔南,我们走。"他说道。

"我们走!"布列塔尼人回答道,"很快,身上就能暖和起来。"

一刻钟之后,主仆两人穿过弗埃斯南镇,整个镇子还沉浸在睡梦中,他俩从墓地边走过,不久前,这儿遭受过蓝军的践踏。

因为,弗埃斯南镇的居民最先奋起反抗大革命,起因则是市镇当局给他们派来了宣过誓的教士;1792年7月19日,在当地治安法官阿兰·内德莱克的带领下,该镇300名居民在镇内闹事,甚至与坎佩尔的国民卫队发生冲突。这些居民遭到镇压;胜利者把战马赶进墓地吃草,并且在教堂的院子里露营;第二天,战败者被用三辆车送到坎佩尔,随后,阿兰·内德莱克被送上了新发明的死刑工具,并因此成为在布列塔尼牺牲的第一位烈士;这架死刑工具被布列塔尼行政当局称为"斩首机",市镇总检察长亲自为这架工具精心撰写了详细的使用说明。从那以后,被制服的弗埃斯南镇再也不曾闹过事。

"看起来,蓝军从这儿走过!"克尔南说道,"亵渎过此地,遍地是坍塌的废墟!……"

伯爵没有回答,踏上了那片延伸到海边的广袤原野。现在是清晨6点钟;一阵寒气逼来,紧接着,雨水从天而降;地面十分坚硬;天色依然昏暗,暗色笼罩着荒芜的原野,这儿不适于农耕,四处遍布荆豆;水洼已经结冰,荆棘丛覆盖着白色的冰霜,好似冰雕。

随着逃亡者逐渐远离大海,远方出现稀疏的树木,参差不齐,被狂暴的西风吹弯了腰,苍白的树丛一直延伸至地平线。

很快,平原上出现一片又一片荞麦田,沟渠纵横,麦田被一排排矮壮的橡树分隔成块;必须蹚过这些麦田,穿越一道又一道可以旋转打开的栅栏,栅栏倚靠竖立在大石块旁,上面缠满干枯的荆棘。克尔南走在伯爵前面,打开栅栏,然后再把栅栏合拢,每次撞击树丛,总会有小树枝噼里啪啦跌落地面。

就这样,伯爵与同伴沿着田垄和麦田栅栏之间踩踏出来的羊肠小道,快步疾行,有时候,他俩甚至不顾一切地奔跑起来。

将近7点钟,天色开始放亮;距离城堡还剩不到半里路。四周显得荒凉寂静,甚至寂静得令人不敢置信。面对异乎寻常的寂静,伯爵禁不住提醒自己的同伴:

"没有一个农民,也看不到赶往牧场的马匹!"他疑虑重重地说道。

"现在还太早,"克尔南回答道,他也对周围的气氛感到担心,只是不想让伯爵受到惊吓,"在12月份,大家起床都很晚!"

此时,他们钻进了一大片高耸的树林;这片广袤的冷杉林是伯爵的产业,枝叶四季常青,从海面上老远就能眺望到这片树林。

地上铺满树皮粗糙的枯枝,枯枝上散落着许多松果,颜色淡灰,果皮裸露;看上去,这儿的地面不大像很久没人踩踏过;然而,每年,附近村庄的孩子们都会兴高采烈地跑来捡拾松果;农妇们也来捡拾枯枝,伯爵慷慨大度,任由他们取走。

然而,今年,这些可怜人并没有按照习惯来捡拾,那些松果与枯枝原封未动。

"看见了吗?"伯爵对布列塔尼人说道,"他们没来过!既没有农妇!也没有孩子们!"

克尔南摇了摇头,沉默不语,他已经从空气中嗅到了不安的气息,禁不住心惊肉跳,加快了步伐。

两位旅伴向前迈步，成群的野兔、鹧鸪伴随着他们的脚步惊起，甚至数量多得异乎寻常！……显然，今年的狩猎者数量不多，然而，过去，他们是可以在伯爵的领地上随意狩猎的。

种种迹象表明，这儿被遗弃了，明眼人都看得出来。冬日清晨严寒逼人，伯爵的脸色变得愈发惨白。

"瞧呀！城堡！"布列塔尼人叫道，边叫边用手指向远方矗立于丛林之上的两座塔楼尖顶。

此时，伯爵和克尔南已经来到波尔吉耶农庄附近，伯爵家的一位佃农负责打理这座农庄；绕过树林，就能望见它了；那位佃农名叫路易·赫戈内克，是个勤快的汉子，习惯早起，干起活儿来喜欢大声喧哗，然而，现在却听不见他给牛马套上鞍辔时哼唱的歌声，甚至，也听不见他在院子里冲着老婆子叫嚷的声音。

没有，什么声音都听不见！四周一片死寂沉沉；一种可怕的预感涌上伯爵心头，他禁不住一把抓紧忠诚的布列塔尼人的手臂。

两人用目光扫视树林周围，紧盯着农庄的方向。

一幅可怕的场景映入他们的眼帘。几堵残垣断壁摇摇欲坠，露出几段乌黑的房梁，屋顶已经被烧焦，残存的烟囱顶端栖息着一只鸽子；残垣断壁之间，盘亘着几条烟灰覆盖的狭窄小径，穿过被砸烂的门框，石缝中露出尖锐的门框铰链；所有一切表明，不久前，这儿遭过火灾。农庄已经被烧毁了；四周树上留下了激烈搏斗的痕迹；门上有斧子砍过的斫痕，苍老的橡树干上留有子弹的擦伤，农具都已被捣毁，弯折扭曲，运货马车倾覆在地，车轮的轮辋都已脱落，足以证明这场搏斗异常激烈；四处是被遗弃的牲畜尸体，包括奶牛和马匹，空气中弥漫着腐臭味。

伯爵感到双腿发软。

"蓝军！又是蓝军！"克尔南沙哑着嗓音不停说道。

"去城堡！"伯爵迸发出一声惊惧的呼叫。

这个男人，刚才几乎站都站不稳，而此时，克尔南勉强才能跟上他的脚步。

奔跑途中，经过坑坑洼洼的路面，看不到一个活人；这地方原本并不荒凉，如今却渺无人烟。

伯爵穿过村庄。大部分房屋已被焚毁；仅剩几间房屋依然矗立，但屋内空无一人。必定曾有一股复仇的怒火席卷而过，才能让这儿变得人迹全无。

"噢！卡瓦尔！卡瓦尔！"布列塔尼人咬牙切齿地低声说道。

终于，伯爵与克尔南来到了城堡的大门前；烈火并未袭扰这座城堡；但是，城堡显得阴森、冷清；空气中，看不到烟囱冒出清晨应有的炊烟。

伯爵与克尔南朝大门跑去，随即惊悚骇然地停住脚步。

"看！看呀！"伯爵说道。

在一侧门柱上，贴着一张巨大的告示；告示顶部画着法律标识：交叉的梭镖，以及盖着弗吉尼亚帽的棕榈叶。告示的一侧描述涉及的产业，另一侧写着产业的价值。

尚特莱尼城堡被共和国没收，待出售。

"无耻之徒！"克尔南叫道。

他试图撼动大门；然而，尽管他力大无穷，大门却顽固地挺立，岿然不动；尚特莱尼伯爵竟然不能在自己祖先留下的庄园里休息片刻！自家的大门把自己拒之门外。伯爵感到一阵绝望，痛心疾首！

"我的妻子！我的女儿！"他声嘶力竭地吼叫着，"我的妻子在哪里？还有我的孩子？她们被杀死了！他们杀死了她们！……"

大滴泪珠滚落到克尔南的脸颊上，他试图安慰自己的主公，但无济于事。

"这样没有用，"终于，他说道，"我们待在这儿，大门不会打开！"

"她们在哪儿？她们在哪儿？"伯爵叫道。

恰在此时，一位蜷缩在沟渠里的老妪突然站起身来，她双目昏聩，眼神恍惚；木然地晃着白痴般的脑袋。

伯爵向她跑了过去。

"我的妻子在哪儿？"他说道。

老妪犹豫了半天，终于回答道：

"城堡遭到攻击时，死了！"

"死了！"伯爵咆哮道。

"那么，我那位侄女呢？"克尔南使劲摇晃着老妪，问道。

"关在坎佩尔的监狱里！"终于，老妪说道。

"这都是谁干的？"克尔南恶狠狠地问道。

"卡瓦尔！"老妪回答道。

"去坎佩尔！"伯爵叫道，"跟我走，克尔南，走吧！"

于是，他们离开了这个不幸的老妪，她孤苦伶仃，几乎就剩下最后一口气，是整个尚特莱尼镇所有生灵的唯一幸存者。

第五章　1793年的坎佩尔

坎佩尔城见证了从共和国断头台上滚落的第一颗人头，也就是阿兰·内德莱克的那颗头颅，而布列塔尼的教士则成为这座城市牺牲的第一位烈士，他就是科南·德·圣鲁克主教。从那天以后，共和党人和市镇当局的专横统治笼罩了坎佩尔全城。

需要指出，居住在城里的布列塔尼人对于共和运动的热情极为高涨；他们满怀激情投身到这场民族运动中；他们天生精力充沛，无论干好事，还是干坏事，全都毫无节制；因此，8月10日，民众冲进杜伊勒里宫，推翻国王路易十六的统治，冲在前面的那批英雄，全都是来自布雷斯特、莫莱，以及坎佩尔的联盟派成员。就是他们，在1792年7月11日的立法议会上，面对普鲁士、皮埃蒙，以及奥地利的反法联军，发出了"祖国在危急中"的号召。

因此，这些人发挥的作用颇受赞赏，在巴黎的布列塔尼俱乐部成为后来的雅各宾俱乐部的核心；再后来，为了表彰他们的功绩，位于巴黎郊区的圣玛索区更名为"菲尼斯泰尔区"。

作为下布列塔尼地区的首府，坎佩尔位于该区腹地，谁也想不到，与其他城市相比，它会成为最动荡活跃的城市。宪法之友在这儿诞生，而且就设在原来的科尔德利耶小教堂内；城里各种俱乐部层出不穷,不久之后,其中的一个俱乐部竟然发布政令,要求所有吃奶的婴儿必须离开乳母的怀抱,前来倾听"山岳派万岁"的欢呼!还要求正在牙牙学语的儿童结结巴巴地念诵《人权宣言》。

不过,以克尔加里乌为首的当地掌权者们发现,坎佩尔的革命运动出现偏差,于是,他们想要予以纠正;他们取缔了若干张报纸,包括马拉的《人民之友报》;为了让当地人俯首帖耳,巴黎公社特意派来一位总监;然而,当这位总监抵达时,坎佩尔人却把他关押进了都罗要塞;他们比巴黎的吉伦特派更积极地反对制宪会议里的山岳派,甚至与南特人携手,派遣两百名志愿者前往巴黎,试图用武力表达抗议,这一举动迫使国民公会发布政令,谴责布列塔尼的全

共和二年雪月6日,坎佩尔城的一条街道

体行政官员。然而，自从路易十六被处死后，随着对吉伦特党人的清剿，整个法国陷入癫狂状态，恐怖统治建立之后，布列塔尼的那些反动的共和党人终于遭到镇压。

另一方面，如果说城里的居民热衷于投身这场运动，那么，农村的动乱却始于农民反对那些上面派来的宣过誓的教士；他们毫不留情地驱逐这些教士；紧接着，当征兵的法令颁布后，菲尼斯泰尔地区的农民揭竿而起，无论在莫尔比昂，还是在卢瓦尔河－内陆地区，抑或是北部海岸地区，暴乱一发不可收。坎科洛将军指挥军队，以及市镇民兵，竭尽全力予以镇压。到了3月19日，他甚至不得不在圣波尔德莱昂发动一场大战。

于是，救国委员会决定，针对这些城市和农村，采取最严厉的措施。它派遣了两名代表：盖尔默和朱利安，他俩在布列塔尼，特别是在坎佩尔，着手推行激进的共和主义。

在他俩的策动下，这些大权在握的人带来了1793年9月的《嫌疑犯法令》，这部由默林和杜埃起草的杰作，内容如下：

以下人可被视为嫌疑犯：
1. 其行为、人际关系、言谈或文字涉嫌同情专制、联邦主义，以及自由的敌人。
2. 其无法证实自己身份，以及获得公民权利的方式。
3. 其曾被拒绝授予公民证书。
4. 其曾为公务员，但已被停职，或解除职务。
5. 其曾为昔日贵族，包括所有丈夫、夫人、父亲、母亲、儿子或女儿、兄弟或姐妹，包括移居海外，长期与大革命格格不入者。

以这项法令为武器，救国委员会的特派员们成为整个地区的主宰。谁能逃脱这些革命措施的罗网？根据这些可怕的条文，任何人都可能直接或间接地遭到制裁。于是，报复行为席卷而来，整个菲尼斯泰尔地区陷入极端恐怖之中。

陪同盖尔默与朱利安到来的，还有救国委员会的一位特派员助理，他虽然是个小人物，却是那个曾经发誓要报复克尔南的恶魔卡瓦尔。

这个无耻之徒发迹于巴黎，在各个俱乐部中崭露头角；他混入恐怖分子的行列，因对菲尼斯泰尔地区的情况了如指掌，成为救国委员会特派员的随从。

事实上，对曾经驱逐过自己的那个地方，卡瓦尔刚刚实施过初步报复。凭借这项嫌疑犯法令，要想整治尚特莱尼家族，对他来说简直易如反掌。

因此，在抵达坎佩尔的第二天，卡瓦尔就动手了。

这个卡瓦尔中等身材，与那些坏蛋一样，长着一张丑陋的面庞，那是被仇恨、卑鄙，以及恶毒，一点一点儿扭曲的脸；每一桩新罪行都被浸透在这张脸上，留下污浊的印痕；他不缺少智慧，但是，只要看到这张脸，总能让人想起懦夫的形象。与大革命时期的诸多风云人物一样，此人因懦弱而嗜血成性，同样因为懦弱，他顽固不化，生就一副铁石心肠。

9月14日，抵达这儿的第二天，卡瓦尔找到盖尔默，说道：

"公民，"他说，"我需要100个民兵。"

"你要他们，打算做什么？"盖尔默问道。

"我想回老家走一趟。"

"在哪儿？"

"在尚特莱尼那边，那地方位于普鲁加斯特尔与彭拉贝之间，我知道，那儿有一座旺代叛匪的巢穴！"

"你对这件事儿有把握吗？"

"有把握。明天，我就把叛匪的父亲和母亲给你带来。"

"也别放走那些小家伙！"恶毒的执政官笑着说道。

"放心吧！我知道该怎么办。我曾经掏过乌鸦的窝，这次，一定要将他们一窝端！"

"那就去吧！"盖尔默说道，随即按照卡瓦尔的要求，签发了命令。

"致敬，博爱！"卡瓦尔说道，退了出去。第二天，他率队出发了，这支临时特遣队由坎佩尔城的狂热分子组成；当天，队伍抵达尚特莱尼。

当地农民太了解卡瓦尔了，看到他，立即爆发了一场殊死搏斗；他们知道，要么战而胜之，要么彻底毁灭；然而，尽管农民们想要保卫他们热爱的夫人，最终还是被打败了。

尚特莱尼伯爵夫人身边簇拥着自己的女儿、费尔蒙修道院院长，以及家里的仆从们，大家焦虑不安地等待这场战斗的结局。

伯爵夫人很快就知道了战况。坎佩尔的民兵攻进城堡，卡瓦尔带头冲进各个房间，嘴里叫道：

"杀死贵族！杀死白军！杀死旺代叛军！"

伯爵夫人惊慌失措，想要逃跑，但已来不及。她退进城堡的小教堂，疯狂的民兵追到她面前。

"逮捕这个女人，还有她的女儿，她们是叛匪的老婆和女儿！"卡瓦尔因嗜血而陶醉兴奋，大叫道，"还有这个教士。"他指着费尔蒙修道院长，补充道。

玛丽已经昏倒在母亲的怀抱，对方把她从伯爵夫人怀中抢走。

"还有你的丈夫，伯爵呢？"卡瓦尔恶狠狠地问道。

伯爵夫人高傲地看着对方，一言不发。

"克尔南在哪儿？"对方叫道。

伯爵夫人仍旧不发一言。发现抓不到那两个男人，卡瓦尔不禁勃然大怒，盛怒之下，他给了伯爵夫人致命一击；不幸的女士跌倒，向自己的女儿投去充满惊惧的最后目光。卡瓦尔四处搜寻，但一无所获。

"他们还在叛军那儿，"他高声叫道，"好吧！我早晚要抓住他们！"

随后，卡瓦尔对手下说道：

"把这个女孩带走，"他说道，"照老规矩办！"

玛丽陷入昏迷，在费尔蒙修道院长的陪伴下，来到被捕的农民中间；他们都被绑缚了双手，像牲畜似的被圈禁，然后被带走。

第二天，卡瓦尔把这些俘虏押送到坎佩尔。

"那个男的呢？"盖尔默笑问道。

"逃脱了！不过，请放心，"卡瓦尔狞笑着回答道，"我一定能逮住他。"

玛丽·德·尚特莱尼和她那些不幸的同伴被胡乱塞进了坎佩尔城监狱；直到被关进单人囚室，玛丽才恢复知觉。

不过，监狱很快变得人满为患；于是，狱方开始清空牢房；坎佩尔的大广场上，斩首机不停地运转起来。为了加快斩首速度，法院的法庭甚至都忙不过来。

在恐怖时期，革命判决是如何做出，法律的程序如何完成，被告又是如何得到保护，对此，大家心知肚明。

很快，年轻姑娘的死期就要到了。

以上，就是伯爵夫人和女儿的遭遇。最近这两个月，尚特莱尼伯爵一直没有得到妻女的消息，因为，在他的城堡里，发生过如此惊心动魄的一幕。

至此，克尔南终于明白，那天，在一片混乱中，卡瓦尔的脸上为何露出成功复仇的快意，而且，喊出那句恐吓的话：

"在尚特莱尼城堡等着你！"

想到这儿，克尔南搀扶着遭受厄运打击的伯爵，一边走，一边喃喃自语道：

"卡瓦尔，我饶不了你！绝不饶恕！……"

将近早晨8点钟，伯爵与克尔南离开城堡；他俩顾不上饥饿与疲劳，一刻不停，疾行穿过原野，布列塔尼人转过身，最后瞥了一眼自己主公的城堡，城堡的围墙掩映在萧瑟的树林后面。

悲恸欲绝的伯爵简直疯了，全靠忠实的仆人引导；克尔南必须付出双倍的勇气和智慧；为了避免任何意外，他尽量选择捷径，很快就在凯罗兰村附近，踏上了从孔卡诺通往坎佩尔的大路。

此地距离坎佩尔仅有两里半远，按照伯爵和克尔南的行进速度，上午10点钟之前就能赶到。

"她在哪儿？……我的女儿在哪儿？……"伯爵喃喃自语道，

似乎正在祈求那些心地残忍的家伙,"死了!死了!……就像她那可怜的母亲!"

一幕凄惨的景象出现在伯爵脑海,那景象令人心惊肉跳,为了摆脱那幅惨景,伯爵禁不住奔跑起来,似乎要把那想法抛到脑后。

克尔南与伯爵寸步不离,紧随他近似癫狂的跟跄步伐,看到远方路上出现行人,立即把伯爵拽进路旁的树丛。眼下,任何人都可能构成威胁;伯爵的情绪过于激动,很容易暴露其身份。

毫无疑问,这位布列塔尼人对于主公的痛苦感同身受;然而,与此同时,他也在思索如何复仇,对此,伯爵还没有顾得上。克尔南悲恸欲绝,怒火中烧。于是,他仔细盘算,想到了一系列问题,却找不到答案。到了坎佩尔城,伯爵打算怎么办?

假如伯爵的孩子被关在监狱里,他能把孩子救出来吗?革命法庭从来不会放弃攫取到手的猎物,更何况,伯爵的举止稍有不慎,就可能身陷囹圄。

因此,在没有制订出方案前,未经深思熟虑,这两个男人就是在冒险,而且冒险的动机令人无法抗拒。

恰如克尔南的预计,10点钟之前,他俩已经抵达坎佩尔城郊。此时,城里的街道空空荡荡,不过,老远就能听见不祥的嘈杂声。全城居民似乎都在涌向市中心。于是,克尔南搀扶着主公,壮着胆子走进街道,此时,伯爵还在低声念叨:

"我的女儿!我的孩子!"

作为父亲的痛苦,甚至超过了作为丈夫的痛苦,伯爵简直痛不欲生。

走了10分钟,主仆两人来到了临近大教堂的一条街道;那儿围着一大群人，他俩站在人群的后尾。

人群中，一些人怒吼着，另一些人号叫着；其他人则惊恐万状，跑回自己家中，把门窗紧紧关闭。在一片诅咒声中，传来痛苦的哀号；有人惊惧不安，有人嗜血成性。空气中弥漫着阴森恐怖的气息。

很快，嘈杂哄闹声中，有人喊道：

"来啦！他们来啦！"

然而，无论伯爵，还是克尔南，他俩谁也没有看见引起人群好奇心的究竟是什么。不过，随着喊声，紧接着传来拖长嗓音的口号声：

"打倒白军！打倒贵族！共和国万岁！"

显然，在临近的广场上，发生了某种可怕的事情；在街道的拐角，所有人扭脸望着同一个地方，而且，必须承认，大多数人的脸上露出狰狞的表情，刚刚发生的一幕让他们获得了残忍的满足。

喧嚣声一阵阵传来；不时地，广场上总要发生某种异乎寻常的事情，因为不断传来喊叫声：

"不！不能饶恕！不能饶恕！"这些喊声，或者说号叫声来自那些观众，他们观望着，喊声一浪高过一浪，一直抵达观众的最后一排。

伯爵的脸上冷汗淋漓。

"到底发生了什么事儿？"他周围的人都在询问。

没人知道是怎么回事，但是，出于邪恶的本能，大家仍在高呼：

"不能饶恕！不能饶恕！"

克尔南和伯爵不顾一切地想要从人群中挤出一条通道，但是，根本做不到；另一方面，就在他俩抵达之后几分钟，那一幕已经结束了，因为，所有人突然向后散去；大家挥舞着手臂，转过脸，叫骂声逐渐平息。

与此同时，一帮叫卖者跑向人群，他们叫卖的是遇难者的姓名。

"共和二年雪月6日执行处决！谁要今天被处决者名单？"

伯爵惊恐的眼神望向克尔南。

"都在这儿，都在这儿！"叫卖者继续喊道，"费尔蒙神父！……"

伯爵一把抓住克尔南的手，似乎要把它捏碎。

"尚特莱尼小姐！"

"啊！"伯爵发出一声可怕的惊呼。

但是，克尔南一把捂住了他的嘴，将伯爵搂在怀里，似乎这个人昏倒了，趁着围观这一幕的人们还没明白是怎么回事儿，克尔南把伯爵拖到了一条偏僻小巷里。

与此同时，人群中传出其他遇难者的名字，喊声在四面八方回荡：

"杀死贵族！……共和国万岁！……"

第六章 三角地小客栈

克尔南的处境极其危险；他必须在伯爵恢复知觉之前，避开所有人的目光。伯爵醒来后张嘴说出的第一句话，就可能让他暴露！尽管他身穿布列塔尼农民的衣服，但如果再次大声询问女儿的情况，其尚特莱尼伯爵的身份定然暴露无遗。

克尔南拖着，或者不如说抱着主公，跑过大街小巷，他发现一间小客栈，于是，在它跟前停住脚步。

小客栈的招牌上，画着那个时代所能允许的各种装饰，包括梭镖、罗马束棒，招牌上写着：

　　在三角地
　穆提乌斯·谢沃拉之家
　供步行客与骑马客下榻

"专供盗贼落脚的客栈，"克尔南自忖道，"管他呢！我们在这儿更安全。再说了，我也没有别的选择。"

他确实没有别的选择，因为在城里，他还没有看到任何一家不挂公民招牌的小酒馆。

公民穆提乌斯·谢沃拉的客栈

于是，克尔南走进低矮的客栈前厅，把怀里瘫软的人放进一张椅子，然后想要一个房间。客栈老板，也就是穆提乌斯·谢沃拉本人走了过来：

"你想要什么，公民？"他问道，粗糙的嗓门带着布列塔尼口音。

"一个房间。"

"那么，你掏钱吗？"

"老天爷！"克尔南回答道，"洗劫保皇党岂能一无所得。瞧，这是预付款！"他接着说道，随手扔了几枚钱币在桌面上。

"银币！"客栈老板惊叫道，他一向习惯于接受纸币和铜币。

"货真价实，正面印着共和国图案。"

"很好！这就给你准备。不过，你这位朋友，他怎么啦？……"

"哥们儿,你听着,别没事儿找事儿;赶紧着,去准备房间……"

"遵命!"客栈老板搓着双手说道。

"跟你说,"克尔南不动声色地说道,"我们跌进了一条壕沟!牲口当时就摔死了,这一位也摔得够呛!现在,甭再废话。我付过钱了!房间呢?"

"好的!好的!这就给你准备。你也用不着发火。你来得这么晚,不能怪我。不过,既然你错过了处决强盗的那一幕,我能告诉你当时的细节。"

"你在现场?"

"当然啰!我离公民盖尔默只有两步远。"

"那家伙,就像一只狡猾的兔子!"克尔南说道,尽管他对这个名字一无所知。

"我保证全都告诉你!"客栈老板回答道。

"那好吧!一会儿见,公民谢沃拉!"

布列塔尼人重新抱起伙伴,谢沃拉把他俩领上二楼。

"需要我帮忙吗?"到了房门口,老板问道。

"不需要你,也不需要任何人。"布列塔尼人回答道。

"这人不懂礼貌,不过,毕竟付过钱!"谢沃拉自言自语道,"也算说得过去。"

片刻之后,克尔南单独面对昏迷不醒的主公,此刻,他终于忍不住泪流满面。不过,他一边哭泣,一边仍在无微不至地照顾主公;用水浸湿他苍白的额头;终于,伯爵恢复了知觉。不过,克尔南仍然谨慎地捂住他的嘴,避免让伯爵的痛苦猛然爆发。

"是的,我们的主公,"克尔南对伯爵说道,"我们可以哭泣!

但只能小声哭；在这儿，我们不能大放悲声！"

"我的妻子！我的女儿！"伯爵哭着反复念叨，"这一切都是真的吗？怎么可能？都死了！惨遭屠戮！……而我却还活着！……我没能……啊！一定要找到杀死她们的凶手……"

伯爵疯了一般转来转去，克尔南虽然力大无穷，却很难控制住他，不让他喊出声来。

"我们的主公，"克尔南说道，"您这样会被抓起来！"

"我无所谓！"伯爵一边挣扎，一边说道。

"您会被送上断头台！"

"随便！随便吧！"

"那样，我也会上断头台！"布列塔尼人说道。

"你！你！"伯爵说道，精疲力竭，瘫软倒地。

几声哀号从伯爵胸腔迸发而出，几分钟之后，他平静下来，双膝跪倒在房间裸露的方砖地上，为自己曾经钟爱，已然逝去的亲人祈祷。

克尔南跪倒在伯爵身旁，两人涕泪交加。长时间的祈祷之后，克尔南站起身，对伯爵说道：

"现在，我们的主公，请允许我到城里转一圈；您留在这里，祈祷并哭泣；我必须弄清楚事情的来龙去脉。"

"克尔南，你要把了解到的情况全都告诉我。"伯爵紧紧握住仆人的双手，回答道。

"事无巨细，我发誓，我们的主公！……不过，您可否不离开这个房间？"

"我答应你！去吧，克尔南，去吧！"

说完，伯爵双手捧住低垂的头，大滴泪珠从手指间落下。

克尔南转身回到楼下前厅，在客栈门口找到谢沃拉。

"怎么样啦！……你那位哥们儿？"爱国的客栈老板向克尔南问道。

"他睡了，伤得不重！不过，谁也不许去打扰他，给我听好了！"

"你尽管放心！"

"现在，"克尔南说道，"说给我听。"

"噢！想让我告诉你那一幕？行，我明白！"客栈老板笑着补充道，"你站在最后面，没能挤进去！人太多了！"

"确实如此。"

"可是，你，公民，你就不想边听边喝点儿什么？至于我，我可不想干哑着嗓子唠嗑！"

"既如此！弄瓶酒来，"克尔南说道，"再来个大圆面包。我一边听你说，一边吃点儿东西。"

"就这么办。"穆提乌斯·谢沃拉赞成道。

片刻之后，两个男人把胳膊肘支在桌面上，公民谢沃拉借花献佛，招待客人。

"事情是这样的，"他一口喝干一杯葡萄酒，说道，"最近这两个月，城里的监狱人满为患。旺代来的逃亡者蜂拥而至，由于监狱太小，已经到了犯人塞不进去的程度；因此，必须以更快的速度清空监狱。不幸的是，虽然公民盖尔默是个优秀的爱国者，但是，他缺乏卡里尔，或者勒邦的想象力，而且，总想按部就班走程序。"

听着对方的描述，克尔南在桌子下面紧紧攥住双拳。不过，他有能力控制住自己，不仅不动声色，而且还能回答道：

"那个卡里尔，真够棒的！"

"是的，我跟你说！还有那些溺死鬼！这么干，盖尔默也能拥有一条漂亮的河流！甭管怎么说，在这两个月里，我们按照力所能及的方式去干；分区清理，那帮残渣余孽根本无从抱怨；整个地区鸡犬不留！最终，干净利落，监狱几乎被彻底清空；然后，我们又忙着把监狱填满。"

"那么，今天早晨，"克尔南问道，"是不是处决了一位名叫尚特莱尼小姐的残渣余孽？"

"是的，一位漂亮的栗色头发女孩，确切无疑！还有，她的神父也被处决，他要负责给女孩引路！两人都是卡瓦尔亲手抓来的！"

"噢！是那位远近闻名的卡瓦尔？"

"就是他！这个小伙子可真棒！你认识他吗？"

"岂止认识！我俩是朋友！就像一只手上的两根手指头！"克尔南不动声色地回答道，"他还在这儿吗？"

"不在！8天前，他再次出发去巡查！应该说，他的抓捕行动并不完美！当他突袭尚特莱尼时，本想抓住那个余孽伯爵，因为他一直在追捕此人。可惜，这只鸟还是飞走了。"

"然后呢？"克尔南问道。

"然后，卡瓦尔加入了克莱贝尔的军队，想要抓住那个人，我觉得，在萨维奈战败后，这个人应该已经完蛋了。"

"这很可能，因为，白军在那儿一败涂地！……"布列塔尼人回答道，"哎，跟我说说，那个年轻女孩怎么样？"

"哪个女孩？"

"今天早晨的那个残渣余孽……她是如何被处死？"

"啐！……挺糟糕的，"客栈老板把酒杯举到嘴边，说道，"她的表现不值一提；简直被吓得半死。"

"这么说，"克尔南勉强抑制住怒火，说道，"她到底死没死呀？"

"当然应该处死！除非她怀揣着某种秘密！……"客栈老板笑着说道，"哦，不过说起来，在处决仪式上，发生了一件奇怪的事情。"

"什么怪事呢，公民谢沃拉？"克尔南回答道，"你这人可真有趣！"

"是的，"残忍的客栈老板得意扬扬地说道，"不过，下面即将说出来的事情，我本不想告诉你。"

"为什么呢？"

"因为，这事儿有损救国委员会的声名。"

"怎么，委员会？……"

"委员会的一位委员赦免了一个人！"

"这位委员是谁？"

"受人尊敬的库通。"

"怎么可能？"

"谁能想象！今天早晨，那架机器正常运转；农民们、贵族们，还有教士们，大家按照共和国的平等原则，排队就刑；年幼的尚特莱尼也在其中，还有两三个犯人就要轮到她了，此时，人群中传来喧闹声；一个小伙子，披头散发，骑着一匹马，那马当场倒地身亡，他跑了上来，大声喊道：

"'赦免,赦免我妹妹!'"

"他穿过人群,挤到公民盖尔默身边,递给他一张纸,那是一纸由库通签发,关于他妹妹的赦免令。"

"然后呢?"

"然后!根本无法拒绝!其实,这个小伙子本人就是残渣余孽!"

"他叫什么名字?"

"听人说,他是特雷戈兰骑士。"

"我从未听说过此人。"克尔南回答道。

"小伙子朝断头台跑去,胡乱挥舞双臂,看上去举止怪异;他似乎极为悲伤,就要晕厥!尽管如此,小伙子还是及时赶到,因为,他妹妹已经踏上台阶,并且昏倒在刽子手的手臂上。

"'我妹妹!我妹妹!'他喊叫着。

"只能把妹妹还给他!就这样,倘若他那匹马在路上出一点儿差错,就完蛋了!"

"就是这个缘故,当时人群中出现一阵骚乱?"

"就是;大家一齐喊:

"'不!不!'

"不过,面对受人尊敬的库通的签字,盖尔默也只能退让。无所谓!反正就是一项任务,而且是救国委员会的任务。"

"说得对!"克尔南回答道,"这个特雷戈兰真够走运的……后来呢?"

"后来,他把妹妹带走了,别人继续干活儿!……"

"那好吧!为了你的健康干杯,谢沃拉!"克尔南说道。

"也为了你的健康，小伙子！"客栈老板回答道。

交谈双方相互碰杯。

"那么现在，你打算干点儿什么？"爱国的老板问道。

"我去看看那位哥们儿是不是还睡着，然后到城里去转一圈。"

"随你的便，尽管放心。"

"我就是随便走走。"

"你打算在这儿逗留一段时间吗？"

"我本来想去见一见卡瓦尔，跟他打个招呼。"克尔南故作轻松地回答道。

"不过，他迟早总要回到坎佩尔来。"

"如果能确定他回来，那我就等着他。"布列塔尼人说道。

"老天爷！我知道的也就这么多了。"

"无论如何，"布列塔尼人说道，"我早晚总能找到他。"

"好吧！"

"他会到你这儿来吗？"

"不会，他住在主教府，也就是盖尔默的家。"

"那好吧！我去那儿见他。"

说到这儿，克尔南辞别客栈老板；在这场谈话中，他竭尽全力抑制内心的怒火，弄得身心疲惫不堪，甚至无力登上楼梯。

"是的，卡瓦尔，"他重复道，"我一定要找到你！"

他说这话的语气庄重，言出必行。

终于，克尔南回到伯爵身旁，见他仍然悲恸欲绝，不过，神志已经清醒；克尔南必须把了解到的所有情况告诉伯爵；他探查了一番房间墙壁，确信没人偷听，然后，低声描述了事情的悲惨经过；伯爵听着，禁不住泪流满面。

接着，克尔南提醒伯爵，接下来需要做些什么。

"我已经没有了妻子，也没了孩子，"伯爵回答道，"唯有一死，并且要为神圣的事业献身。"

"是的，"克尔南说道，"我们去安茹，参加还在那儿活动的保皇军。"

"我们去吧。"

"今天就走。"

"明天走，今天晚上，我还要尽到最后一份责任。"

"什么责任，我们的主公？"

"今天夜里，我要去趟墓地，为这座公墓祈祷，他们把我孩子的遗体也丢在了那儿。"

"可是……"克尔南说道。

"我想这么做。"伯爵语气轻柔地回答道。

"我们一起去祈祷。"布列塔尼人语气和善地说道。

这天的剩余时间，他们在哭泣中度过；两个可怜的男人，相互拉着手，沉浸在痛苦的沉默中，大街上回荡着兴高采烈的歌声。

伯爵一动不动！专心致志；克尔南走到窗旁，差一点发出可怕的惊呼，但是，他勉强忍住了，甚至没有把刚刚看到的一幕告诉伯爵。

在一群满身血污的同伴簇拥下，卡瓦尔走进坎佩尔城，他面目狰狞，浑身血迹，几乎酩酊大醉，驱赶着面前的老人、伤员、女人、孩子，这些都是可怜的旺代囚徒，他们与溃败的大军失散，被擒，注定要被送上断头台。

卡瓦尔骑在马上,城里的所有恶棍跟在后面,赞美欢呼声不绝于耳。

毫无疑问,这个卡瓦尔已经成了一个大人物。

当卡瓦尔从窗下经过时,克尔南回到伯爵身旁,低声说道:

"你说得对,我们的主公,今天确实不能走!"

第七章 墓地

夜幕降临。天气变了;雪花纷纷。8点钟的时候,伯爵站起身,说道:

"到时候了,我们出发。"

克尔南没有答话,打开房门,率先走了出去。他不希望遇见谢沃拉,但是,这家伙听见下楼声,凭着客栈老板的本能,立即走出低矮的前厅,在走廊里见到了布列塔尼人。

"哎!"他说道,"你要走吗,公民?"

"是的,我的兄弟感觉好多了!"

"如果赶路,这天气可不怎么样! 难道不能等到明天吗?"

"不能。"克尔南反驳道,但不知该如何解释。

"据说,"谢沃拉说道,"英勇的卡瓦尔已经回到坎佩尔,你知道吗?"

"巧了,"布列塔尼人说道,"我们正准备去主教府拜访他。"

说完这句话,克尔南转身面对伯爵,幸亏,伯爵没有听见那个该死的名字。

"啊! 你们打算去主教府见他?"客栈老板接着说道。

"你说对了,我保证,我们的这趟拜访不会让他太为难。"

"哦！哦！"谢沃拉肆无忌惮地笑着回答道，"这是要去检举几名教士，或者流亡者吧。"

"很可能。"克尔南回答道，边说边拽着主公的胳膊，向门口走去。

"去吧，祝你好运，公民！"

"再见！"布列塔尼人回答道。

终于，他俩走出了客栈。

城市显得十分凄凉；白雪覆盖大街小巷，四周静寂无声。

伯爵与同伴疾速走过一栋栋房屋；伯爵只是跟着走，完全忘记了寒冷。自从下定决心，要去女儿坟墓前祈祷，他再也没有说过一句话，始终沉浸在哀痛中。面对伯爵的缄默，克尔南一声不吭。

20分钟后，墓地围墙出现在黑暗的夜色里。此时，墓地的大门紧闭。不过没关系，布列塔尼人本来也没打算走大门进去，更没打算被守墓人发现。

克尔南绕着围墙转了转，准备找一处合适的地方越墙而入。伯爵顺从地跟着他，活像一个孩子，或者一个盲人。

寻找了好长时间，布列塔尼人找到一处墙基裸露，墙壁有些坍塌，露出缺口，可供攀爬的地方。克尔南爬上石块，在泥雪堆上勉强站住脚；他站稳了，把手伸给主公，和他一起翻身进入墓地。

这片逝者安息之地白雪茫茫，很难辨识方向。几座石块堆起的墓冢，许多黑色的十字架，覆盖着一层严冬白雪，整片墓地似乎披麻戴孝，阴森悲怆！让人禁不住联想到，躺在这片冰冷土地下的逝者们，尤其是被冷酷的市政当局刚刚抛进集体坟墓的逝者们，他们应该感觉非常寒冷。

墓地

　　克尔南和伯爵走过几条荒凉的墓地小径，来到一处刚刚掩埋的墓冢旁，上面胡乱堆放的东西覆盖着白雪，棱角清晰，那是掘墓人留下，准备第二天继续使用的铁锹和铁镐。

　　走近墓冢的那一刻，克尔南似乎看见一个人影，趴在地上，那身影猛然站起，试图躲藏到黑黝黝的柏树丛后面。一开始，克尔南以为自己看花了眼。

"我看错了,"他自忖道,"这个时候,怎么会有人来这儿? 根本不可能!……"

然而,定睛仔细看去,克尔南发现了树丛下蠕动的身影;与此同时,还看见地上留着清晰的脚印。显然,有一个人刚刚跑开。

会不会是一个巡逻的掘墓人,或者守墓人,抑或是盗窃逝者财物的家伙?

克尔南伸手拦住伯爵;稍停片刻,那个身影没再出现,于是,他继续向那座公墓走去。

"就是这儿,我们的主公。"他说道。

伯爵跪倒在冰冷的地上,摘下帽子,光着头,开始祈祷,痛哭流涕;他的眼泪滴落到地面,热泪融化了积雪。

克尔南也跪倒在地,并且祈祷,不过,他始终在观察、监视着周围的一切。

可怜的尚特莱尼伯爵! 他真想用双手刨开掩埋着自己孩子的泥土,他想最后再看一眼亲人的面容,还想给她的遗体挖一座体面的墓穴! 他把双手插进积雪,从胸腔迸发出痛彻心扉的呼号。

时间过去了一刻钟,伯爵始终无法平静下来;克尔南不敢搅扰他的哀思。然而,布列塔尼人担心,伯爵的哀号可能会惊动那些窥伺的密探。

恰在此时,克尔南似乎听见脚步声,于是,担心地转过身,这一次,他清楚地看见,一个身影从柏树丛后闪出,并且向公墓走过来。

"啊!"布列塔尼人自忖道,"倘若这是一个密探,正好让他偿命!"

于是，他把短刀攥在手里，扑向来人，然而，那人似乎并不想躲闪；恰恰相反，对方站稳脚跟，似乎等着来袭者。转瞬之间，两人相距仅三步之遥，彼此防着对方。

"您来这儿，想要干什么？"布列塔尼人厉声问道。

那个陌生人是位三十来岁的小伙子，身穿农民服装，语气激动地回答道：

"与你们来这儿想要做的一样！"

"祈祷？"

"祈祷！"

"啊！"克尔南说道，"您也有亲人……"

"是的。"年轻人用悲伤的语气说道。

布列塔尼人仔细审视对方，见他热泪盈眶。

"请您原谅，"克尔南说道，"我还以为您是个密探。过来吧。"

于是，克尔南回到伯爵身旁，身后跟着那位陌生人；伯爵已经恢复神志，准备站起身来，见此情形，年轻人做了一个手势，示意他不必客气。

"您来祈祷，先生？"伯爵说道，"面对这座坟墓，我俩都想要祈祷！我是一个父亲，来为自己的孩子哭泣！今天早晨，他们杀了她，然后把她放到了这儿！"

"可怜的父亲！"年轻人说道。

"可是，您是谁？"克尔南问道。

"特雷戈兰骑士。"年轻人毫不犹豫地回答道。

"特雷戈兰骑士！"克尔南惊叫道。

随即，他心生疑惑，不禁警觉起来，因为，这个名字让他想起了今天早晨的那一幕，克尔南实在搞不懂，这个年轻人来墓地究竟是为了什么。

"是我！"骑士回答道。

"就是您，今天早晨，拿来一纸赦令，救下了您的妹妹！"

"救了下来！"年轻人抱拢双臂，说道。

"可是，您到这儿来，是为了哭别她吗？"

"骑士，"伯爵相信年轻人，对他说道，"您比我幸运多了！我甚至都没能及时赶到，没来得及最后看一眼我的孩子！……"

"那么，您又是谁？"年轻人突然问道。

克尔南刚想扑过去捂住主公的嘴，以阻止他暴露自己身份的秘密，但是，主公已经庄重地说道：

"我是尚特莱尼伯爵！"

"是您！"年轻人惊叫道，"您就是，尚特莱尼伯爵？"

"我就是，先生！"

"我的上帝！我的上帝！"陌生人紧紧握住伯爵的双手，仔细辨认他的面容。

"什么情况？"克尔南不耐烦地问道。

"来，过来！"年轻人激动地说道，"跟我来，赶紧的！"

"站住！"克尔南叫道，"您想要干什么？您要把我们的主公带去哪里？"

"您就跟着来吧！"年轻人叫道，举止有点儿粗鲁。

这位骑士拽着伯爵的胳膊，想要把他拉走，见此情形，布列塔尼人正准备冲向年轻人，伯爵对他说道：

"走吧，克尔南，我们走！他是位热心肠的好人。"

克尔南只好听命，紧挨着年轻人的左侧，只要发现一丁点儿可疑之处，随时准备出手；于是，三人从墓地围墙的缺口翻出，绕着围墙前行。特雷戈兰骑士一言不发，不过，始终用双手紧捏着伯爵的胳膊。

就这样，三人走进城里，躲开大街，钻进狭窄的小巷；此时，街上空无一人，只有他们三个；尽管如此，克尔南依然警觉地环顾四周。

城里静悄悄，骑士与两位同伴经过主教府时，从明亮的窗户里传出兴高采烈的喊声，打破了四周的寂静。那里正在庆祝卡瓦尔的凯旋；屋里的人又唱又跳，既有审判官，也有刽子手；克尔南义愤填膺，满腔怒火。

终于，年轻人在一幢安静的房屋前停住脚步，这房子孤零零地坐落于郊区的边缘。

"就是这儿！"他说道。

年轻人上前准备敲门。就在他握住门环的那一刻，克尔南攥住了他的手臂。

"等一下。"克尔南说道。

"让他敲，克尔南！"伯爵说道。

"不行呀，我们的主公！在这兵荒马乱的年月，任何房子都不可靠！必须弄清楚，我们要去哪儿。您为什么要把我们带到这幢房子来？"克尔南说道，依然紧攥着年轻人的手臂。

"为了让你们看一眼我妹妹！"年轻人回答道，脸上露出悲哀的微笑。

他轻轻敲响了房门。房内走廊传来胆怯的脚步声，又停住了。

骑士以某种方式再次敲响房门,然后说道:

"上帝与国王!……"

房门敞开;门口出现一位年老的夫人,看见年轻人带着两个外人,不禁露出担忧的神色。

"是朋友,"骑士说道,"别害怕!"

房门很快重新关起;借着燃起的蜡烛光,克尔南隐约看见一架木楼梯,一直通向走廊深处;骑士走上楼梯,身后跟着伯爵和布列塔尼人,后者始终紧握武器。

不过,听着老夫人与年轻人的对话,克尔南不禁放下心来。

"骑士,"老夫人说道,"您不在,让我十分担心……"

"她呢?"年轻人问道。

"她,"老夫人回答道,"一直在哭泣,怪可怜的!……"

"跟我来,伯爵先生!"年轻人说道。

在楼梯顶端,有一扇房门,房门下角露出一线灯光。骑士把房门敞开,简短地说道:

"尚特莱尼伯爵先生,这就是我妹妹!……"

克尔南抢在伯爵前面,迅速地向房间内瞥了一眼,不禁叫出声来,叫声充满异乎寻常的惊喜!

尚特莱尼小姐,玛丽,他的侄女,出现在自己眼前,虽然躺在床上,但是活着!还活着!……

"我的孩子!"伯爵叫道。

"啊!我的父亲!"年轻姑娘叫道,站起身来,扑进伯爵的怀抱。

这不可思议的场面实在令人难以描述。如何描述父亲与女儿的骨肉亲情？克尔南拥抱了玛丽，然后躲进角落里痛哭流涕。特雷戈兰骑士抱着双臂，盯着眼前摄人心魄的一幕。

突然，玛丽发出一声惊叫，她记忆的脑海中浮现出可怕的场景。

"我的母亲！"她惊叫道。

她还不知道，自己的母亲已经死于城堡劫难。

伯爵不发一言，用手指了指上天，向女儿示意，玛丽一下子瘫倒床上，几乎昏迷过去。

"我的孩子！我的孩子！"伯爵叫道，扑向玛丽。

"别担心，我们的主公，"克尔南扶起年轻姑娘的头，说道，"这是受惊了，一会儿就好！"

事实上，片刻之后，玛丽恢复了知觉，随即泪如泉涌。终于，她停止哭泣，伯爵随即询问：

"可是，我的孩子，究竟出现了怎样的奇迹，让你死里逃生？"

"我一无所知，父亲，被送上斩首台时，我失去知觉！什么也没看见，更没听见！醒来时，就已经在这儿了！"

"请您说一说，特雷戈兰先生，您说说！"伯爵说道。

"伯爵先生，"骑士回答道，"我妹妹曾经被关进坎佩尔的监狱；绝望之中，我赶往巴黎，四处奔走央求，终于得到了库通的特赦令，因为过去，我的家族曾经帮助过他。我带着签过字的特赦令赶回坎佩尔，尽管拼尽全力，等我赶到时，依然晚了一步！……"

"太迟了？……"

"我那可怜的妹妹，"骑士痛哭道，"她的人头刚刚滚下斩首台，就在我眼前！……"

"啊！啊！"伯爵叫道，不禁紧紧握住年轻人的双手。

"我为什么没有当场去死?……我当时为什么没有放声高喊?……她的性命就攥在我的手中,当时,我为什么没能挽救?……我没办法对您说清楚,不过,感谢老天,它让我生出灵感。当时,那些不幸的死刑犯混成一堆;行刑的人甚至分不清谁是谁!就在尚特莱尼小姐登上斩首台,并且昏倒在刽子手胳膊上那一刻,我冲了上去,用异乎寻常的力气,大叫一声:

"'赦免!赦免!这是我妹妹!……'

"他们不得不把小姐还给我,然后,我就把她送到这位好心的夫人家里。就是这个缘故,今晚,你们看见我在那座坟墓前,为逝去的妹妹祈祷!"

伯爵站起身来。

"我的孩子!"他对骑士说道,随即跪倒在他面前。

克尔南也趴倒在地,让自己的热泪洒上年轻人的脚面。

第八章　逃亡

不难想象，守在死里逃生的女儿身旁，伯爵度过了怎样的一个夜晚。作为牺牲者，伯爵夫人无比圣洁，对她的逝去，伯爵痛心疾首；此时，伯爵告诉了玛丽她的母亲惨死的事情，他心中悲痛与欣慰交加；他向上苍祈祷，祈求对逝去妻子的怜悯，同时，又对女儿的幸存，以及对她的救命恩人心存感激！

克尔南对年轻人说道：

"骑士先生，对于您做的这件事，我愿舍命相报，效犬马之劳。"

可怜的年轻人！伯爵与克尔南的快乐心情只能让他倍感悲伤，因为，这件事的代价是他妹妹的性命。

清晨来临，克尔南想起一件急迫的事情；如果继续待在这幢房子里，难免给老夫人带来危险；因此，大家决定动身离开，克尔南也只能暂时放弃对卡瓦尔复仇的想法。眼下，最要紧的事情，就是拯救他的侄女玛丽。

他们商量动身去哪儿。

"伯爵先生，"特雷戈兰骑士说道，"我曾经准备将可怜的妹妹送去安全可靠的地方，那是一处渔民小屋，就在杜阿尔内村；您是否愿意去那里，等候时局好转，或者，等待时机离开法国？"

伯爵看了看克尔南。

"我们就去杜阿尔内村,"布列塔尼人回答道,"这主意不错,即使我们找不到海船,也能设法隐蔽起来,不至于引起别人的怀疑。"

"我提议,今天早上就出发,"骑士说道,"一刻也不能耽误,必须尽早把尚特莱尼小姐转移到更安全的地方。"

"但是,在杜阿尔内村,"伯爵问道,"我们能活下来,并且不引起怀疑吗?"

"可以;在那儿,有我家的一个老仆人,现在是渔夫,他叫洛克马耶,人很好,一定会欢迎我们去,我们可以住到他家,等待机会,离开法国。"

"照这么说,那就去吧,"克尔南回答道,"我们要尽快上路。这儿距离杜阿尔内村不过5里远,今天晚上就能赶到。"

伯爵赞成这个主意;尽管看到玛丽身体极度虚弱,伯爵担心女儿经受不起旅途劳顿,但是,玛丽非常需要一个安静的环境,伯爵急于尽量满足她的需求;斩首台上的情景不时浮现在玛丽眼前,让她深受刺激,经常陷入昏迷状态。听到一点儿声音,玛丽都会浑身颤抖;她知道,那些刽子手还在附近! 不过,父亲和克尔南的安慰多少让她鼓起一点儿勇气;玛丽表示,一定会振作起来,离开这座给她留下了可怕记忆的城市。

如此一来,就需要让玛丽梳妆打扮一番。

他们请来了老夫人,伯爵热情地向她表示感谢。神态庄重的老夫人拿来了农妇的服装。年轻姑娘与好心的女主人单独留在房间内;一条横格纹羊毛裙,一双磨洗褪色的红色旧长筒羊毛袜,再套上包裹全身的粗布围裙,换上这套衣服,任何人也不会怀疑她是玛丽·德·尚特莱尼。

玛丽·德·尚特莱尼是一位芳龄十七岁的年轻姑娘,生就一双柔和的蓝色眼眸,与伯爵几乎一模一样,可爱的嘴唇,似乎总在微笑;在监狱关押期间,玛丽遭受残酷虐待,由于哭泣,她的眼睛已经红肿;但是,只要认真审视,不难发现,这个姑娘异常美丽。刽子手剪短了玛丽的头发,不过,布列塔尼式样的女帽很容易遮掩金色短发,按照本地习俗,这顶女帽把她的头裹得严严实实;围裙的上部包裹着她的短上衣,衣服的下摆用粗大的别针固定;她那双白皙的手被涂抹上泥土,以免令人生疑;如此打扮一番,任何人都认不出她,即使是卡瓦尔,那个最可怕的敌人,也认不出来。

半个小时后,玛丽化好了装,随时可以动身。上午7点钟,市镇政府的时钟敲响,天色蒙蒙亮,几位逃亡者客气地辞别老夫人,悄悄离开这座城市。

首先,他们需要踏上从奥迪耶恩通往杜阿尔内村的大路。克尔南对本地路径了如指掌;他领着几个人绕过几条弯路,虽然多走了几步,但是更安全;他们无法走得很快,玛丽步履蹒跚,一会儿扶着父亲的臂膀,一会儿挽着克尔南的胳膊。不过,每个人都看出来,她在竭尽全力支撑自己;残酷拘押期间,她被剥夺了呼吸的自由,现在,沉浸在新鲜空气中,玛丽大口喘息,感觉有些头晕目眩,好像醇厚的美酒令她陶醉。

走了两个小时之后,玛丽不得不停下脚步,要求休息片刻。逃亡者们歇了下来。

"今天,我们无法赶到那儿。"克尔南说道。

"赶不到,"年轻人回答道,"我们得找一栋房子藏身。"

"我觉得，任何房屋都不安全，"布列塔尼人回答道，"要想不出半点儿差错，我宁愿在半路找一处荆棘丛，在那里休息几个小时。"

"继续走吧，朋友们，"休息一刻钟后，玛丽回答道，"我还能走一会儿；实在走不动的时候，我会告诉你们。"

于是，大家重新上路。雪已经停了，但是，天气异常寒冷；克尔南把身上披的山羊皮脱下来，裹住姑娘的双肩。

将近上午11点钟，几个人勉强走了两里远，甚至还没有走过普洛内伊村；大地覆盖着皑皑白雪，田野显得十分荒凉，连一座茅屋都看不见。玛丽已经一步都走不动了。克尔南不得不搀扶她，甚至干脆抱起她；然而，步行没能让这个可怜的孩子身上暖和起来，在布列塔尼人的怀里，玛丽更是浑身冰凉；伯爵和骑士把衣服脱下来，尽量严实地包裹住姑娘的双脚。

终于，经过长途跋涉，夜幕降临时，一行人总算勉强抵达克明尼村；此地距离杜阿尔内村还有一里半多一点儿的路程；然而，天气愈发寒冷，迫使他们停下脚步；此时，玛丽已经失去知觉。

"她不能再往前走了！"克尔南说道，"必须让玛丽休息几个小时。"

伯爵坐到路边坡下，把孩子搂抱在怀里；不停地亲吻，希望以此让她暖和过来，但无济于事。

"怎么办！怎么办！"见此情形，克尔南说道，"可是，我又不想去找人家借宿，因为，他们会出卖我们。"

"怎么！"伯爵绝望地叫道，"难道，在这个地方，竟找不到一位怀有仁慈之心的人，可以接待我们？"

"很可惜！没有，"骑士说道，"如果求助那些农民，就等于自寻死路！对于胆敢接纳流亡者的农民，蓝军士兵的手段异常残忍；他们可以割掉农民的耳朵，甚至，稍有嫌疑，就把他们送上断头台。"

"德·特雷戈兰先生说得对，"克尔南接着说道，"这么做是拿我们的性命冒险，虽然我们的性命并不重要，但是，孩子的性命会受到威胁！"

"克尔南，"伯爵说道，"我只知道一件事儿，那就是，我的孩子不可能整晚露宿！她会被冻死！"

"既如此，"骑士回答道，"我到村里去敲那些房门，试试看，在'恐怖统治'面前，布列塔尼农民的仁慈心是否泯灭净尽。"

"去吧，德·特雷戈兰先生！去吧，"伯爵双手合十说道，"请再挽救一回我女儿的性命！"

骑士冲着村子直奔过去；夜幕已经降临，奔跑了一刻钟之后，年轻人抵达了村边距离最近的几栋房子；每栋房屋门户紧闭，悄无声息；所有门窗似乎都被遮掩严实，一丝光亮也透不出来。

"与其他地方一样，这儿的人都躲藏起来了。"年轻人自忖道。

他敲了好几栋房屋的门，叫喊，没有任何回音；然而，夜色中，他看见这几栋房屋的烟囱冒出轻烟，屋内一定有人居住；他再次击打房门，敲击窗户，大声喊叫；然而，毫无反应。

骑士没有灰心气馁。他的眼前浮现出年轻姑娘濒临死亡的景象；于是，他寻访全村所有房屋，挨家挨户敲门；到处都是死一般沉寂！他终于明白，蓝军一定多次来访，村民们习以为常，没有一个人胆敢开门。恐怖统治震慑了所有人，让他们变得冷漠无情。

经过一番徒劳无功的努力，亨利·德·特雷戈兰无奈只好返回同伴身边；回来时，他的神色充满绝望；骑士很快发现，伯爵与玛丽保持着他刚才离开时的姿势：父亲坐在沟渠坡下，始终尝试温暖怀中的女儿。尽管他费尽心机，但是仍能感到，女儿的身躯正在逐渐变凉。就在年轻人回来的那一刻，伯爵盯着不省人事的女儿，见她一动不动，不禁惊恐万分。

"我的上帝！我的上帝！"伯爵惊叫道。

"看上去，"年轻人说道，"整个村子就像一座坟墓！"

"如果是这样，"克尔南说道，"我们干脆横穿路面，到另一侧，钻进内维森林；找一个橡树空洞，用枯枝点一堆篝火，在那儿过夜。"

"我们也没有别的办法了，"年轻人回答道，"走吧。"

在树林里过夜

克尔南把这个想法告诉伯爵,接过女孩儿,放到自己怀里,然后,与两个同伴一起横穿通往奥迪耶恩的大路;几分钟后,他们已经钻进低矮的丛林;干枯的树枝在他们脚下发出清脆的折断声。亨利走在前面,给克尔南蹚出一条路。

他们必须钻到密林最深处,以求避开任何人的耳目。几人又走了十多分钟,亨利发现一棵粗大的橡树,树身有一个空洞,恰好能让年轻姑娘容身;在那里,玛丽被细心地安置躺下,然后,克尔南用打火机擦出火花,很快燃起一堆明亮的篝火,火舌噼啪作响。

经过温暖的篝火烘烤,玛丽很快恢复了知觉;清醒过来后,姑娘感到彻骨的寒冷;但是,当她看到身边围着自己衷心热爱的人,玛丽露出轻轻的微笑,很快进入梦乡。

整个晚上,伯爵、克尔南和年轻人守在姑娘身旁,用衣物把她严密包裹起来,精心呵护,姑娘睡得十分平稳。

克尔南不断给篝火添加枯枝;他的同伴或蹲坐,或平躺,尽量借助篝火温暖身体;他们根本无法入睡,面对眼前的处境,无论伯爵,还是骑士,两人毫无倦意,彻夜长谈。

骑士向尚特莱尼伯爵讲述了自家的历史,其经历令人悲恸欲绝。特雷戈兰家族世代居住在圣波勒-德莱昂城,1793年3月,那里爆发了一场血腥大战,战斗中,特雷戈兰家的人几乎全部丧生;克尔吉达夫的起义军切断了通往莱斯纳旺大路上的一座桥,骑士的父亲,德·特雷戈兰先生试图打通这条道路时,被坎科洛将军的大炮击中,不幸战殁;年轻人与父亲并肩战斗,宁愿力战身死,可惜未能如愿;共和军的子弹没有击中他的身躯;然而,当他返回圣波勒-德莱昂城时,却看见自家房屋被烈火焚毁,妹妹也被关进了坎佩尔的监狱。

说起妹妹的名字，亨利禁不住热泪横流，伯爵把他搂在怀中。

于是，伯爵也讲述了自家的不幸经历，包括城堡如何遭到抢劫，伯爵夫人如何不幸离世；两家人有着相同的不幸遭遇，罪魁祸首就是共和派，为此，两人相对而泣。

他们熬过了这一晚，克尔南细心守护着，不时到附近树丛巡视一番。十分幸运，天亮后，逃亡者们顺利离开藏身之地。

经过几个小时的休息和睡眠，年轻姑娘恢复了体力，感觉有力气可以行走；早晨8点钟，玛丽扶着父亲的臂膀，几人重新上路。

9点钟，克尔南领着同伴们离开了从奥迪耶恩通往普卢阿雷村的大路；半个小时后，几个人来到杜阿尔内村口，在骑士的带领下，直奔那位老渔夫的家。

第九章　杜阿尔内村

在共和二年的时候，杜阿尔内村只有二十来户渔民；村里的房屋都是用花岗岩堆砌，这些房屋麇集在一起，远处衬托着大海，一眼望去，风景如画。

村庄隐没在蜿蜒曲折的海岸边，几人走了好一会儿，村庄突然展现在眼前：教堂孤零零的钟楼立在小山岗上，俯瞰全村。

村子坐落在海湾尽头，涨潮的海浪拍打着村庄的边缘；为了抵御猛烈的西北风，各家屋顶上覆盖着巨大的石块。

从孔卡尔诺到布雷斯特，大大小小的海湾让布列塔尼海岸线变得凹凸有致。

面积最大的海湾，就数杜阿尔内海湾，以及布雷斯特海湾，这两座海湾的方圆都超过25里；此外，严格来说，奥迪耶恩海湾、特雷巴塞海湾、卡马雷海湾，以及迪南海湾都只能算是小海湾；在所有这些海湾中，杜阿尔内海湾的环境最恶劣，这里发生过无数次海难事故，使这座海湾变得恶名昭著。

杜阿尔内海湾的南部是一座半岛，犹如一座倒金字塔，长度足有8里，几乎笔直伸进大西洋海面，直抵拉兹海角。

这座半岛的基部足有4里宽，位于杜阿尔内的正午方向；在那儿分布着一系列堂区，包括普朗堂区、本泽克堂区、克莱登堂区、奥迪耶恩堂区、彭克鲁瓦堂区、普罗格堂区，以及几处分散的村庄。

海湾的北部是一条巨大的弧形海岸，海岸延伸到沙佛尔海角戛然而止。在那儿，矗立着雄伟的莫加特岩穴。站在岩穴上方，可以眺望阿雷山脉，山脉笼罩在朦胧雾霾中。

海湾的入口并未完全封闭，外海的暴风雨随时能冲进湾内。

因此，这座海湾内波涛汹涌；驾驶渔船的渔民经风冒雨，时常遭遇海难，往往在避风小渔港里，一待就是好多天，无法返回陆地。

杜阿尔内村位于一条小河的入海口，落潮时，入海口一片干涸。遇到恶劣天气，渔船都到这儿来躲避风雨，因为，现在保护着小渔港的防波堤，在那个时候还没修建，波浪拍打着河岸房屋的斜坡脚。

这条小河的尽头，靠近村子的那一侧，被人称作"望风角"。

就在这个小海角上，坐落着老好人洛克马耶的小房子。从这栋房子侧面的窗户望出去，从沙佛尔海角到杜阿尔内村，整座弧形海湾一览无余。这栋小房子的外貌几乎与周围的岩石融为一体，它并不漂亮，但很结实，也很安全。

小房子里有一间低矮的门厅，厅里有一个宽大的壁炉，壁炉周围悬挂着湿渔网和渔具，矮厅上面有三个小房间，从那儿可以望见这位渔夫的小船，随着潮水的涨落，小船时而搁浅在河滩，时而在水面上晃悠。

老好人洛克马耶就住在这栋房子里，他年已六旬，是特雷戈兰家的忠实仆人，俨然是另一个克尔南，不过受教育程度偏低。

在这儿，尚特莱尼伯爵和女儿受到接待；老好人告诉他们，把这儿当作自己的家，进到这栋小房子，几个人终于松了口气，心里踏实许多；对他们来说，这栋简陋的小房子算不上避难所，但可暂时栖身。

尽管这个栖身之所不大，亨利仍然为女孩子布置了一个房间，为伯爵布置了另一个房间，甚至还为自己准备了一间斗室；依照本地习俗，这几个房间都与门厅隔开，进出房间必须通过房子外面的石砌楼梯。

宽敞的门厅正好可以安置老好人洛克马耶与克尔南，后者决定做一名真正的渔夫，伺机而动。

房间很快布置妥当；随即，玛丽的房间生起炉火，枯枝在火中噼啪作响；抵达杜阿尔内村半个小时后，姑娘已经在自己的房间安顿下来；父亲和女儿终于可以单独面对面；为方便父女俩独处，其他人退了出去。

与此同时，在洛克马耶的帮助下，克尔南弄来几条鲜鱼和几个鸡蛋，着手准备简单的午餐；当伯爵和女儿下楼时，几位流亡者在前厅落座，尽管餐桌粗糙不平，没有铺桌布，大家用镶着黑木柄的银餐具，就着小盆进餐，但是，在这栋渔夫房子里，至少，他们感到很安全。

"我的朋友们，"骑士说道，"多亏上帝保佑，我们总算到了这儿，上帝之所以帮助我们，首先是因为我们努力自救；现在，让我们聊聊下一步怎么办。"

"我亲爱的孩子，"伯爵回答道，"我们全都指望您了；我把自己，以及女儿的性命，全都交到您的手上！"

"伯爵先生，"骑士说道，"我觉得，您内心最痛苦的时候已经过去，因此，我特别希望考虑一下将来。"

"我也同样,"克尔南说道,"亨利先生,您是一位勇敢的年轻人;眼下,我们五个人必须设法摆脱困境;然而,请您告诉我,我们来到这个地方,是不是略显突兀?"

"不会!洛克马耶可以告诉外人,来到杜阿尔内村的都是自己亲戚。"

"那好吧,"布列塔尼人说道,"一下子冒出好几个人,会不会显得有些古怪?"

"不会;尚特莱尼伯爵可以充当我的叔叔,玛丽小姐是我的表妹。"

"您的妹妹,亨利先生,"年轻姑娘说道,"您妹妹!难道想要我在您身边,顶替那位已经去世的高贵女士吗?"

"小姐!"亨利语气万分激动地说道。

"这样可以!完全可以,"克尔南回答道,"至于我,我就算是老好人洛克马耶的表弟,如果他愿意接受的话。"

"我深感荣幸。"老渔夫说道。

"太好了!这个家就算完整了,一个渔民之家;无论我的主公,还是我本人,都不是第一次从事这个职业;我们年轻时干过这一行,还算驾轻就熟,而且,我希望,我们还没有忘得一干二净。"

"那好吧,"骑士说道,"从明天开始,我们就驾船驶入杜阿尔内海湾!那条渔船没问题吧,洛克马耶?"

"随时可供驱使。"老好人说道。

"我的朋友们,"于是,伯爵说道,"如果我们应该留在这个国家,如果我们必须在这儿经受革命造成的动乱,倘若我们无法远离自己的敌人,那么,对于你们采取的应对措施,我毫无保留地予以赞同;

然而，难道我们真的不打算去往国外吗？"

"伯爵先生，"亨利回答道，"倘若有一个确实可行的方案，请相信我一定会拿出来；然而，很久以来，虽然我本人一直希望逃往英国，但始终无计可施；我能够向您承诺的只能是，一旦机会出现，我们一定不会放过，也许需要支付重金，但是，我们总能创造机会。"

"很不幸，我剩下的金钱十分有限。"

"我呢，也只能依靠双手和这条渔船维持生活。"

"好吧！好吧！"克尔南说道，"让我们走着瞧吧！不过眼下，我们的主公，即使您拥有十倍的金钱，即使我们拥有一条好船，我仍然不建议任何人驾船远航。我们正面临冬季气候最恶劣的几个月，海湾外面的大洋上，海况极其恐怖。狂风暴雨能把我们随时抛向任何一座海岬，到那时，我们的处境将极为窘迫，我的侄女玛丽不应该去冒这么大的风险。等到天气好转，倘若上帝还没眷顾法兰西，到那时，我们再看怎么办。不过现在，最好还是考虑如何打鱼为生，既然我们已经是渔民了，那就留在这个国家，平安度日。"

"说得好，克尔南。"骑士说道。

"说得对，我的好克尔南，"伯爵回答道，"识时务者为俊杰，强扭的瓜不甜，就让我们顺从天意吧。"

"我的朋友们，"于是，年轻姑娘说道，"既然我的叔叔克尔南这么说了，那就照他的话办吧；因为，叔叔向来善于谋划；他明知面对大海的潜在危险，我不会退缩，但是，既然他认为现在不适宜渡海，那就把我们现在的处境当作临时靠港，等待时机；我们并不富裕，但是！我们可以劳动，至于我本人，我愿意为大家奉献绵薄之力。"

"噢！小姐，"年轻人激动地说道，"我们要从事的可是个艰苦活计;您自小受到的培养,并不适合给我们这些渔民当主妇,更不能做闺女;我们不可能让您遭这份罪。而且,我们完全可以为您挣来每日糊口的食物。"

"亨利先生,"年轻姑娘回答道,"如果我能找到一份力所能及的活计,为什么不去做呢？我愿意去做,而且心甘情愿。难道我就不能干点儿缝洗熨烫的活儿？"

"这么一来,"克尔南叫道,"我的侄女玛丽就像仙女下凡;我曾经见她为帕侣教堂的祭台刺绣过台罩,就连圣安妮都会赞不绝口！"

"可惜！克尔南叔叔,"玛丽面露悲怆的神色说道,"我现在要缝制的既不是祭台罩布,也不是教堂装饰品！而是别的更低俗,然而却能换钱的物件！……"

"说实话,我觉得不好办,"亨利实在不愿意让年轻姑娘去干体力活儿,他说道,"我认为,在这儿找不到能让您干的活计。"

"最多也就是为渔民,或者,为坎佩尔的蓝军士兵缝制粗布衬衣。"洛克马耶说道。

"噢！"

"我愿意干这种活儿。"玛丽叫道。

"小姐！"骑士叫道。

"为什么不能干？"克尔南说道,"我向您保证,我的侄女一定能干得十分出色。"

"是的,"老好人说道,"然而,每件衬衣只能挣五个索尔！"

"很不错呀,一件衬衣能挣五个索尔,"克尔南叫道,"如果这样,我的玛丽侄女,你就变成衬衣女工啦！"

"当初,萨皮诺小姐和利扎迪耶尔小姐逃离勒芒的时候,也曾从事过这个职业,"年轻姑娘回答道,"我能和她们一样干这活儿。"

"就这么说定了,洛克马耶负责替你揽活儿。"

"说定了。"

"那么现在,玛丽,还有我们的主公,在天黑前这段时间,请你们休息一会儿;我和亨利去检查一下渔船,然后,明天,我们就出海。"

说完这几句话,亨利和克尔南走出房门;洛克马耶去村子里转一转,年轻姑娘陪着父亲,并且开始清扫收拾房间。

骑士和克尔南来到望风角,看到渔船完好无恙;这条渔船有两片高大的红色船帆,即使风大浪高也能出海航行。

在那儿,有几位渔民正在整理渔网,走过来没话找话,故意搭讪,针对他们的提问,克尔南对答如流,俨然一个真正的水手;看到天空中飘过小片乌云,他提醒渔民,那不是一个好兆头,与此同时,克尔南以熟练的手法,为渔船做好出航准备。事实上,第二天,他就在骑士的陪伴下驾船出海了;对于这位骑士,克尔南心中充满好感。

确实,这个年轻人有一颗真诚善良的心;大革命让他和同龄的一代人陷入恐怖困境;尽管亨利只有二十五岁,但是,当革命烈焰在整个法国燃烧的时候,面对动荡的时局,他的头脑却异乎寻常地成熟起来,面对困境无所畏惧。亨利·德·特雷戈兰已经无家可归,一无所有,孤单一人,自然而然地,他对伯爵,以及伯爵的女儿满怀眷恋之情,愿意为他们做出牺牲。对此,克尔南心中一清二楚,并且已经预见,将来,可能出现某种结局,而且,克尔南对这个结局乐见其成,毫不反感。

在拯救德·尚特莱尼小姐的时候，年轻的特雷戈兰显得非常冷静，异于常人；在从事渔民职业时，他表现得十分勇敢；克尔南看得出来，此人不仅机智聪明，而且处事果决，算得上真正的男子汉，换句话说，在这样一个社会动荡不安的年代里，此人值得信赖和倚重。

一旦克尔南喜欢上一个人，他就会真心实意地喜欢他，总愿意谈论他；在伯爵面前，克尔南多次称赞亨利，不断说他的好话，而且更愿意当着玛丽的面称赞亨利。

抵达杜阿尔内村数天后，看到同伴们艰辛劳作，伯爵决定亲自动手帮助他们，于是跟同伴们一起登上渔船；虽然伯爵始终悲痛伤心，但是，捕鱼过程中事故频出，分散了他的思绪，反倒因祸得福。有时候，连续几天都是好天气，不过，8天里面，倒有5日天气恶劣，渔船因此无法出海。

捕获的海鱼就地出售给收购商，他们把鱼贩运到坎佩尔，或者布雷斯特；几个人在家里也以海鱼为食。总体来看，卖鱼所得，再加上年轻姑娘靠缝纫女红挣来的几文钱，足够养活这几位；大家日子过得虽然清贫，但也算差强人意。

克尔南不希望动用伯爵的金钱；局势正变得日益严峻，必须珍惜这笔钱财，以备不时之需，或者，在情况允许时，设法离开这个国家。

至于克尔南自己，如果情势迫使他不得不逃离布列塔尼，他会动身离开，但是，他不会抛弃自己的主公；当然了，毫无疑问，他还要回来完成几桩复仇。克尔南把这件事铭记在心，不过，他从未谈论过此事，也从不提及卡瓦尔这个人。

每次出海捕鱼，他们总会妥善安排，绝不把年轻姑娘独自留下，或者是她的父亲，或者是老好人洛克马耶，总有一个人守在姑娘身边。

另外，这几个人初来乍到，并未引起旁人怀疑，也没有惹来麻烦；本地人接纳了这几个人，把他们视为老好人洛克马耶的亲戚；由于这几位热心助人，赢得了本地人的欢心，而且，他们很少与外界接触；大革命的喧嚣并没有波及那栋小房子。

1794年的1月1日，亨利找到年轻姑娘，当着她父亲，以及克尔南的面，递给姑娘一枚戒指，就算是新年礼物。

"请接受，小姐，"他用激动的语气说道，"这枚戒指原本属于我

1794年1月1日在洛克马耶家

的妹妹。"

"噢！亨利先生。"玛丽喃喃说道。

姑娘木然站立，抬眼望向自己的父亲，以及克尔南，扑进他们的怀抱，热泪盈眶；然后，她转身面向骑士。

"亨利，"她羞涩地把脸颊朝向年轻人，说道，"我没有别的作为新年礼物。"

年轻人把双唇吻上年轻姑娘鲜嫩的脸庞，感觉到姑娘的心在剧烈跳动。

克尔南微笑着，与此同时，伯爵的心中下意识地同时出现两个名字：亨利·德·特雷戈兰，以及玛丽·德·尚特莱尼。

第十章 伤心岛

1月份平静地过去了，洛克马耶的客人们逐渐恢复了信心。特雷戈兰深受年轻姑娘吸引，眷恋之情日甚一日。然而，由于玛丽对他心怀感恩之情，骑士只好把爱情深藏不露，仅仅给予姑娘真诚的照顾，尽量不露形迹，却也开诚布公。对此众人毫不在意，也许只有克尔南是个例外，他把这一切看在眼里，自忖道："这事儿能成，而且定将美满幸福，无与伦比。"

杜阿尔内村一向和平安静，只有一件事，打破了这里的宁静，事情是这样的：

在那条小河的对岸，也就是洛克马耶小房子的对面，距离不足八分之一里远的地方，紧靠海岸，有一座布满巨石，满目荒凉的小岛；夜里，小岛的山顶总燃起一堆篝火，给进入港口的船只引路。大家把这座小岛称为"伤心岛"，这个名字与小岛十分相称；克尔南发现，本地渔民十分厌恶这座小岛，小心翼翼从不靠近它；甚至，许多渔民在经过这座小岛附近时，还会向它伸出拳头，或者在胸前画十字，渔民的妻子们吓唬不听话的孩子时，则称它是"下地狱的小岛"。

看上去，那儿好像关着一个麻风病人，或者，一个患传染病的人,是一个名副其实的流放地,大家避之唯恐不及。

有时候,渔民们这么说:

"只要海风从伤心岛吹过,海面就要变天,没一个人胆敢出海。"

当然,这种吓唬人的话从未得到过证实;可是,谁从那儿经过,都会觉得危险和不祥。尽管如此,小岛上却有人居住,因为,不时看到有人影在岛上的岩石间徘徊,那是个穿黑衣的男人,见到他,杜阿尔内的村民就会用手指着,喊道:

"他在那儿!他在那儿!"

甚至,伴随喊声,往往还有威胁的叫声。

"打死他!打死他!"渔民们满腔怒火地叫道。

每当此时,黑衣男子就躲进位于岛顶的那座破败不堪的草棚里。

这类事情出现过许多次;克尔南提醒伯爵关注此事,于是,他们向洛克马耶询问个中缘由。

"哦!"老好人说道,"你们也看见他了?"

"是的!"伯爵说道,"您能否告诉我们,朋友,那个不幸的人是谁,他好像遭到人类社会的唾弃?"

"这个嘛!他就是个倒霉蛋!"老渔民愤愤地斥责道。

"可是,他为什么遭到诅咒?"克尔南问道。

"伊维纳,渎神者。"

"谁叫伊维纳,他怎么亵渎神灵了?"

"还是别提这件事儿了。"老好人不情愿地说道。

老头儿十分固执,从他那儿什么也打听不出来;然而,就在2月初的一天晚上,这个问题再次被提及,而且是洛克马耶经过深思熟虑后提出来的。那晚,小房子的前厅燃起旺盛的炉火,几个人围坐在火旁。天气很糟糕，房子外面风雨交加，房门和百叶窗在风中痛苦地呻吟；耸立的烟囱遭到风雨侵袭，强烈的气流吹拂着炉火，烟尘卷进房间。

每人想着各自的心事，倾听外面呼啸的风雨声，此时，老好人似乎自言自语地说道：

"对于那个渎神者，这倒是个好天气，美好的夜晚！没有比这更好的天气了！"

"啊！你是否愿意聊一聊这个伊维纳？"亨利说道。

"该诅咒的家伙！是的！不过，用不了多久，虽然大家还会谈论他，但是至少，再也看不见他了！"

"你这话是什么意思？"

"我心里有数。"

随后，老好人再次陷入沉思，与此同时，他侧耳倾听不时传来的喧嚣声。

"亨利，"于是，伯爵说道，"看起来，您似乎知道这个不幸者的故事，您能不能告诉我们，这个被称为伊维纳的倒霉蛋究竟是谁？"

"是的，亨利先生，"年轻姑娘说道，"我听说过这个人，甚至，我还见过伤心岛上的倒霉蛋，但我始终也不明白他是怎么回事。"

"小姐，"特雷戈兰回答道，"这个伊维纳是一位宣誓派教士，也就是宣过誓的人，本地人都把他叫作渎神者。自从坎佩尔市政府把他派来担任本堂神父，为了躲避愤怒的教区居民，他别无选择，只好逃到那座荒岛上！"

"啊！"伯爵叫道，"他是一个宣过誓，向《教士公民组织法》宣誓效忠过的教士！"

"正如您所说,伯爵先生,"特雷戈兰回答道,"由于这个缘故,自从把他安插到这儿的那帮武装人员走后,这个不幸的人就变成了现在这样,您也看到了。他只好乘一条小船,逃上那座小岛,在那儿,靠吃海贝为生!"

"可是,他为什么不逃走呢?"克尔南问道。

"这儿的人不允许任何渔船靠近小岛,这个倒霉蛋只能困死在岛上。"

"用不了太长时间。"洛克马耶喃喃自语道。

"不幸的人!"伯爵深深叹了口气,说道,"他宣誓效忠宪法,竟落得如此下场! 他根本就不明白,在这个恐怖动荡的年代,一个教士的崇高使命究竟为何物!"

"是的,"特雷戈兰说道,"那是一个神圣的使命!"

"确实,"伯爵情绪激昂地说道,"与旺代人和布列塔尼人拿起武器,奋起捍卫神圣事业相比,这个使命更为神圣! 我曾经与这些上帝的使者并肩而行! 亲眼见到,在大战来临之际,整支军队跪倒在地,接受这些使者的祝福,祈求宽恕! 我曾亲眼见到,在一座孤零零的小山岗上,面对木制十字架、瓦盆和粗布饰物,这些使者主持弥撒仪式;我还曾看到,他们手持耶稣十字架,冒着共和军的炮火,奔赴混乱的战场,救助安慰伤员,为他们祈求宽恕;那一刻,我感到,与任何富丽堂皇的宗教仪式相比,他们的形象更令人敬仰。"

说到这儿,伯爵仿佛受到烈士们奉献精神的激励,目光中迸发出天主教徒特有的激情,让人感到,他身上焕发出永不屈服的信念,宛如一位坚定的精修圣人。

"总而言之,"他补充说道,"在这个考验人的艰苦年代,如果我不是一个丈夫,一个父亲,……那么,我真希望成为一名神父!"

所有人都把目光投向伯爵,他的面庞熠熠生辉。

恰在此时,在风雨呼啸中,传来一阵低沉的喧嚣;喧嚣中夹杂着威胁的吼声;吼叫声模糊不清;不过看起来,洛克马耶很清楚发生了什么事情,因为他站起身说道:

"好吧!他们来了!他们来了!"

"到底发生了什么事情?"克尔南叫道。

他转身走向门口;房门虚掩着,被一阵狂风猛地吹开,身强力壮的布列塔尼人费尽全力,也没能把房门关好。

然而,他仅仅向外面瞥了一眼,却发现河岸边摆了一排点燃的火把,火把在狂风中摇曳晃动;在时断时续的风雨声中,传来恐怖的喊叫。夜色里,阴森恐怖的一幕正在上演。

大革命爆发前,在整个布列塔尼,教士受到极大尊崇;与其他激进势力泛滥的省份不同,这儿的教士们从不参与任何极端活动,也不滥用教会的影响力。在法国的这个偏僻角落,教士们一心向善,谦虚谨慎,热心服务,可以说,他们是民众当中最优秀的群体。他们人数众多,但是从未招来过抱怨;在这儿,每个堂区的神父数目多至5人,个别地区甚至多达12人;仅在菲尼斯泰尔一个省,修道士的总数就达1500名之多。那些神父,或者按照布列塔尼当地的称呼,那些教区本堂神父拥有巨大的影响力,但一向谨言慎行。他们任命主持教士,承担民事职能,包括履行合同和遗嘱;他们几乎都是终身任职,按照教会级别,有许多年轻教士与农民同吃同住,辅导他们履行宗教义务,教他们学唱赞美诗。

制宪议会通过《教士公民组织法》后,整个法国的所有教士被

伤心岛

要求宣誓遵守该法；于是，法国的神职人员分裂成"宣誓派教士"与"拒绝宣誓派教士"，其中，拒绝宣誓派教士占大多数；他们拒绝宣誓，并因此被投入监狱，或者被流放。而且，如果有人向政府举报拒绝宣誓的教士，举报者可获32里弗尔的奖赏；此后，1792年8月26日，政府终于开始大批放逐拒绝宣誓派教士。

在相当长的一段时期内，拒绝宣誓效忠的教士不得不设法躲避仇家举报，逃脱抓捕；然而，仇恨的情绪四处蔓延，很快，他们都被抓起来，被放逐，或者惨遭屠戮；在很多省份，大家相熟多年的教士被清洗一空。

菲尼斯泰尔省面临同样的处境，那儿的神职人员遭到大规模逮捕；很快，神父们消失得无影无踪，宗教活动彻底陷入停顿。

于是，市镇政府找来宣过誓的教士；教区的教民拒绝接受他们；不止一个地方发生争执，甚至暴乱；农民们把宣过誓的教士统统赶走；许多本堂神父的住所被占领，流血事件频发。

1792年12月23日，在杜阿尔内村，坎佩尔的国民卫队送来了一位名叫伊维纳的神父；这个人并不坏，一点儿都不坏；在这件不幸的宣誓事件发生前，伊维纳一向忠实履行神圣的教职；毫无疑问，他是个好人，在他看来，既然这项法令已经得到路易十六的签署，他没有理由拒绝效忠服从；甭管怎么说，虽然已经宣誓，伊维纳仍忠实履行自己的职责。

然而，他已经成为渎神者，村民们不再接受他；在这个问题上，农民决不让步，因为它涉及农民的感情；因此，伊维纳刚到这儿，就遇上了一系列麻烦：他找不到任何人愿意来教士住宅提供服务；教堂大钟的绳索被人铰断，做祭礼时，他无法敲响大钟；没有任何儿童愿意出席弥撒仪式，因为他们的父母不允许；大家宁愿放弃做弥撒；最终，就连做祭品的葡萄酒都没有了，因为没有任何客栈老板敢把酒卖给他；伊维纳费尽心机，耐心等待，但是白费力气；没有人愿意与他说话，即使有人对他说话，也是为了辱骂他；从恶语相向到拳脚相加，差别仅在毫厘之间，这个差别很快就消失了；紧接着，迷信行为出现，人们把这个渎神者视为妖魔鬼怪，认为他该下地狱；咒骂声如急风暴雨；如果有渔船倾覆了，人们也把账算到他的头上，人人义愤填膺；终于，愤怒的公众忍无可忍，神父不得不逃离教士住宅，躲上了伤心岛，渔民们让他留在岛上，盼着他饿死；伊维纳在这座岩石孤岛上已经待了一个多月，没有人救济，只能靠野菜，以及捞点儿鱼虾为食。

然而，农民们的耐心是有限的，每天，他们总会遇到倒霉事，心情愈加愤怒；经过旺代战争，那些躲过共和军子弹，死里逃生的布列塔尼人精疲力竭，伤痕累累，步履蹒跚地返回各自的家园；他们的生活更加困苦，饥馑笼罩了整个地区。在这个崇拜迷信的地方，所有不幸统统被归罪于那个魔鬼。自从那个倒霉蛋被放逐到光秃秃的荒岛上，人们把仇恨集中到了他身上；谁也无法预料，这些粗野的农民将以何种方式泄愤。终于有一天，愤怒爆发了，由此迸发出的吼声传到了克尔南的耳畔。

亨利·德·特雷戈兰把伊维纳的经历详细说了一遍，克尔南则把自己从门缝里窥见的情形描述了一番，年轻人明白，那个渎神者正面临威胁，村里人想要他的命。

伯爵和朋友们一向为人正直，他们认为，一个人即使犯错，甭管是什么过错，也不应孤立无援，遭受愤怒民众的惩罚，想到这儿，几个人不约而同站起身来。

"父亲,"玛丽惊叫道,"你们要去哪儿?"

"阻止一桩罪行!"伯爵回答道。

"请您留下来,我们的主公,"克尔南说道,"有我和特雷戈兰先生呢,我的侄女玛丽不能独自一人留在这儿。走,亨利先生,我们走!"

"我跟着您。"年轻人说道,边说边仓促地握了一下伯爵的手。

随后,克尔南与年轻人一起冲出门,见此情形,老好人洛克马耶不以为然地摇了摇头。

亨利与克尔南一起跑向海滩,直奔喊声传来的方向。在那儿,杜阿尔内村民与来自彭克鲁瓦堂区、普朗堂区,以及克洛松堂区的民众一起,还有他们的女人和孩子,顶风冒雨,一路奔走,手中晃动着蘸满树脂的火把;大家乘船渡过望风河,沿着河岸,一直走到正对伤心岛的海边。

布列塔尼人与年轻人一起,跑得飞快,一直抢到人群的最前面。他们没想要拦住人群,因为这根本不可能;最好还是设法救下那位受害者。

此时,怒火中烧的渔民们纷纷登上渔船,二十来条渔船一齐向荒岛驶去。

留在海边的人群吼着,发出阵阵仇恨的喊声:

"杀死他! 杀死他! 杀死渎神者!"

"一棍打碎他的脑袋!"

"狠狠打那个魔鬼一铁棍!"

不幸的神父被怒骂声惊醒,从草棚里钻出来;大家看到,他预感可怕的死亡即将降临,惊恐万状,不知所措,在岛上来回奔跑,却无处可逃;神父身穿一件破旧的长袍,披头散发,奔走徘徊,长袍被锋利的岩石撕得褴褛不堪。

很快,攻击的人群登上小岛,扑向那个倒霉蛋;人群一边跑,一边晃动着火把;克尔南跑在所有人的最前面,俨如情绪最为激愤的复仇者。

伊维纳惊慌失措,转身跑向大海;然而最终被一块岩石挡住去路,再也无法逃脱,眼看就要命丧黄泉;在他周围,喊叫声响成一片,他的面色灰白,脸上露出临死前的恐惧。

两三个渔民举起手中的木棍,向他扑了过去;然而,克尔南的动作更快,一把将神父拦腰抱起,举了起来,然后,和他一起,纵身跳进漆黑一团,翻滚着泡沫的波浪。

"克尔南!"骑士叫道。

"打死他!打死他!"攻击的人群探头望向深邃的海面,继续叫喊道,"把他像狗一样淹死!"

可是,黑暗当中,没有人看见克尔南带着伊维纳已经钻出水面;神父不识水性,此时,逐渐清醒过来,靠在克尔南身上。

"抓紧我。"克尔南对他说道。

"饶了我吧!"不幸的神父叫道。

"我来救您!"

"您?"

"是的,我们游向海滨的某处海角!别害怕!紧靠着我。"

对这个意外的救援行动,神父莫名其妙,但是他明白一件事,那就是,自己死里逃生。神父紧紧抓住布列塔尼人健壮的身躯,克尔南用一只有力的臂膀划水，与此同时，黑暗中，传来凶手们的死亡叫嚣。

半个小时后，克尔南与神父游到了远离小岛的海边，伊维纳已经筋疲力尽。

"您还走得动吗？"布列塔尼人问神父。

"能！能！"伊维纳叫道，拼尽全力起身。

"那好吧，您穿过田野，躲开村庄，乘着夜色赶紧走！等到天亮，就能走到坎佩尔，或者布雷斯特附近。"

"可是，您究竟是谁？"神父满怀感激地问道。

"一个敌人，"克尔南回答道，"走吧！愿上帝指引，假如上帝还能宽恕您。"

伊维纳想要紧握救命恩人的手；但是，对方已经转身走远；于是，神父朝荒野奔去，消失在黑暗中。

克尔南返回海滨路旁；重新加入渔民人群。

"魔鬼！魔鬼！"上百张嘴冲他发出充满仇恨的号叫。

"他死了！"布列塔尼人回答道。

听到这声回答，周围陷入一片沉寂，然而，没有人听见，克尔南紧贴年轻人的耳边，窃窃私语道：

"他获救了，亨利先生！我做忏悔时，这应该算一件善事！"

第十一章　短暂的幸福日子

那晚，村民的怒火集中发泄到了一个人的身上，恐怖的夜晚过后，杜阿尔内村恢复了往日的平静，必须承认，渔民们重操旧业时，自信心明显增强了；自从那个魔鬼死后，对于共和派可能给予的报复，渔民们并不惧怕，因为，他们以为共和派对此事一无所知。然而，伯爵和朋友们却忧心忡忡，担心伊维纳获得自由后，可能在第一时间向当局告发杜阿尔内村的居民。也就是说，本省的国民卫队，以及周围城市里的那帮疯子，早晚会来杜阿尔内村。

如果这样，伯爵和他的女儿都将面临巨大危险。

忧心忡忡的几天过去了；克尔南甚至做好准备，一旦有必要，立刻动身离开。然而，一个星期过后，共和派并未来袭，担心是多余的，伯爵终于松了口气。

也许伊维纳并没能返回城里，而是再次落入堂区教民手里，或者，伊维纳并不想报复自己的敌人，而是选择了销声匿迹。

当然，还有第三种假设：各地市镇政府，以及救国委员会的特派员们正忙着应付旺代战争，急于将它结束，同时还要对付新近兴起的朱安党叛乱，因此，抽不出精力来替伊维纳神父报仇。

甭管出于何种原因，本地局势平静如初；伯爵逐渐恢复了信心，重新操持日常事务；从伯爵的外貌不难看出，这位不幸的人正在迅速衰老；为此，克尔南惊骇不已；此外，他感到，自己的主公正在筹划一件大事儿，不过，他无法窥见其中的秘密。这位忠诚的布列塔尼人一向总能揣摩出伯爵的心思，但是这一次，他实在有点儿看不透；不过，虽然伯爵守口如瓶，克尔南却也不愿深究。

玛丽也发现，自己的父亲越来越沉默寡言，心事重重。每当玛丽走进父亲的房间，总看见父亲跪倒在地，万分虔诚地祈祷不已。从父亲房间出来，她内心深受震撼，不禁忧虑万分，并且在克尔南面前，毫不掩饰自己的担忧。布列塔尼人虽然也很担心，却尽量安慰玛丽。

就这样，日子一天天过去，平淡无奇。捕鱼的收获差强人意，洛克马耶家的客人们主要依靠捕获的鱼儿作为食物，很少送去售卖。冬季的天气十分严酷；玛丽尽心竭力，努力干活儿，用纤细的手指缝制粗布衬衣。为此，特雷戈兰经常出手相助，帮她缝制厚实的褶边，因为玛丽实在没有力气用针；小伙子不出海捕鱼的时候，总会坐在玛丽身旁，自告奋勇充任缝纫工。实际上，在那个年代，很多移居海外的绅士都不得不依靠手工劳作维持生活，这么做，算不得丧失贵族体面。亨利笨手笨脚，经常弄错，惹来年轻姑娘讪笑；不过，甭管是否得到骑士的帮助，玛丽每天挣得都很少，最多不过五六个索尔。

在一起劳作的几个小时里，亨利讲述自己的经历，还有他那位可怜的妹妹，讲述她的所有故事；亨利十分钟爱自己的妹妹；玛丽能从这个妹妹身上，感觉出她对骑士的一片柔情。

"亨利先生，"玛丽对年轻人说道，"我能否成为您的妹妹？这位圣洁的牺牲者以她的死拯救了我，我能否代替她，守在您的身旁？"

"好呀！"骑士回答道，"您就像我的妹妹！与她同样美丽，心

杜阿尔内村

地善良，拥有同样的心灵和眼睛；在我看来，您与她的灵魂浑然天成！是的！您就是我妹妹，是我最亲爱的妹妹！"

说到这儿，骑士停住了，而且，每次说到这儿，他都会避开这个话题，不再继续表白；因为，他感到自己还有一种感情，那种比兄妹之情更强烈的感情，这感情正在心中涌起。

尽管年轻姑娘尚未体察到小伙子的隐情,但她内心深处也漾起一阵莫名的激动;不过,对于这激动的心绪,玛丽还以为是对救命恩人的无限感激之情。

然而,在两个高贵的灵魂深处,秘密不可能一直被掩饰,相同的感情势将宣泄表白;真正的相爱之情,必定表现为爱情;亨利必须把这份感情说出来;然而,由于他对任何事情都守口如瓶,因此,他无法把这份真情对姑娘倾诉;于是,亨利把克尔南当成了倾诉,并且保守这个秘密的对象。

那个布列塔尼人把一切都看在眼里,不过,他宁愿顺其自然。

刚开始,亨利的倾诉含糊其词。

"假如,伯爵可能离开他的女儿,"这天,亨利对克尔南说道,"玛丽会怎样?她会不会像孤儿那样,陷入凄苦无助的境地?作为可怜的流亡者,她将如何逃脱敌人的魔掌?"

"还有我在呢。"克尔南微笑着回答道。

"那是当然,"亨利接着说道,"毋庸置疑,但是,我的朋友克尔南,谁又知道,命运将把您送到哪儿!谁知道,伯爵会不会再次把您召唤到天主教军的旗帜下!这样一来,谁保护玛丽?"

本来,克尔南可以很容易地告诉对方,无论伯爵,还是仆人,他们两人不会同时离开,留下德·尚特莱尼小姐独自一人;但是,克尔南佯装同意骑士的说法无可辩驳。

"是呀!"他说道,"谁来保护她呢?啊!亨利先生,必须找到一个人,这个人有一颗勇敢的心,让他爱上玛丽,让他用丈夫的臂膀保护玛丽!但是,玛丽是一名流亡者,身无分文,谁敢对这位姑娘负起责任?"

"要想做到这一点,并不需要多么勇敢,"亨利灵机一动,回答道,"只需了解玛丽,就像我们一样了解她就行!玛丽经过痛苦磨难,历经考验,定能成为一位真正的女人,这样的女人配得上一位高贵的男子,与她一起度过大革命时代。"

"您说得对,亨利先生,"克尔南接着说道,"需要有人了解她,可惜,这样的人不好找,而且看上去,在杜阿尔内村里,我们永远也找不到一个配得上我那位侄女的夫君。"

话说到这个份儿上,布列塔尼人希望年轻人开诚布公,坦率表白;然而,克尔南的回答产生了相反的效果,骑士觉得,在克尔南的话里,流露出对他的不认可。于是,这一天,他没有再多说什么,克尔南为此十分恼火。

2月份过去了。在刚刚过去的这个星期里,每个人努力劳动;星期天,伯爵在前厅念诵日课经,几位虔诚的人怀着真正天主教徒的热情参与祈祷;他们为了牺牲者向上帝祈祷,同时,作为真正的基督徒,他们也为自己的敌人祈祷;不过,克尔南不在其列,这个布列塔尼人是唯一的例外;他虽然是基督教徒,但还不至于忘记遭受的欺辱;每天晚上祈祷结束时,他都发誓要复仇。

此后,每当遇到好天气,克尔南喜欢鼓动大家去海滨散步。大多数情况下,伯爵总会留在房间里。于是,亨利、克尔南,以及玛丽就去攀着岩石遛弯;他们爬上山岗,杜阿尔内村就坐落在山岗上;教堂俯瞰整座海湾,他们顺着教堂旁边的大路向坡上走;站在那儿,他们的目光扫视这片海面,远处是宽阔的海平线,那儿,大洋深处风起云涌,阴森可怖。这座海湾波涛汹涌,风谲云诡,好一派壮观景象!波涛中漂浮着几叶迟归的渔舟,它们收拢船帆,乘风破浪,时而踪影全无，时而在远离港湾的海面上现身；放眼望去，从港湾处延伸出一座狭长的海岬，伸向远方的海面，直抵拉兹海角。

亨利对本地风情了如指掌，帮助同伴们辨认、欣赏各处美景，让他们获益匪浅；亨利向大家介绍各个教堂的钟楼，包括普朗教堂、本泽克教堂、彭克鲁瓦教堂，以及普罗格教堂，每座教堂代表着一个偏僻的堂区。

随后，他们继续漫步前行，一直走到沼泽地附近的圣安妮海滨；他们绕过海湾，眺望远方的阿雷山脉，那儿的山峰低矮猥琐，萎靡不振地俯伏在一片平原之上。

另一日，几位步行者在这个地区勇敢地走了4里之遥，一直抵达拉兹海角，倾听那儿的海浪涛声。在那儿，三角浪击打在一座小海湾的岩石上，激起的浪花极为壮观，令人惊骇莫名；这座小海湾有个恐怖的名字——"逝者湾"。壮观的激浪给年轻姑娘留下深刻的印象，当海风掀起的海浪好似瀑布一般，喧嚣着翻着泡沫席卷而来时，姑娘不由得紧紧抓住骑士的胳膊。

亨利讲述了一些当地流传的古老传说，其中最著名的是关于克努特国王女儿的传说，相传，她曾经把一口巨大，深不见底的水井的钥匙交给了魔鬼。那是很久以前，现在的海湾曾经是一片广袤的平原；然而，由于疏忽，那口水井的大门敞开了，井水喷涌而出，淹没了城市、居民，以及牲畜。于是，肥沃富饶的平原变成了海湾，从此，人们把这座海湾称为杜阿尔内湾。

"那是一个奇特的年代，当时的人们居然相信这样的传说。"亨利说道。

"与我们所处的悲惨时代相比，不也相差无几？"克尔南回答道。

"不，克尔南，"年轻人接着说道，"愚昧迷信的时代一向令人厌恶；那样的时代一无是处；然而，自从上帝眷顾了法兰西，也许，现在这些骇人听闻的过激行为，将产生我们无法预见的成果！天堂之路难以企及，在恶行中，总会产生善意的萌芽。"

一番交谈之后，怀着对未来的深切期望，大家心情平静地返回住所；经过长途跋涉，人人饥肠辘辘。这些日子，几个人度过了真正幸福的时光，尽管伯爵依旧忧心忡忡，但是，几位不幸的流亡者别无所求，只希望这幸福的时光能够延续。

虽然亨利惊讶地发现，布列塔尼人经常瞧着他和年轻姑娘，嘴角露出狡黠的微笑，但是，他没有找克尔南做进一步的试探。

不过，玛丽并没有听见上述那番戏弄的谈话，与叔叔克尔南谈起特雷戈兰骑士时，依旧天真无邪，毫无顾忌，甚至不知不觉流露出异常欣喜的神情。

"他的心地真诚善良！"玛丽说道，"是一位真正的绅士，是我百里挑一，难得一见的好哥哥。"

克尔南听着，不予置评。

"有时候，"玛丽接着说道，"我自忖，我们是不是过于滥用了他的慷慨大度。因为，他为我们忙前忙后，这个可怜的亨利，任劳任怨，而我们却无以为报！"

对此，克尔南不以为意。

"再说了，"玛丽已经觉察出，显然，布列塔尼人下决心不回答自己的任何问题，于是，她继续说道，"再说了，这位骑士，他本人并未被流放，而且，他能从巴黎搞来自己妹妹的特赦令，这说明有人在庇护他！然而，他却留在本地，待在这栋简陋的房子里，心甘情愿从事艰苦劳作；还要冒生命危险；他这么做是为了谁？为了我们！噢！真希望上帝终有一天给他回报，因为，我们是没有能力报答他了。"

克尔南始终沉默不语，不过，他面带微笑，心里想着，这个回报不久就将兑现。

"总而言之，"玛丽说道，"难道你不觉得，这是一位德行高尚的年轻人吗？"

"毫无疑问，"克尔南回答道，"你父亲很希望有他这样一个儿子，至于我，我的玛丽侄女，我也很希望有这样一位侄子。"

这是布列塔尼人唯一可能做出的暗示；他不知道玛丽是否听懂了其中的含意，不过，玛丽与骑士交谈时，很可能会转述克尔南的这番评语。事实上，几天之后，亨利在与克尔南一起捕鱼的时候，羞涩地彻底敞开了心扉；他表白时，面红耳赤，连手中的渔网都掉进水里。

"这话应该告诉她的父亲。"布列塔尼人不动声色地回答道。

"立刻就去说！"骑士迫不及待地大叫道。

"等回到家再说。"

"可是……"年轻人说道。

"请把好船舵，顺风行驶，否则，船帆兜不上风。"

说到这儿，亨利握紧舵柄，然而，他笨手笨脚，克尔南不得不取而代之，接过舵柄。

这件事发生在3月20日；就在几天前，伯爵表现得比平时更为焦虑；他多次拥抱女儿，紧紧搂在胸前，却一言不发。这天，克尔南捕鱼回来，今天的收获不大，但是应该承认，此行洋溢着爱情的蜜意。克尔南首先向玛丽询问：

"你父亲在哪儿？"克尔南问道。

"父亲出门了。"年轻姑娘回答道。

"哎哟！这可有点儿奇怪，"克尔南说道，"他平时不这样。"

"他没有给我们留下什么话吗，小姐？"亨利说道。

"没有！我曾经建议，让我陪他出去；但是，他没有答话，只是极为亲密地拥抱了我，然后就走了。"

"那好吧！亨利先生，我们等他回来。"克尔南说道。

"你们有什么话要对他说吗？"年轻姑娘问道。

"是的，小姐。"亨利结结巴巴地回答道。

"是的，"克尔南回答道，"一桩小事儿，不过几句话；我们等一等。"

他们等着；等到吃晚饭的时候，伯爵还没回来。一开始，大家还耐心等待，很快，众人开始担心。老好人洛克马耶曾经看见伯爵朝通往夏朵兰的大路走去，手里攥着一根拐杖，走得很快，那样子像是去长途旅行。

"这是什么意思？"玛丽惊叫道。

"怎么回事！难道他不辞而别了吗？"

亨利转身朝楼梯跑去，上楼冲进伯爵的房间；很快，他下楼来，手里拿着一封信，递给玛丽；信上只有寥寥数语：

> 我的女儿，我出门数日。克尔南会照顾你！请为你的父亲祈祷。
>
> 尚特莱尼伯爵

第十二章 动身

不难想象,几个人阅读了信上的几行字后,大为震惊!玛丽禁不住号啕大哭,亨利努力安慰她,但无济于事。

尚特莱尼伯爵究竟去了哪儿?为何如此匆忙离开?这是个怎样的秘密,竟连忠诚的克尔南都一无所知?

"他去打仗了!重返白军阵营!"这是玛丽说出来的头两句话。

"居然不带上我!"克尔南叫道。

然而,看到眼前孤苦伶仃的玛丽,他明白了,伯爵的用意是让他留下来保护玛丽。

那么,伯爵是否返回了天主教军的残余部队?几个人就这个猜想展开讨论,并且认为顺理成章。

事实上,尽管国民公会需要面对好几场战争,尽管吉伦特派被清理后,恐怖统治笼罩了巴黎,尽管政府成员与国民公会的部分议员之间的争斗已经公开化,而且,几个星期之后,丹东就被处死,救国委员会的举动匪夷所思,但是,旺代的战斗仍在继续,而且更加激烈,无休无止。

必须承认,在一些反对党人士看来,当时的法国面临可怕的内战,以及欧洲反法联盟的严重威胁,正是依靠血腥的恐怖手段,救国委员会才拯救了法兰西。

在圣赫勒拿岛上,拿破仑就曾经说过:

"救国委员会是大革命期间法国曾拥有的唯一政府。"

正统派人士德·迈斯特先生也勇敢地认可救国委员会,他曾经说过,那些流亡人士把法兰西奉献给了各位国王,却从此无力从各位国王手中拯救法兰西。

夏多布里昂曾经列举了12个人的名字,包括:巴雷尔、比洛-瓦雷讷、卡尔诺、科洛-德赫布瓦、裴蕾耶·德·拉马恩、罗伯特·林德、罗伯斯庇尔(兄)、库通、圣-茹斯特、让·邦-圣安德烈、裴蕾耶·德·拉枸道尔,以及爱罗-塞舍尔,他们当中的大多数,命中注定将被公开处决。

无论如何,救国委员会希望结束旺代的战事,为此,在那儿实施了严酷的蹂躏政策;在萨维奈大败白军后,杜罗将军和格里尼翁将军指挥的军队穷凶极恶,在这个地区纵横驰骋。他们纵兵劫掠,大开杀戒,毁灭一切;面对他们血腥的复仇行为,无论妇女、儿童,还是老人,无人能够幸免。塔尔蒙亲王被捕,并且在自己祖先的城堡前被处决;德埃尔贝虽然重病缠身,仍然在两位亲眷的陪伴下,躺在沙发上被枪决;1794年1月29日,在努阿耶,面对四处纵火的蓝军,亨利·德·拉·罗什雅克兰取得战斗的最后胜利,然后,他走向两名困在战场上的蓝军士兵:

"回去吧,"他对他俩说道,"我宽恕了你们。"

然而,这两个浑蛋中的一个却举枪瞄准,把一颗子弹射进他的前额,让他一枪毙命。

在此期间,救国委员会把最嗜血成性的几个特派员送到了相关省份；其中，在南特，从10月8日开始，卡里尔想出了杀人的新方法，并且称之为"纵向流放"。翌年1月22日，他又发明了带阀门的木船，专门对付旺代叛军俘虏。

然而，保皇党人虽然惨遭屠戮，对抗大革命的激情却益发强烈。因此很可能，尚特莱尼伯爵前往寻找东山再起，率军退往诺瓦穆捷岛的夏雷特，或者去找接替了罗什雅克兰职务的斯托弗莱。

此时，天主教军已经七零八落，正在进行可怕的游击战；作为旺代军的卓越人物，斯托弗莱和夏雷特与共和军的将军们拼死对抗。夏雷特麾下尚有1万人马，在三个月的时间里，打得共和军狼狈不堪，不仅打败了阿克索将军，而且将其击毙。

这些消息传到布列塔尼地区的偏僻角落，战火的喧嚣令杜阿尔内村震颤不已。

如果说，伯爵并未前往旺代地区，那么，他很可能投入朱安党人的叛乱活动。在可怕的1793年的这几个月里，让·朱安率领下缅因地区的所有民众，揭竿而起，叛乱队伍从马延省席卷至莫尔比昂省腹地。

尚特莱尼伯爵可以在其中发挥重要作用；为什么他就不能担当这个角色呢？特雷戈兰和克尔南就此探讨了各种可能性。然而，伯爵隐藏的那个秘密让克尔南颇感疑惑。

"如果伯爵想重返战场，"克尔南说道，"他没有必要瞒着我们。"

"谁知道呢？"

"不，一定还有其他原因。"

于是，他俩打探各种消息，甚至设法打探来自旺代，或者莫尔比昂的消息；据说那儿发生过小规模战斗，这消息让他们惊慌不已。

不过，尽管他们想方设法，却打听不到更确切的消息。

玛丽战战兢兢，为自己的父亲祈祷；环顾四周，她甚至感到自己孤立无援，孑然一身。

在玛丽陷入绝望的时候，克尔南和骑士尽心竭力安慰她，不过收效甚微。

几天时间过去了，始终得不到有关伯爵的消息；外面传来的消息令人惶恐不安。

伯爵失踪的那天是3月20日，6天之后，旺代叛军突然发起反攻。

3月26日，白军从蓝军手中夺取了莫塔涅城；在这场战斗中，马里尼担任白军指挥官；这个马里尼就是曾经与尚特莱尼伯爵并肩战斗过的那个人，经过飘忽不定的3个月，他以胜利者的姿态重新现身。

听到这个消息，克尔南惊叫道：

"我们的主公在那儿！他就在莫塔涅。"

然而，当他们了解到这场血腥战斗的细节，知道许多优秀的白军战士在这场战斗中阵亡，骑士与克尔南，以及年轻姑娘不禁万分担忧，直到莫塔涅城战斗结束15天以后，他们仍然没有得到新消息，玛丽不禁彻底绝望，叫道：

"我的父亲！我可怜的父亲死了！"

"我亲爱的玛丽，"特雷戈兰回答道，"请您冷静下来！不对，您的父亲并没有死！没有任何证据表明他死了。"

"我对您再说一遍，他死了！"年轻姑娘听不进去，一个劲儿地重复道。

"我的侄女，"克尔南接着说道，"在战争年代，各种传言并不可信；甭管怎么说，这是一场胜利，他们打败了共和军。"

"不！克尔南！别再抱有希望了！我的母亲死在了自己的城堡里！我的父亲死在了战场上！这个世界上就剩下了我！独自一人，孑然一身！"

玛丽号啕大哭。这个打击令她悲恸欲绝；她脆弱的身心无法承受接二连三的打击。而且，尽管她没有任何证据能够证明父亲已经死去，但此时，在这件事情上，她已信以为真，而且确信不疑。

然而，就在玛丽悲怆地感叹自己孑然一身时，克尔南同样涕泪横流，痛心疾首，情不自禁地说道：

"我的玛丽侄女，你的叔叔还在你身边。"

"克尔南，我的好克尔南。"年轻姑娘边说边紧握住布列塔尼人的手。

"你身边永远有热爱你的朋友。"克尔南接着说道。

"两个朋友，"听到克尔南的这句话，特雷戈兰情不自禁地叫道，"两个！亲爱的玛丽，因为我爱您！"

"亨利先生！"克尔南说道。

"请您原谅我，玛丽；也请你原谅，克尔南，然而，这句话让我憋得难受！不！我最亲爱的人绝不是孑然一身！不！我将非常荣幸地把自己的一生奉献给她。"

"亨利！"年轻姑娘惊叫道。

"是的，我爱她，您也知道，克尔南，玛丽的父亲把她托付给了您，请您赞同我的爱情。"

"亨利先生，为什么你要现在说这些话，难道是因为……？"

"请别担心，克尔南，还有您，我亲爱的玛丽；我之所以这么说，那是因为，我准备动身。"

"动身！"玛丽惊叫道。

"是的，虽然我爱恋着您，虽然我希望对您倾诉甜言蜜语，但是，我要离开您。倘若我还打算继续留在这儿，我会把这个秘密继续隐藏在心底，我曾经向克尔南做过这个承诺。但是，我要走了，将要离开多长时间？我也不知道；那么，现在，您能否原谅我刚才说过的话？"

"可是，您打算动身去哪儿，亨利？"德·尚特莱尼小姐问道，她的语气充满关切，直击年轻人的心灵深处。

"我打算去哪儿？我要去普瓦图，去旺代，去莫塔涅，只要能找到您的父亲，去哪儿都可以，这么做就是为了让您知道，在这个世界上，除了克尔南和我，还有另一个人也深爱着您！"

"怎么！"克尔南说道，"您打算去寻找伯爵？"

"是的，而且，寻遍这些地方，我一定能够寻到他，为了找他，我万死不辞！"

"亨利！"年轻姑娘惊叫道。

"那好！去吧！亨利先生，"克尔南异常激动地说道，"上帝会保佑您的，您不在的时候，我来照顾这个可爱的孩子；不过，请您小心一点儿，因为，您知道，我们盼着您回来。"

"放心吧，克尔南，我到那儿不是去送命，因为我身负使命，必须找到尚特莱尼伯爵，伯爵在保王军里地位显赫，不大可能隐姓埋名，也不会隐藏起来，让我找不到。我这就去莫塔涅，玛丽，一定带回来有关您父亲的消息。"

"亨利，"年轻姑娘接着说道，"您这次是为了我们而去冒险！

愿上帝与您同在,并将赐福于您。"

"您打算何时动身?"克尔南问道。

"就在今天晚上,乘着夜色,根据路上的情况,骑马或者步行,甭管怎样,总能赶到。"

动身前的准备时间并不长。到了动身的那一刻,克尔南心情激动。年轻姑娘攥住骑士的双手,长时间握紧,一句话说不出来,但是,从姑娘的眼神中,亨利获得了异乎寻常的力量,长时间的告别后,骑士向门口走去。

恰在此时,大门迅速敞开了,一个裹着大氅的男人身影闪了进来。

伯爵回来

此人正是伯爵。

"我的父亲！"玛丽叫道。

"我亲爱的女儿！"伯爵回答道，一把将玛丽搂在胸前。

"噢！我的父亲，您不在的时候，我们可真担心极了，亨利先生正准备动身去找您，希望把您带回我们身边。"

"勇敢的孩子，"伯爵边说边把手伸给骑士，"您打算再为我们做出一次牺牲。"

"好呀！这下可好了，"克尔南说道，"我就知道，好运总会落到咱们头上。"

对于自己的这趟外出，伯爵始终一字不提，对此行的目的是否达到，同样守口如瓶。在布列塔尼人看来，显然，这趟外出涉及保王党的一个秘密，一场新暴动，不过，他始终没有向自己的主公询问此事。

然而，对于曾经发生的事情，克尔南认为有义务让玛丽的父亲知道；于是，他向伯爵讲述了那段隐藏已久的爱情，告诉他，在玛丽陷入绝望的时候，年轻小伙子如何吐露心声，表白爱情；克尔南坚信，年轻姑娘深爱着亨利。

"毫无疑问，这是一个值得被爱的男人！"布列塔尼人补充道，"总而言之，我们的主公，即使这桩婚事能定下来，我们暂时也无法举行仪式，因为，此地没有神父，只好等一等。"

伯爵摇了摇头，一言不发。

第十三章 神秘的神父

事实上,由于本地没有了神父,必然导致宗教活动无法进行;这种情况对农村居民的影响尤为明显。然而,农民们仍然拒绝接受宣誓派教士,他们宁愿躲在自己家里,也要避开教堂;这样一来,新生婴儿无法接受洗礼,逝者不能行圣事,新婚夫妇不能举行宗教仪式,甚至无法举行公证仪式,因为,到处一片混乱,行政事务所也关门大吉。

然而,在4月份的后半个月,在菲尼斯泰尔省的部分地方,以杜阿尔内村为中心方圆数里的地区,出现了一个变化,而且日益明显:一个神父来到这个地区,冒险履行圣职。

对于这件事,一开始大家只是口耳相传,因为要避免引起市镇政府遍布四处的密探们的注意;不过大家确信,有一个神秘人物活跃在这个地区;在恶劣的天气里,顶风冒雨,乘着夜色,这个陌生人总是独来独往,跑遍各处田野,拜访各个村庄,有时出现在彭克鲁瓦,有时又会在克洛松、杜阿尔内,或者普朗等地出现;他不仅活跃在上述堂区内,还不时拜访偏僻的孤立小屋。

看起来,此人对本地非常熟悉,对教民们的需求了如指掌。每当有一个婴儿出生,他总能及时赶到;对于临终的人,他总能送来安慰，履行最后的圣事；大家很少能看见他，因为，他的脸上总蒙着一层面纱；不过，大家并不需要看见他的脸，只需听见他的声音，就知道这是一位仁慈的宗教使者。

一开始，知道这件事的人很少，但很快就变得家喻户晓；不久，在杜阿尔内村，大家也开始谈论此事。

"昨天夜里，那个人拜访了科尔德南老太太，并且替她行过圣事。"一个人说道。

"前头，他在布雷泽内特为一个孩子行了洗礼。"另一个人回答道。

"趁着他还在这儿，尽量利用这个机会，"其他人真诚地说道，"因为，不幸很快就将降临到他身上。"

一般来说，这段海岸附近的居民大多是虔诚的教民，对这个陌生人的来访深感庆幸，因为，他让这个地区居民的精神面貌焕然一新。

在杜阿尔内村通往彭克鲁瓦堂区的大路旁，有一棵古老粗壮的橡树，凡是需要提供宗教援助的教民，只要在那儿放上一张纸条，写上一句话，或者做某种记号，于是，第二天夜里，神秘的神父就会现身。

由于很少与外人交往，一开始，洛克马耶家的客人们对这件事一无所知，因为他们很少与邻居交谈，宁愿把自己关在家里。至少在两个月的时间里，那项神圣的使命一直在履行，然而，这几位客人却茫然无知，更谈不上利用这个机会了。

然而，老好人洛克马耶获悉了这件事儿的来龙去脉，并且向克尔南转述一二；布列塔尼人立刻将这件事告诉了自己的主公；伯爵的眼睛里顿时流露出满意的神色。

"说真的，"克尔南说道，"这位神父一定非常勇敢，而且真诚，因为做这些事情，确实需要勇气和牺牲精神。"

"是的，"伯爵回答道，"不过，他把仁慈播撒到自己周围，必将因此获得福报。"

"毫无疑问，我们的主公，我觉得，这片海岸的居民都很欢迎神父的莅临！您也知道，没有临终忏悔的死亡该多么痛苦！"

"是的。"伯爵回答道。

"在我看来，"布列塔尼人坚信不疑地接着说道，"最不幸的事情，莫过于此；一个新生婴儿需要做洗礼，任何人都能代替神父站到襁褓旁边；至于年轻人，他们可以推迟婚礼，等待更幸福时刻的降临！然而，如果床边没有做忏悔的神父，临终的人一定感到万分绝望！"

"你说得对，我可怜的克尔南。"

"不过，我还想到一件事儿，"布列塔尼人继续说道，"这件事儿一定能让亨利先生大喜过望！这位勇敢的年轻人给了我们很多帮助；幸运的是，我们可以很方便地向他表达谢意！您已经知道了，我那位侄女即将拥有一个可以依靠的丈夫！毫无疑问，上帝让他来拯救这个女孩，也把这个女孩的未来托付给了他！"

"我们是该考虑这个问题，克尔南，"伯爵回答道，"我们真心希望这个可爱的孩子得到幸福，因为她应该拥有幸福！她经历过那么多苦难，从今往后，上帝会让她过幸福生活。不过，说到这位颇有骑士风度的神父，还是让我来安排此事吧。"

克尔南答应不再过问。然而，神父的事儿在本地闹得沸沸扬扬，骑士也很快听说,并且立刻把这一重大发现告诉了克尔南。布列塔尼人对此报以微微一笑。

"今天吃晚餐时,您不妨谈谈这事,"克尔南对亨利说道,"听听大家有什么反应。"

按照克尔南的建议,当天晚上,亨利把手伸给玛丽,然后把尚特莱尼伯爵称为父亲。

"可是,这位神父,"亨利说道,"谁能见到他?"

"我。"伯爵说道。

玛丽扑进伯爵的怀抱。

"这样很好,简直太好了,"克尔南说道,"我相信,这事儿定将十分完满,给我们带来幸福。噢!亨利先生,您一定要替我们疼爱她。"

"是的,我的叔叔。"亨利回答道,边说边搂紧了布列塔尼人的脖颈。

漫长的一个月过去了;伯爵再也没有提起过那位神秘的神父。他是否已经见过他?亨利不敢贸然打听。然而,这天晚上,伯爵宣布,他们的婚礼将于7月13日,在莫尔加洞穴里举行;大家还需耐心等待3个星期。

这样一来,大家只好耐心等待。等待幸福莅临的时间显得极为漫长,然而,时间又显得十分紧迫,婚礼上好多微小细节都得照顾到。克尔南十分希望穿上婚纱的玛丽显得娇柔美丽,特意掏出几枚古老的埃居,设法搜罗来几条饰带和头巾。亨利已经破产,身上一文不名,然而他不声不响,独自于某一天去了夏朵兰,带回来一件漂亮的布列塔尼农妇外衣。

必须指出，为了表示郑重，克尔南很想在婚礼上穿一双漂亮的大皮鞋，至于老好人洛克马耶，他只想着那天能穿一双新木鞋。

终于，在预定的日子到来之前，万事俱备。亨利始终担心神父能否现身，并且很想见一见他。亨利听说了关于那棵老橡树的传言，这天早晨，亲自前往实地踏勘，并且在那儿放了一张纸条，提醒那位神秘的神父，请他别忘了7月13日这个重要的日子，别忘了莫尔加洞穴。

片刻之后，一个神色相当诡异的男人捡起纸条，转眼消失得无影无踪。

神秘的神父

终于，那个重要日子的前夜降临了；这最后一个夜晚，大家聚集在小房子的前厅。亨利难以抑制内心的幸福感。伯爵向孩子们叮嘱生活中的各项重任，以及如何履行这些职责；他向孩子们说了许多感人肺腑的知心话；亨利和玛丽扑到伯爵的膝前，祈求他的祝福。

"是的，"伯爵说道，"上帝将降福于你们，并借助我的声音给予你们宽恕！上帝将在你们的余生之年给予保护！噢！是的，我亲爱的孩子们，上帝将给予你们慈父般的恩宠。"

随后，伯爵把他俩扶起，双双搂进自己的怀抱。

第十四章　莫尔加洞穴

杜阿尔内海湾的北边有一段弧形的海岸线，形成一座狭长的海岬，沙佛尔海角就坐落在这道海岬的顶端。在这座海岬内侧，有一片海域，状似一个小海湾，从杜阿尔内村稍微向左眺望，可以很清晰地望见这个小海湾。

在小海湾的中央，有一片漂亮的沙滩，沙滩上矗立着著名的莫尔加洞穴，它由诸多洞穴组成，落潮时可以进入，不过，那座最漂亮，也是最宽敞的洞穴，却必须在涨潮时才能乘船进去。

这座大洞穴极为深邃，洞内最深的地方空气稀薄，从未有人尝试探测到底；如果打着火把进去，火苗会逐渐暗淡，直至最终熄灭；任何活物都无法在那里生存。不过，这洞穴的前部十分宽大，而且空气流通，一眼看去十分壮观。

这儿被选为举行婚礼的地方。很快，附近堂区纷纷传言，在这儿，将要举行一场庄重的大型弥撒。由于本地已经很久没举行过宗教活动，因此，不难想象，这消息引起轩然大波，更何况，这个仪式地点选得极好，能让虔诚的教民免遭突袭干扰。于是，本地教民应约而至，成群结队赶来莫尔加洞穴。

事实上，渔民必须乘船前来出席，并在船上倾听弥撒祈祷，因此，他们轻而易举就能摆脱从海岸突袭来的蓝军。由于这个缘故，神父才敢公布这个消息。

到了这一天，海风轻柔，风向顺畅。一大早，无数男人、妇女、孩子，以及老人乘着众多渔船，离开杜阿尔内港，穿越海湾。大家身穿最漂亮的衣衫，升起船帆，船队浩浩荡荡，场面蔚为壮观。

特雷戈兰的渔船行驶在船队的最前方。玛丽身着布列塔尼新娘服饰，娇俏可爱，但神色依然忧郁伤感。亨利紧握她的手。克尔南把稳舵柄，老好人洛克马耶站在船头。

天刚亮，尚特莱尼伯爵就出发了，连早饭都没顾上吃。他必须把一切安排妥当，特别要确保那个主要人物，也就是神父到场。

于是，船队穿行在美丽的海面上，轻风阵阵拂面而来，船队里的所有渔船随着海浪颠簸，时而俯身，时而昂起船头。身后的杜阿尔内村逐渐消失在远方。

很快，莫尔加洞穴遥遥在望。那里并没有标志性的钟楼，空中也未响起庆贺婚礼的愉悦钟声；然而，虔诚的教民们已经把这儿视为一座浑然天成的教堂。

船队驶到洞穴前，海潮尚未涨到容许渔船驶入的高度；各条渔船井然有序地排列，等待着。

终于，涨潮的海浪漫过了沙滩，一开始，海水在沙滩上泛起泡沫，随后，海面平静地渐渐升高。渔船驶入洞穴，顺着花岗岩的穴壁排成一长溜。洞穴里红色的花岗岩石在水中映出倒影，令人赏心悦目。

洞穴中央突兀起一簇岩石，形成一座方圆几尺大小的孤岛，上面安置了一座祭台；祭台上摆放了几个木质蜡烛台，点燃的蜡烛摇曳着烛光。潮水冲来的最后几朵浪花静止在祭台脚下，与此同时，渔船伴随着涌浪轻微晃动。

此时，玛丽用不安的目光扫视四周。

"我的父亲呢？"她向布列塔尼人问道。

"他就要来了。"克尔南回答道。

"玛丽，我爱您。"年轻人贴着姑娘的耳朵，喃喃低语道。

很快，从洞穴深处传来一阵铃铛声，大家看见，一条渔船缓慢驶出：一个孩子手里摇晃着铃铛，一位渔夫站在船头引导；神父怀抱圣餐杯站在船尾。神父来到小岛旁，迈步下船，把圣餐杯放到祭台上，然后，转身面向在场的教众。

"我的父亲！"玛丽惊叫道。

"他！是他！"克尔南说道。

这位神父，确实就是尚特莱尼伯爵，就在他的亲人们目瞪口呆，不敢相信自己眼睛的时候，全场陷入沉寂，悄无声息，伯爵开口说道：

"兄弟们，朋友们，在这儿对你们说话的人是一位父亲，也是一位鳏夫，他成为一名神父，就是为了给你们做圣事！一位隐身于雷东附近的神圣主教允许这位神父履行这项圣职，这个神父刚刚把自己的女儿嫁给一个人，就是这个人从断头台上拯救了他的女儿；这位神父请求你们大家为他的女儿祈祷。"

这番话引起一阵骚动。全体渔民都认出了这个说话的人，理解了他的崇高献身精神。玛丽不禁热泪盈眶，克尔南一句话也说不出来。

于是，伯爵失踪的秘密真相大白：基于年轻时学习过的宗教理论，伯爵很快获得了司祭的初级圣职，并在数天之内被任命为神父。

之后，他回到亲人身边，乘着夜色履行圣职。他利用小房子外面的楼梯进出，从未让旁人怀疑其行踪；伯爵没有及早向朋友们，还有自己的女儿暴露新身份，那是因为，他身处险境，不想让大家为自己提心吊胆。

伯爵做了一个手势，引导一对新人乘坐的渔船靠近小岛，紧接着，弥撒开始了。

看到这位鳏夫变成神父，不禁令人思绪万千；一位父亲把自己的女儿嫁出去，这奇特的一幕让所有人的心灵受到震撼。

很快，喃喃的祈祷声与低沉的波浪声融为一体，听到这声音，大家都能体会伯爵激动的心情。

终于，高举圣体的时刻来临了；铃铛声再次响起；虔诚的教民躬身陷入冥思，神父将圣体高高举起，恰在此时，洞穴外面传来喊叫声。

"开火！"一个声音叫道。

紧接着，响起一阵震耳欲聋的枪声。

"蓝军！蓝军来了！"四面八方传来喊叫声。

一艘名叫"无套裤汉"的双桅横帆战舰停在沙滩前，不停射击，众多渔船纷纷冒着弹雨逃向洞穴外面；这艘战舰把好几条小艇放到水面，小艇满载士兵，朝洞穴里划过来。

现场一片混乱；受伤的人奄奄一息，一些人试图攀上岩石，爬到沙滩上，另一些人在硝烟中落水溺毙；洞穴里一片漆黑。此时，共和军冲进洞穴；一条小艇冲到祭台前，一个人跳下来。

"啊！尚特莱尼伯爵，我可抓住你了，"那人叫道，伸手抓住

莫尔加洞穴

神父,把他交给一拥而上的士兵,"神父,还是贵族!你干的好事儿!"

此人就是卡瓦尔。亨利放到老橡树下的那张纸条,被一个负责监视本地的密探拿走了。很快,卡瓦尔获悉此事,乘船从布雷斯特出发,突袭了这群不幸的人。

克尔南瞥见了卡瓦尔;但是,听到伯爵的一声呐喊,克尔南猛地划动渔船,朝洞穴最黑暗的深处驶去。

然而,卡瓦尔已经认出了玛丽,不禁大吃一惊,因为,他原以为姑娘早已死了;于是,待硝烟散去,卡瓦尔让人四下搜寻,为了躲避敌人,克尔南冒着窒息的危险,毫不犹豫地把渔船驶入最深邃的一个洞穴。

卡瓦尔骂骂咧咧,不惜亵渎神灵,继续到处搜寻。

"没有!没找到!这姑娘逃脱了!可是,她怎么没有被处决呢?他们能逃到哪儿去?"

他让人划小艇到洞穴外转了一遭,那些逃上海岸的渔民向四面八方跑远;卡瓦尔再也找不到人,只抓住了伯爵。

伯爵被押上双桅战舰,战舰返回洞穴外的海面,朝布雷斯特驶去。

不过,此时克尔南的处境极为困窘;年轻姑娘蜷缩在他脚下,昏迷不醒;亨利感觉喘不上气。终于等到卡瓦尔的战舰离开洞穴,布列塔尼人才敢驾船驶出那个可怕的藏身地,克尔南用清水洒在玛丽苍白的脸颊上,使她苏醒过来。

"她活着!活过来了!"小伙子叫道。

"我父亲!"玛丽喃喃低语道。

亨利没有回答，与此同时，克尔南愤怒地做了一个威胁的手势。

"啊！卡瓦尔！"他说道，"我一定要杀了你！"

虽然两个年轻人的结合尚未得到祝福，但克尔南还是把玛丽托付给骑士照顾，然后跳入海水，游向沙滩；他没有发现共和军士兵的身影，于是慢慢钻出水面，走上尸体横陈、血迹斑斑的沙滩；克尔南攀上岩石高处，找到几位藏在那里的幸存者。

"怎么样！"他问道，"那些蓝军呢？"

"在那儿。"

他们把那艘战舰指给克尔南看，此刻，它刚好绕过沙佛尔海角。

"那么，神父呢？"克尔南问道。

"在那条船上。"渔民们回答道。

克尔南顺着斜坡从岩石顶滑下，落到沙滩上，转身返回洞穴；他重新钻进水里，游回渔船，玛丽仍然躺在甲板上，呼吸微弱。

"伯爵呢？"亨利问道。

"被押往布雷斯特了。"

"这样！必须赶往布雷斯特，"亨利叫道，"如果救不出来，那就死定了。"

"我也这么考虑，"克尔南回答道，"另外，不能再回杜阿尔内村了，对我们来说，那儿已经不再安全。让洛克马耶把渔船弄回去，我们去布雷斯特附近藏身，等待时机。"

"那么，我们怎么去呢？"

"走陆路，一直走到布雷斯特的船舶锚地。"

"可是，玛丽怎么办？"

"我背着她。"克尔南说道。

"我能走，"年轻姑娘回答道，边说边竭尽全力站起身，"去布雷斯特！去布雷斯特！"

"等到天黑。"克尔南说道。

整整一个白天，大家在担忧与绝望的心绪中度过；几位不幸的人在充满幸福的那一刻，却遭到了致命的一击。

借助傍晚的潮水，克尔南把渔船驶出洞穴；夜幕降临后，他走上岸边沙滩，与老好人洛克马耶握手告别，然后，搀扶着玛丽，一行人穿过原野。

半个小时之后，他们来到克洛松村，此地距离莫尔加洞穴大约半里之遥；路上，他们遇见了一些余温尚存的尸体。就这样，他们继续行走了一个小时。

这几位不幸的人到底要去哪儿？他们要去做什么？他们希望得到什么？如何让伯爵免于一死？对这些，他们茫然无措，然而，他们仍然坚持朝前走。就这样，他们经过好几个村庄，包括潘阿莫奈村、莱斯科村，以及拉斯皮洛村，又走了两个小时后，终于抵达弗莱，这儿紧挨着布雷斯特的船舶锚地。

玛丽实在走不动了；碰巧，克尔南找到了一位渔民，他愿意驾船带他们驶过锚地。

他们登上渔船；凌晨1点钟，克尔南、玛丽和亨利下船登岸，这儿不是布雷斯特，而是毗邻波尔齐克，通往雷古夫朗斯的一段海岸，他们敲开了一家简陋旅馆的大门，要了一个房间。

第二天，克尔南出门打探消息，他获悉，"无套裤汉"号双桅船已经返港，而且，它在布列塔尼海岸取得了重要战果。

于是，克尔南转身返回旅馆。

"现在，亨利，"他说道，"我把你留下，陪着你的未婚妻；我去城里，看一看能否找到帮手。"

克尔南动身了，他沿着海岸走进雷古夫朗斯，来到布雷斯特港口，乘船穿过港湾，从城堡一侧上岸，并且在那儿转悠了一整天。

布雷斯特笼罩在可怕的恐怖统治下；在市内的共和广场上，鲜血流成了河。救国委员会有一位名叫让·邦-圣安德烈的成员，他在这儿采取了最恶劣的报复措施。

革命法庭忙得连轴转，甚至让孩子们到断头台上充当刽子手，以便"让共和制的敌人触动孩子的灵魂"。

人们陶醉在嗜血的疯狂中。

克尔南询问了好几个人，终于弄清楚，伯爵被关押在监狱里，并且已被判处死刑。只不过，出于一个极为残忍的理由，他的死刑被推迟执行。

卡瓦尔希望让伯爵亲眼看着自己的女儿被送上断头台，为此，他发誓，不惜一切代价也要抓住玛丽。

"绝对不能让这种事情发生，"克尔南断然说道，"有些事情是上帝也无法容忍的！"

无论如何，卡瓦尔在接受了俱乐部和当局的表彰后，当天即返回杜阿尔内村，准备在那儿继续搜寻玛丽。

晚上，克尔南回到波尔齐克，告诉两个年轻人，伯爵的死刑被推迟执行，但是并未告诉他们具体缘由。与此同时，克尔南告诉他俩，自己打算每天去一趟布雷斯特了解情况。不过，他特别强调，亨利和玛丽决不能踏出旅馆半步，这一点至关重要。

此时，遭受打击后的玛丽精神崩溃，整日瘫在床上，奄奄一息。

13天过去了,克尔南每日早出晚归,始终没有带回来新消息。在莫尔加洞穴被捕的大部分渔民,连同他们的妻子和孩子,都已被处决。至于伯爵,要想获救,除非出现奇迹。

第13日,即7月26日,克尔南照旧一大早出门,晚上,他没有回来,整整一夜,亨利担心得要死。

第十五章　忏悔

其实，克尔南迟迟未归是因为一次意外的相遇。由于始终找不到年轻姑娘，卡瓦尔终于下达了处决令，当局宣布，将于第二天处决前贵族尚特莱尼伯爵。当天晚上9点钟，克尔南绝望地返回住地。

克尔南决心采用极端手段，在前往断头台刑场的半路，抢劫运送死刑犯的囚车。不过，在动手之前，他想再看一眼骑士，还有自己的侄女玛丽，也许，这是最后的诀别。于是，在监狱外面徘徊良久后，他扭头大步往回走。

克尔南穿过布雷斯特港口，钻进雷古夫朗斯陡峭崎岖的小巷，恰在此时，他发现，有个男人走在前面，其身形让克尔南大吃一惊。此时，天色还不很黑暗，克尔南不会看错。那身形的细节让他不禁想起一个人，而且是恨之入骨的那个人。很快，克尔南就确认：

"卡瓦尔！"他自忖道，"是卡瓦尔！"

转瞬之间，仇恨、愤怒，以及复仇的欲望涌上克尔南的心头，他情不自禁准备扑向那个恶棍，将他就地处死。不过，克尔南控制住了自己。

"抓住他，"他对自己说道，"一定要冷静！"

克尔南放轻脚步，跟在卡瓦尔的身后，并且保持一定距离，以免被对方发觉；当对手转过一个小巷拐角后，克尔南蹑手蹑脚跟了上去，活像北美大草原上追踪猎物的土著。

在雷古夫朗斯城的这个街区，小巷纵横交错，卡瓦尔钻进其中一条小巷，向坡上走；街上行人稀少，天色越来越暗，克尔南不得不缩短与卡瓦尔的距离，以免让他逃脱。不过，这个恶棍根本想不到布列塔尼人会出现在城里，并未认出克尔南。然而，他很快发现有人跟踪自己，不禁加快了脚步。克尔南担心路边有房门打开，挡住视线，决定靠上去。于是，他也加速前行，在城市要塞边的环形路旁，克尔南追上了卡瓦尔。

卡瓦尔猛地倒退一步，犹豫不决地对布列塔尼人说道：

"你想干什么，公民？"

"我想向你检举一个人。"克尔南回答道。

"现在这个时候，这个地点，不适合检举。"卡瓦尔反诘道。然而，布列塔尼人已经抓住了对方的胳膊。

"不过，对于你这样的爱国者来说……我这件事涉及共和国。"

"好吧，你打算说什么？"

"你正在寻找女公民尚特莱尼。"

"啊！"满怀仇恨的卡瓦尔开始相信对方，"你知道她在哪儿？"

"她就在我的掌控下，"克尔南回答道，"我可以把她交给你。"

"立刻吗？"

"就在此刻。"

"那么，你希望得到怎样的报答？"那个恶棍说道。

"什么也不要，跟我来吧。"

"等一下；要塞的岗亭离这儿不远。我去招呼几个人，然后，最迟明天，这位女公民就能在她父亲的眼前被斩首。"

布列塔尼人的铁掌死死抓住卡瓦尔的胳膊，对方忍不住叫出了声。恰在此时，路灯的微弱灯光照在克尔南的脸上，卡瓦尔看了一眼。那一瞬间，他面目狰狞，声色俱厉地叫道：

"克尔南！克尔南！"

卡瓦尔打算呼救，但是，他没能喊出声；这个恶棍浑身颤抖，活脱脱一个懦夫。不过，他如此惊恐万状，也算事出有因；因为克尔南面露凶光，手中攥着一把宽刃短弯刀，刀尖直抵这位共和党人的胸膛。

"敢出声，立刻宰了你，"布列塔尼人严厉地说道，"跟我走。"

"可是，你打算干什么？"那个恶棍结结巴巴地说道。

"让你看一眼尚特莱尼小姐；把你的胳膊放到我的胳膊下面！走，别耍花样！你没有那点儿力气；我们要经过那些民宅，甚至还要经过岗亭；你能感觉到，这把刀尖始终顶着你的心脏；胆敢出声，我就捅了它。不过，我知道你是个胆小鬼，不敢出声。"

卡瓦尔无言以对，好像被一只铁钳夹着，被迫跟着布列塔尼人；于是，这两个男人勾肩搭背，活像一对好朋友。克尔南朝雷古夫朗斯的城门走去；路上好几次，迟归的路人与他俩擦肩而过，但卡瓦尔一声也不敢吭，只觉得那把利刃正在划破自己的衣衫。

街上的行人越来越稀少；天空笼罩着浓厚的乌云，夜色更加黑暗。有时候，克尔南把同伴挟持得太紧，恶棍忍不住发出低沉的呻吟。

"你把我弄疼了。"他说道。

"没关系。"布列塔尼人回答道。

终于,他们走到了城堡的边门旁。此时,城门灯火相当明亮;卡瓦尔看见警卫室内士兵走来走去,只要喊一声,就能让人听见,然而,他一声没吭!

就在十步远的地方,哨兵来回踱着方步。卡瓦尔与哨兵擦肩而过,只需做个手势就行,但是,他没敢做;克尔南的刀尖已经顶进了他的胸膛,几滴鲜血渗透了衣衫。

很快,把守严密的两层城墙都被抛在身后,四周一片静寂,两个男人继续行走了四分之一里路,卡瓦尔始终被迫紧靠着克尔南;不久,布列塔尼人拐上了左侧一条林木遮蔽的小路,很快来到一片荒芜的田野,到处岩石峭立,这里是海岸边石崖顶。

在深邃的崖脚下,传来海浪冲击岩石的涛声。

到了这儿,克尔南停住脚步。

"现在,"他语气深沉地说道,声音显得坚定决绝,透着布列塔尼人特有的倔强,"现在,你得死。"

"我!"恶棍惊叫道。

也许,他还想叫人,但此时,他的叫声噎在了嗓子眼里。

"你可以喊叫,"布列塔尼人说道,"也可以祈求宽恕;没人听得见你的叫声;就连我都不想听见。谁也救不了你。我以布列塔尼人的名义发誓,如果我是你,一定勇敢地去死,而不是像个懦夫。"

卡瓦尔试图挣扎,但是,布列塔尼人用一只手就把他摁住,让他跪倒在地。

"克尔南,"于是,卡瓦尔结结巴巴地说道,"饶了我吧!我有很多钱,还有黄金;我能给你很多!很多!饶了我!饶了我吧!"

"饶了你,卑鄙小人!"克尔南用可怕的声音叫道,"是你,亲手杀死了我们仁慈的伯爵夫人；也是你，亲手逮捕了我们的主公，而且你还把他判了死刑；还是你，一心想把我们的侄女送上断头台；你是布列塔尼的叛徒，你是小偷、纵火犯，你在自己的家乡烧杀抢掠！啊！你这个恶棍，如果我不亲手宰了你，上帝都会惩罚我！去死吧！"

卡瓦尔瘫倒在地上，克尔南举起手臂，准备痛下杀手，但是停住了。布列塔尼人心里猛然冒出一个念头，在这场战争中，这个念头总能让共和派俘虏暂免一死，这个念头源自宗教感情，正是这种宗教感情促使旺代人揭竿而起。

克尔南重新站起身，嘴里说道：

"你必死无疑，但是，临死前，你不能不做忏悔。"

卡瓦尔勉强听懂了这句话，终于明白，自己的死期被推迟，于是心存侥幸逃脱的念头；此时，他瘫软在地，克尔南用一只手把他提起来，只顾自言自语，并没有太注意卡瓦尔的举动。

"是的！他必须做忏悔。我没有权利在他没做忏悔之前就杀了他。但是，需要一名神父！一名神父！到哪儿去找一位神父？如果需要，我要到布雷斯特才能找到神父！而且是一个宣过誓的神父！一个渎神者！不过，对于这个无赖，已经很不错了！"

布列塔尼人边说边朝前走；与此同时，卡瓦尔犹如一摊烂泥，被克尔南的手臂挟着，鲜血滴落在沿途的石头上。

很快，布雷斯特的城墙出现了，卡瓦尔心里明白，要想死里逃生，这是唯一的机会；他暗下决心，只要一进城，立刻冒死呼救。于是，他睁大双眼，看着城墙的影子在黑暗中越来越清晰，只需再往前走几步，他就准备尝试最后一搏。

恰在此时，在横穿大路的一条小径尽头，卡瓦尔望见一个行人路过。于是，他拼尽最后一点儿力气，挣脱布列塔尼人的挟持，边跑边叫道：

"救命！救救我！"

然而，克尔南急赶两步，追上卡瓦尔，并且看一眼那位不期而遇的路人，不禁大喜过望，叫道：

"伊维纳，"克尔南叫道，"伊维纳神父！上帝的公正无处不在，谁敢不承认？卡瓦尔，你听着，这就是一位神父！"

卡瓦尔吓得倒退一步。

"伊维纳，"于是，克尔南说道，"我认得你；是我，从伤心岛救你出来的那个人。你是神父，这个男人已被判处死刑，给他做忏悔吧。"

"可是！"神父说道。

"没有二话！甭想替他求情！照我说的做。"

伊维纳还想抗拒；克尔南举起令人恐惧的手掌，对他说道：

"请别强迫我把手掌打到你身上。给这个男人做忏悔。如果他说不出话，我可以帮助他回忆往事；他曾经杀过人，偷过东西！去见上帝之前，他有几分钟可以悔恨过去。"

于是，出现了可怕的一幕；刹那间，这个恶棍回想起了自己的年轻时代，回忆起年轻时的情感，想起孩童时代接受过的教诲；他含含糊糊地表示认罪，痛哭流涕，祈求宽恕，但是布列塔尼人无动于衷。卡瓦尔语无伦次；伊维纳浑身颤抖，惊恐万状，难以自持；神父几乎听不清这位忏悔者的话，因为对方在胡言乱语；终于，神父再也无法坚持，匆匆给予对方宽恕，转身就跑，连头也不敢回。

神父还没有跑到小径的拐弯处，就听见一声恐怖的惨叫，叫声在旷野中回荡，紧接着，魂不附体的神父看见，一个男人，肩上扛着另一个男人，慢步走过荒凉的原野，走上山崖顶，把那具尸体抛进了海湾黑暗的浪涛里。

卡瓦尔之死

第十六章 热月九日

半夜,克尔南回到波尔齐克。他宣布,自己刚刚处死了卡瓦尔。玛丽浑身颤抖,跑进自己的房间。看见她离开,布列塔尼人一把抓住骑士的胳膊。

"明天就是行刑的日子。"他说道。

亨利惊恐不已,面色惨白。

"就是明天,"克尔南接着说道,"不过,我一定要救出我们的主公,哪怕是从断头台脚下,要不然,我就去死!"

"我和你一起去,克尔南。"亨利说道。

"那么,玛丽呢,她怎么办?"

"玛丽,玛丽。"年轻人说道。

"如果我死了,您必须留下来。不过,什么也别让她知道,这个可怜的孩子;明天,玛丽将成为孤儿,除非她的父亲还能回来。"

亨利还想坚持,但是,他内心极为矛盾,理智必须战胜感情,他不得不选择留在未婚妻身边。

在这个充满死亡气息的夜晚,无论克尔南,还是亨利,他俩谁也无法入睡;布列塔尼人一直在虔诚地祈祷。

清晨,克尔南拥抱了玛丽,紧握了骑士的手,然后踏上了通往雷古夫朗斯的大路。他没有设想行动方案，准备临时决定，见机行事。

6点钟，克尔南进城直奔监狱。在那儿，他等了足足两个小时，看到那辆涂成红色的死刑囚车驶过来。8点钟，囚车驶出监狱，车上满载死刑犯，尚特莱尼伯爵就在他们中间。国民卫队士兵围着囚车，阴森的行列向断头台行进。

突然，伯爵在人群中看见了克尔南，他的目光中快速闪过询问的眼神；他是不是想要知道，自己的孩子怎么样了？

克尔南做了一个手势，告诉他，孩子处境安全；伯爵明白了，因为，他的嘴唇露出了一丝微笑，随即，伯爵开始虔诚地祈祷，对上帝充满感恩之情。

围观人群异常拥挤，囚车在人丛中行进。城里的无套裤汉们、那些俱乐部的成员，所有众多无赖纷纷侮辱死刑犯，威胁他们，用最肮脏的语言咒骂他们。特别是伯爵，作为贵族和神父，更成为他们仇恨和辱骂的对象。

克尔南紧挨囚车走着；经过街道拐弯处，前面就是死刑机器了，它距离囚车不足两百步。

突然，囚车停顿了一下，人群站住了。发生了一件事儿，大家相互询问，喧闹中传来喊叫声。人们甚至听清了喊叫的内容：

"够了！够了！"

"让死刑犯的囚车掉头回去！"

"打倒专制！打倒罗伯斯庇尔！共和国万岁！"

一句话就能把一切解释清楚：热月九日，巴黎发生政变。两年前，夏普曾经说服国民公会采用电报，现在，电报飞快送来这条新闻。刚才，罗伯斯庇尔、库通、以及圣-茹斯特已被送上断头台。"

立刻，这个消息引起轰动；人们对流血早已厌烦。转瞬之间，怜悯之心压倒了愤怒，死刑囚车停住了。

克尔南立即翻身跳了上去，在一片喝彩与欢呼声中，势不可当地用力把伯爵从囚犯中拽了出来，半个小时后，伯爵已经与自己女儿拥抱在一起。

热月九日之后，数天之间，形势剧变，伯爵与同伴们乘机离开故乡，最终前往英国。上帝终于让他们的厄运有了一个结局，使他们对人生重新产生希望。

发生在恐怖年代最可怕日子里的这个故事结束了。至于后来发生的事情，读者猜得出来。

亨利·德·特雷戈兰与玛丽的婚礼在英国举行，他们一家人在那儿度过了几年时光。

一旦流亡者们能够重返故乡，伯爵率先回到法国。他和自己的女儿回到了尚特莱尼，同行的还有亨利，以及忠诚的克尔南。

在那儿，他们过着幸福、宁静的生活，伯爵有条不紊地管理自己小小的堂区，一心从事这个低微的职务，对当局给予的高官显爵不屑一顾。沿岸的渔民谈到尚特莱尼本堂神父，无不满怀感激之情。